平安貴族の夢分析

倉本一宏

角川文庫
24387

平安貴族の夢分析

目次

夢とは何か――はじめに

石母田正の夢

一九八六年三月のある夜、私はこんな夢を見た。どこかの川端を歩いていると、上流から紙が流れてくる。拾い上げてみると、「専制《せんせい》と独裁《どくさい》とは違う。天皇と天皇制とは別」と書かれていた。私は「石母田正《いしもだしょう》先生が流してくださったのだ」と勝手に解釈し、それから自分の能力を超えた勢いで論文の執筆を続けることになった。

という文章を、一九九七年に上梓《じょうし》した最初の論文集の「あとがき」に記したのであるが、私は何も、ここで神秘体験を告白したわけではない。この夢をもって、これは神（もしくはそれに代わるもの。ここでは石母田正）からのお告げであるとか、川は誕生を象徴しているのでこの夢は誕生（論文の誕生、もしくは研究者としての誕生）の類《るい》型夢《けいむ》であるとか、石母田正氏は私にとってのオールド・ワイズ・マン（老賢者）としての元型《げんけい》のイメージであるとかいうふうに考える必要はない（ちなみに、以上は夢分析の代表的なものを当てはめてみたものである）。この夢は、当時大学院生であった私にとって、「いかにも見そうな夢」に過ぎなかったのである。

実はその夢を見た頃、日本古代国家を天皇専制国家と解釈するか、貴族共和制国家《きぞくきょうわせい》と解釈するかという、今にして思えば素朴な論争に参加していて、古代天皇制のことを始終考えていた。またその頃、たまたま『更級日記《さらしなにっき》』の、富士川《ふじ》に駿河守《するがのかみ》の任官者名を書いた紙が流れてくるという場面を読んだ直後であり、加えて、学問的に最も強い影響を受けた石母田氏がその年の一月に亡くなられたということが、この夢の背景にあったのである。

つまり、私の夢に出てきた紙に書かれていた文は、私が無意識のうちに考えついた「仮説」なのであり（今にして考えると当たり前の考えであるが）、それがその頃の近い記憶を背景にまとって夢として出てきたに過ぎないというわけである。

日記（古記録）に記された夢

近年、夢に関する書物の刊行が盛んである。それらは主に、心理学、あるいは精神医学、または脳生理学といった分野からアプローチしたものであって、豊かな材料に恵まれた日本前近代の歴史史料を分析したものは少ない。日本の古代人が見た夢は、日本古代の時代相を背景としたものであって、かならずしも近代心理学や精神医学がそのまま適用されるとは限らない。それらは、歴史学の知識に基づいて、いま一度解釈し直されるべきであろう。

これまでに、『蜻蛉日記《かげろうにっき》』『更級日記』『源氏物語《げんじものがたり》』などの文学作品に見える夢については西郷信綱《さいごうのぶつな》氏の著作があり（西郷信綱『古代人と夢』）、『古事記《こじき》』『日本書紀《にほんしょき》』『風土記《ふどき》』をはじめとする上代の史料、また、『玉葉《ぎょくよう》』や『平家物語《へいけものがたり》』といった中世の史料に現われた夢に関しては、菅原昭英《すがわらしょうえい》氏の一連の業績がある（菅原昭英「古代日本の宗教的情操―記紀風土記の夢の説話から―」、同「中世初頭における情況把握の変質―『平家物語』の夢の説話を手がかりに―」、同「崇神天皇の夢の話」、同「夢を信じた世界―九条兼実とその周囲―」、同「道元禅師の夢語り」、同「夢語りの作法・文法と再話の条件」）。

また、近年、酒井紀美《さかいきみ》氏が中世の夢に関する書を著わされ（酒井紀美『夢語り・夢解きの中世』、同『夢から探る中世』）、河東仁《かわとうまさし》氏が宗教学的見地から日本の夢信仰を読み解かれている（河東仁『日本の夢信仰―宗教学から見た日本精神史―』）。平安時代の古記録《こきろく》の解読を通して、夢の諸様相を検討しようとする試みも、ようやく現われてきた（上野勝之《うえのかつゆき》『夢とモノノケの精神史』）。

しかしながら、説話集《せつわしゅう》や物語、女流日記などの文学作品を対象として考察しても、それらは、多分に宗教的であったり、作り話であったりして、本当に登場人物がそういう夢を見たのかどうか、実は怪しいものも少なくない。

一方、摂関期《せっかんき》の貴族の日記（古記録）に記録された夢というのは、平安時代に生きていた貴族たちが、実際に見た夢を、ほとんど潤色を加えないまま、目覚めた直後に記したものである。この本においては、これまで研究の少なかった平安時代中期の古記録を主な考察対象とし、彼らの見た夢を分析して、その歴史的な（あるいはその古記録を記した記主《きしゅ》の個人的な）背景を考えていきたい。

神仏からのメッセージ

具体的な分析に入る前に、ここで夢に対する人々の解釈の変遷をたどってみるのも、無駄ではあるまい。そのうえで、夢に対する私の基本的な考えを述べることとしよう。

太古の昔から、古今東西を通じて、夢は実体として信じられており、魂が夢を回路として現われたり、神が人間に語りかける手段と考えられてきた時代があった。夢告げや託宣というものが、それにあたる。そして、夢は神意を持つのであるから、自分の運命の予兆を夢に問うたり、様々な願望についての啓示を夢から得ることができると考えられた。『伊勢物語《いせものがたり》』第百十段に、女の許《もと》から「今宵、夢にあなたが見えました」という手紙をもらった男が、

思ひあまり　いでにし魂《たま》の　あるならむ　夜ぶかく見えば　魂結びせよ

（あなたを思うあまり、私から抜け出た魂があるのでしょう。夜が更けて、また夢に見えたなら、魂結びの呪《まじな》いをしてください）

と詠《うた》った（二〇八頁）というのも、睡眠中に自分の魂が身体を遊離し、女の身体に入り込んで夢となったという発想であるし（もちろん、実際には、女が男のことを思っていたので夢に見ただけの話である）、『蜻蛉日記』や『更級日記』など、霊場《れいじょう》に参籠《さんろう》して神仏からの夢告《むこく》を得ようとしたという場面は、枚挙に遑《いとま》がない（詳しくは河東仁『日本の夢信仰』参照）。

近代心理学の解釈

次に、近代心理学が夢をどのように解釈してきたかを、ユング派心理学者である秋山さと子氏の整理（秋山さと子『夢診断』）に導かれながら、たどってみよう。

まず、フロイトは、夢は昼間の残滓物《ざんでんぶつ》と古い願望とからつくられ、覚醒時の生活の間に抑制された不合理な欲情（特に親との性的なファンタジーに基づくもの）を満たすものであると考えた（S・フロイト『夢判断』）。

また、フロイトの弟子であるアドラーは、夢による願望充足の背景には、幼児期の性欲よりも、むしろ権力に対する熱望があると考えた（A・アドラー『人間知の心理学』)。

それらに対しユングは、フロイトとアドラーの解釈の違いは、人間のタイプの相違にあると考えた。外向的《がいこうてき》な人はいつも価値基準を外に求めるために、自分自身についてては無意識的であり、自己中心的な幼児的性欲によるファンタジーに浸り、近親相姦《きんしんそうかん》的な依存の中で、つねに裏切られる不安を持ち、一方、内向的《ないこうてき》な人は親や周りの環境に対して無意識的であって、劣等感を裏返した強い幼児的な権力欲を持っているとした。そして、夢をそのまま客観的事実に結び付けずに、心の奥底にあって、誰もが普遍的に持ち、またそのために集合的な影響も与える元型(アーキタイプ。シャドウ、ペルソナ、アニマ、アニムス、グレート・マザー、オールド・ワイズ・マンなどがあるとする)の象徴的表現として考えたのである(C・G・ユング『夢分析 I』、同『元型論』)。

ユングは、夢はその人の意識的な態度を補償する役割を持っていて、人間は夢によって昼の行き過ぎを是正し、欠けているものを補って、上手に心のバランスを取るものであって、未来を予見して人を導く役割を果たしていると考えた。ユング心理学では、夢分析をしなければ人は自分自身を発見できないし、夢分析をすれば人は必ず人格が向上すると説いた。

その後、ボスは、夢もまた一つの実存の形式であり、夢は無意識的なものの現われというより、いささか次元が違うだけで、日常の体験とはそれほど変わらないものであると説明した（M・ボス『夢　その現存在分析』）。

フロイトやユングは、夢を神々の世界から切り離し、きわめて個人的なものであることを知らしめたという点において、大きな意義を有するものではあった。しかしながら、それらは、脳や睡眠の構造が医学的に解明されていない段階での研究であって、今日においては、根本的に考え直す必要があることは、言うまでもない。「ユング派の人はユング的な夢を見るし、フロイト派の人はフロイト的な夢を見る」などと言われるのは、人がそれぞれの経験と知識と情報に基づいて夢を見ているに過ぎない証拠である。

脳生理学の成果

二十世紀後半に至り、これら近代心理学とはまったく別の分野から、夢の研究が始まった。脳生理学の発展により、睡眠を科学的に解明する過程で、夢のメカニズムもわかりかけてきたのである。

その最も大きな契機となったのが、クライトマンとアゼリンスキーによる一九五三年のレム（REM = Rapid Eye Movement）睡眠の発見であった（Aserinsky, E;and Kleitman, N.“Regularly occurring periods of eye mutility and concomitant phemomena during sleep”）。

レム睡眠とは、だんだん眠りが深くなっていった段階で、突然、覚醒時に非常によく似た脳波が現われ、眼球が急速に動いて、身体中の筋の緊張が消えてしまう状態の時の睡眠である。人間の場合は、一晩で五回くらい、この繰り返しが起こるのであるが、レム睡眠の起こっている時に、生物は夢を見ていることがわかった。

そして、レム睡眠は、脳の働きを正常に保つための重要な働きのひとつであり、夢は昼間に得た大量の情報を整理する脳の働きの一つであると考えられると推定されるに至ったのである（A・L・ハルトマン『眠りの科学』）。

以下、鳥居鎮夫《とりいしずお》氏の研究（鳥居鎮夫編『睡眠の科学』、同『夢を見る脳　脳生理学からのアプローチ』）を中心に、脳生理学の分野における夢研究を紹介しよう。

それによると、人間の脳の中では前頭葉《ぜんとうよう》が記憶に関係しており、レム睡眠では、毎晩一定の間隔で生理的に脳幹《のうかん》に棘波《きよくは》が発生し、棘波が大脳皮質《だいのうひしつ》のいろいろな領域にいき、そこの神経細胞を興奮させ、一連の記憶が呼び起こされることによって、物語が展開するとのことである。つまり、夢は自分がかつて経験したことや、知らず知らずのうちに体験したことが、眠りの中で蘇《よみがえ》ったものなのである。

なお、左図は、ある夜の私の睡眠曲線の模式図である。最近はスマートリングというのを付けて、睡眠を測定している。驚くべきことに、七時間も寝たつもりであったのに、深い睡眠は午後に三〇分程度しかなく、ほとんどは浅い睡眠しかしていないのであった。深い睡眠は酒を飲んだ日には短くなり、エアコンをつけっぱなしにして寝

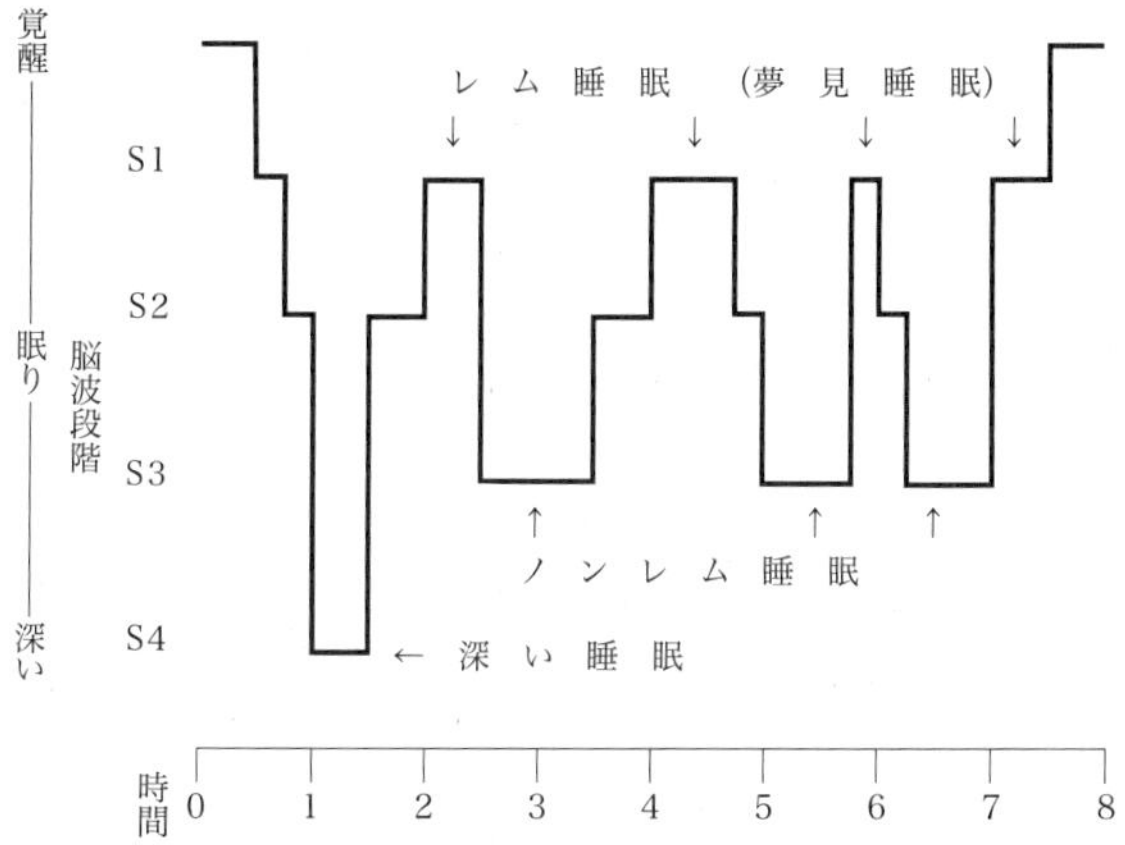

レム睡眠・ノンレム睡眠

ると長くなった。レム睡眠は四回あって、計約一時間半。その都度、夢を見ていたはずであったが、覚えていたのは覚醒直前に見ていた夢だけであり、それもしばらくすると忘れてしまった。

　また、ノンレム睡眠の四段階のうち、第一段階（S1：覚醒から睡眠への移行段階）にも、脳波にアルファ波が見られ、しばしば短い夢を見ることが知られている。たとえば『今昔物語集《こんじゃくものがたりしゅう》』巻第十三「比叡《ひえ》の山の西塔《さいとう》の僧法寿《ほうじゅ》、法花《ほっけ》を誦《じゅ》する語《こと》　第三十二」（一－三六二頁）に、

ある夜、心をこめて法華経《ほけきょう》を読誦《どくじゅ》しているうち、夜明け近くなり、少しまどろんだ時に夢を見た。「……」とこう見て、夢が覚めた。

などという見え方をするのは、むしろこのノンレム睡眠の夢なのであろう。ノンレム睡眠の夢は、レム睡眠の夢よりも、情動的プロセス、不安、敵意、暴力、視覚的活動、身体運動などを含んだ内容が少なく、被験者の生活の最近の出来事に対応したものが多い。〈思考型の夢（thinking-like dream）〉や〈入眠時心像（hypnagogic imagery）〉と称される所以《ゆえん》である。

夢を見ている時には、遠い過去の記憶が長期貯蔵から引き出されるのに、その夢自体を記憶の中に取りこむことが妨げられているため、目覚めた後には夢を思い出せないことが多い。

さて、レム睡眠は日中に収集した不要な情報のデータを消して、翌日新たに情報を収集できるようにする働きを持っている。脳がたくさんのものを覚えれば覚えるほど、神経回路網が混乱し間違った情報が混じりこむので、夢を見ることによって、人間は余計な情報を消して脳を調律し、「脳の可塑性《かそせい》（記憶）を可能にする土壌作り《どじょう》」を行なっているのである。つまり、夢の主要な機能は忘れることであるということになる。

平安貴族の夢

有名な『梁塵秘抄《りょうじんひしょう》』仏歌二十四首の中に、

仏は常に在《いま》せども　現《うつつ》ならぬぞあはれなる　人の音せぬ暁に　仄《ほの》かに夢に見えたまふ

（仏は常にいらっしゃるのだが、お姿を拝することができない。それが尊く思われる。しかし、人の物音のしない暁には、かすかに夢の中にお姿を現わされる）

とある（一九〇頁）。「暁は、他界と俗界とが、生と死とが交差する聖なる時間」などと言われるが、単に人間は目覚める直前の夢だけを覚えているのであるから、必然的に暁の夢をよく記憶しているに過ぎないのである。同様、『信貴山縁起絵巻《しぎさんえんぎえまき》』に、

一晩中、仏に申し上げて、ちょっとまどろんだ夢の中で、この大仏がおっしゃるには、「……」とおっしゃったと夢に見て、目覚めたところ、暁になっていた。

と見えるのも（八四頁）、大仏の前に参籠した尼公《あまぎみ》が、暁がたに夢を見て目覚めた結果、その直前に見た夢を覚えていたということなのであろう。

してみると、誰しも毎晩五回ほど起こっているレム睡眠時に見る夢のうち、たまたま覚醒の直前に見て覚えていた夢のみ、しかも「忘れるための記憶」としての夢の内

容をもって、神からの啓示であると考えたり、その人の潜在的な願望を分析したりする行為は、あまり意味のあることとは思えない。

すでにベルグソンが「夢そのものはほとんど過去の再生に過ぎない」と（H・ベルグソン『物質と記憶』）、シュナイダーが「夢は昼間の生活の反映である」と（K・シュナイダー『臨床精神病理学序説』）、それぞれ喝破したとおり、大部分の夢は、ごく近い記憶や経験、予定に基づくものと思われる。平安時代中期に記された教学書である『口遊《くちずさみ》』に載せる六夢の中に、「想夢」とか「思夢」と見えるのも、記憶に基づく夢のことを指しているものであろう。

夢と古代人の関係を解明する際にも、近代心理学をあてはめて解釈するのではなく、むしろ脳生理学の力を借りた方が、真実に近付くことができるであろう。平安貴族も我々現代人も、脳の構造は同じであり、夢を見るメカニズムにも違いはないはずだからである。脳生理学の成果を踏まえて、夢と古代人の関係を整理してみると、次のようになろう。

彼らとて、日々の生活の中で、前頭葉に大量の記憶を貯蔵し続けていたはずである。そして彼らも毎日の睡眠の際には、一晩に五回前後のレム睡眠を経験し、大量の情報を整理する脳の働きとして、その都度、夢を見ていたはずである（運動不足で不健康な彼らは、我々現代人よりも眠りが浅く、より多くの夢を見ていた可能性も考えられるが）。

また、「浅い眠り」に入る際に生活の最近の出来事を見るという夢も、しばしば見ていたはずである。

ただ、前近代に生きた平安貴族にとって、脳に蓄積された記憶や知識・体験の中で、宗教に関するものの比重がきわめて大きかったであろうことは、容易に想像できる。彼らの日常生活の一部である多くの法会《ほうえ》や写経《しゃきょう》、物詣《ものもうで》などの宗教体験、日頃から読んでいる経典《きょうてん》、目にしている仏像や絵巻、これらの記憶は平安貴族の脳に大量に蓄積され、現代人と違って、それを本気で信仰している彼らにとっては、日々の夢の中に現われてきたのであろう。彼らに宗教的な夢が多いのも、記憶や体験・知識の中に宗教的なものの占める割合が多いからに過ぎないのである。

夢分析への道

つまり、平安貴族の見た夢というのは、けっして「神仏からのメッセージ」として冥界《めいかい》や天上からやって来たわけでも、潜在的な願望や元型によって見ているわけでもなく、彼らの過去の記憶や経験、情報を、レム睡眠の最中に追体験したり、近未来の予定（「……したい」とか、「……したら大変だ」とか様々なパターンがあったはずである）としてシミュレーションしたりしているに過ぎないのである。いわゆる「正夢《まさゆめ》」や「予知夢《よちむ》」、あるいは「逆夢《さかゆめ》」も、この一環として解釈できよう。

そして、種々の文学作品や説話が、夢の神秘性を語っているからといって、「古代の人々は、夢を神仏からメッセージとして送られてくるものだと考えていた」と短絡的に考えてはならない。彼らとて、夢の宗教性を無批判に信用し、むやみやたらに怖れていたわけではなかったのである。

ただ、どのようなメカニズムでその人が夢を見ていたかということと、その人がその夢を見てどのように感じたか、また社会がそれをどう受け入れたかということとは、別の問題ではある。彼らが見た夢に対して、どのような対処の仕方をしていたかは、また別個に考えなければなるまい。

意外なことではあるが、古代の人々も、夢を日々の生活における方便や口実、あるいは自己の政治的要求の根拠に利用したりと、我々がイメージしているよりも冷静に考え、そして行動していた節がある。彼らは宗教的対応と現実的行動との両者を天秤《てんびん》にかけて対応し、みずからの、また社会の要求に応じて、適切に行動していたのである。

この本では、文学作品や古記録毎の特色を踏まえたうえで、主に事実を記した古記録を読み解くことによって、個々の夢に関する分析を行ない、平安貴族が夢をどのように考えていたか、そしてどのように対処していたかについて追究していきたい。

一　平安朝文学に見える夢

古記録《こきろく》に見える夢、つまり平安貴族が実際に見た夢を分析するための前提として、まず平安朝文学に見える夢を眺めておきたい。

平安朝文学において夢という語が使われるのは、大きく分けると、次の三つの場合である。

・和歌の中の句として詠まれた夢
・比喩《ひゆ》として使われた夢（「夢のごとく」とか「夢の世」など）
・実際に登場人物や作者が見た夢（フロイトとは違う意味ではあるが、顕在夢《けんざいむ》と呼ぶこととする）

この本では、これらのうちで、人々が実際に見た夢のみを考察の対象にする。

1　和歌文学と夢

まず参考までに、使用例の最も多い、和歌における夢を考えてみよう。代表的な歌集に収められた歌に、夢という語がどれくらいの頻度で見えるかを、『国歌大観《こっかたいかん》』で検索してみたら、以下のとおりであった。

まず、八世紀後半に編まれた『万葉集《まんようしゅう》』においては、全部で四五一六首の歌の中で、夢（当時は「いめ」、つまり寝目と読んだらしい）という語が詠み込まれているのは、一一七首、率にして二・六％であった。『万葉集』には四季折々の風情や人間の様々な感情、あるいは叙事詩《じょじし》、それに挽歌《ばんか》など、多種多様な歌が収められていることを思えば、これはかなりの数と言えるであろう。大伴家持《おおとものやかもち》の、

夢《いめ》にだに　見えばこそあれ　かくばかり　見えずしあるは　恋ひて死ねとか

（夢なりと見えてくれればいい。これほど見えないというのは、恋うて死ねということか）

などが有名である（巻第四－七四九）。

次に、勅撰集《ちょくせんしゅう》を見てみると、十世紀初頭に完成した『古今和歌集《こきんわかしゅう》』には、全一一〇〇首の歌の中で、三七首が夢という語を使っていた。異性との逢瀬《おうせ》を夢という語で隠喩《いんゆ》したものが多い。率にすると三・四％。これもかなりの高率である。小野小町《おののこまち》の有名な二首を挙げておこう（巻第十二・恋歌二－五五二・五五三）。

思ひつつ　寝《ぬ》ればや人の　見えつらむ　夢と知りせば　覚めざらましを

（あの人を恋しく思いながら寝たので、夢にふと見えたのだろうか。それが夢と知ったならば、目を覚ますのではなかっただろうに）

うたた寝《ね》に　恋しき人を　見てしより　夢てふものは　頼みそめてき

（仮寝の夢で、恋しい人を見てからというものは、夢というものを頼もしく思い始めてしまった）

ところが、これ以降の勅撰集では、夢という語の使用頻度は、徐々に少なくなる。十世紀中葉の『後撰和歌集《ごせんわかしゅう》』では全一四二六首の中で三七首（二・六％）、十一世紀初頭の『拾遺和歌集《しゅういわかしゅう》』では全一三五一首の中で二七首（二・〇％）、十一世紀末の『後拾遺和歌集《ごしゅういわかしゅう》』では全一二一八首の中で一九首（一・六％）と、時代が下るにつれて少なくなり、十二世紀前半の『金葉和歌集《きんようわかしゅう》』に至って、ついに全六六五首の中に夢という語を詠み込んだ歌は見られなくなる。

ただ、十二世紀中葉の『詞花和歌集《しかわかしゅう》』では全四〇九首の中に六首（一・五％）詠まれるなど、再び使用例が見られるようになり、十二世紀末の『千載和歌集《せんざいわかしゅう》』では全一二八八首の中の四〇首（三・一％）に詠まれるなど、『古今和歌集』の使用頻度に近付いてくる。

これや夢　いづれかうつつ　はかなさを　おもひわかでも　すぎぬべきかな

（これが夢か、どちらが現実か。はかなさを判断できないままにこの世を過ごしそうです）

など、象徴的な意味を持たせる歌も見られるようになる（巻第十七・雑歌中―一一三〇）。そして八代集の最後を飾って十三世紀初頭に完成した『新古今和歌集《しんこきんわかしゅう》』に至り、全一九七八首の歌のうちの八〇首、実に四・〇％という頻度で夢という語が使われるようになる。藤原定家《さだいえ》の、

春の夜の　夢の浮橋　とだえして　峰に別かるる　横雲の空

（春の夜の短くはかない夢がとぎれて、見てみると、横雲が峰から別れてゆく空であった）

を挙げておこう（巻第一・春歌上―三八）。

個人の私家集《しかしゅう》には、なぜか夢という語の使用頻度は低い。『貫之集《つらゆきしゅう》』が全八八九首中で一六首（一・八％）、『和泉式部集《いずみしきぶしゅう》』が全一五四〇首中で二三首（一・五％）、『紫式部集《むらさきしきぶしゅう》』が全一二八首中で二首（一・六％）、『清少納言集《せいしょうなごんしゅう》』が全三五首中で一首

（二一・九％）といった具合である。
私は歌にはまったく疎いので、以上の傾向の意味するところはよくわからないが、たとえば紫式部《むらさきしきぶ》のように、一人の作者が、自分の歌集と日記と物語の中で夢という語をどのように使っているのかは、興味ある問題として、後に触れることにしよう。

2 歌物語と夢

次に、平安朝の物語文学に見える夢を考えてみよう。物語文学は、歌物語、作り物語、「歴史物語」の三種に分類される。しかし、物語の中の場面で夢が登場する作品は、実は限られた特定のものだけなのである。

まず、歌物語では、十世紀中頃までの成立とされる『平中物語《へいちゅうものがたり》』には、夢という語は三回見えるが、すべて、誰かが実際に見た夢ではない（歌の中で二回使われている）。十世紀中頃に成立した歌物語である『伊勢物語《いせものがたり》』には、夢という語は八つの段に九回見えるが、ここにも顕在夢は見られない（歌中で七回使われている）。第六十三段に、情け深い男に逢いたがっている女が、子供たちに「まことならぬ夢語り」をしたという話（一六四－一六六頁）が目を引く。

十世紀中頃に成立し、十世紀末に増補を受けたとされる『大和物語《やまとものがたり》』には、夢という語は六つの段に七回見えるが、顕在夢は第百四十七段に一回見えるのみである（歌中に四回、比喩として二回、それぞれ使われている）。第百四十七段は、「をとめ塚」のもとに野宿した旅人が、敵と戦うために刀を貸してくれと頼みに来た男を夢に見、刀を貸したところ、朝起きると辺りに血が流れ、刀にも血が付いていたというもの（三七三―三七四頁）。これは、浅い睡眠中に周りの音が聞こえ、その刺激によってS1睡眠の夢を見たという例であろう。

3　作り物語と夢

作り物語では、九世紀後半から十世紀前半にかけて成立し、「物語の祖」と称された『竹取物語《たけとりものがたり》』には、夢という語は出てこない。

十世紀後半に成立したとされる最古の長編物語である『うつほ物語』には、夢という語は合わせて四一回見られるが、そのうち顕在夢は九回、出てくる（他に歌中に四回、比喩として二八回使われている）。『源氏物語』への影響もうかがえ、まことに興味深いのであるが、今は詳しく分析する余裕がない。

十世紀末に成立したとされる『落窪物語《おちくぼものがたり》』には、夢という語は二回見られるが、そのうち顕在夢はない（比喩として二回使われている）。

『浜松中納言物語《はままつちゅうなごんものがたり》』は、『更級日記《さらしなにっき》』の作者である菅原孝標女《たかすえのむすめ》が十一世紀中葉に記したとされるものである。そこでは、夢は八七回現われ、そのうち、実際に見たという夢は三三回である（他に歌中に一一回、比喩として四〇回使われている）。中納言の亡父が唐土《もろこし》の第三皇子に転生《てんしょう》しているという夢を見る場面、中納言が夢告げに従って山陰で物忌《ものいみ》に籠っていた后と結ばれる場面、后が若君は日本の「かため」であるから渡せとの夢告げを得る場面、中納言の夢に唐后が現われ、自分は姫君の娘となって転生ずると告げる場面など、いかにも『更級日記』の作者が創作した物語にふさわしく、夢と転生を軸に物語が展開する。

・『源氏物語』の夢

紫式部が十一世紀初頭に著わした『源氏物語《げんじものがたり》』は、間違いなく世界最高峰の文学作品である。光源氏《ひかるげんじ》（光る君）が父帝の后藤壺《ふじつぼ》と密通し、生まれた皇子が冷泉《れいぜい》帝として即位するという罪を犯し、晩年には若い妻の女三宮《おんなさんのみや》に密通され、薫《かおる》が生まれるという罰を受け、「宇治十帖」では薫と宇治の姫君たちの物語が繰りひろげられ、浮舟《うきふね》が出家して皆の罪を贖《あがな》うという三部構成となっている。

その『源氏物語』には、合わせて一六二回、夢という語が登場する。そのうち、顕在夢は七二回見られる（他に歌中に一二回、比喩として七八回）。これは、他の平安朝物語文学と比較すると、格段に多い頻度である。しかも、これから示すように、紫式部は『源氏物語』の重要な局面において、顕在夢の描写を繰り込んでいる。特に、死者が生者の夢に現われるという夢の用い方は、紫式部が格別の執心を抱いていたと指摘されるところである（福田孝「夢のディスクール」）。

表1　源氏物語の夢

第一部―罪

a系

a－1．生い立ちと藤壺・紫の上	夢	顕在夢	和歌	比喩
1 桐壺	1			1
5 若紫	5	3	1	1
7 紅葉賀	1			1
8 花宴	1	1		
9 葵	3	1		2
10 賢木	2			2

b系

b－1．女性との遍歴	夢	顕在夢	和歌	比喩
2 帚木	3	1	1	1
3 空蝉	1			1
4 夕顔	3	2		1
6 末摘花	2			2
小計	9	3	1	5

	夢	顕在夢	和歌	比喩
11 花散里	0			
小計	13	5	1	7

a－2．流寓から都召還	夢	顕在夢	和歌	比喩
12 須磨	3	2		1
13 明石	18	10	4	4
14 澪標	4	1		3
17 絵合	1			1
18 松風	0			
19 薄雲	3	1		2
20 朝顔	3	1	1	1
21 少女	2	1		1
小計	34	16	5	13

b－2．女性のその後	夢	顕在夢	和歌	比喩
15 蓬生	2	1		1
16 関屋	1			1
小計	3	1		2

b－3．玉鬘十帖	夢	顕在夢	和歌	比喩
22 玉鬘	5	2		3
23 初音	0			
24 胡蝶	1			1
25 蛍	1	1		
26 常夏	1	1		

	夢	顕在夢	和歌	比喩
27篝火	0			
28野分	0			
29行幸	2	1		1
30藤袴	0			
31真木柱	0			
小計	10	5		5

a－3．六条院の栄華				
	夢	顕在夢	和歌	比喩
32梅枝	0			
33藤裏葉	2			2
小計	2			2

第二部―罰

女三の宮降嫁				
	夢	顕在夢	和歌	比喩
34若菜上	13	9	1	3
35若菜下	6	3	1	2
36柏木	3	1		2
37横笛	7	7		
38鈴虫	0			
39夕霧	3		1	2
小計	32	20	3	9

光源氏の死	夢	顕在夢	和歌	比喩
40御法	5		1	4
41幻	2	1		1
小計	7	1	1	5

第三部―贖

光源氏死後の世	夢	顕在夢	和歌	比喩
42匂兵部卿	0			
43紅梅	0			
44竹河	2	1		1
小計	2	1		1

宇治十帖	夢	顕在夢	和歌	比喩
45橋姫	4			4

46 椎本	1			1
47 総角	10	5		5
48 早蕨	1			1
49 宿木	3	1		2
50 東屋	1			1
51 浮舟	14	8	1	5
52 蜻蛉	6	2		4
53 手習	5	2		3
54 夢浮橋	5	2		3
小計	50	20	1	29
合計	162	72	12	78

実は紫式部という人は、自身の日記や歌集においては、あまり夢という語を使っていないのである。自己の作り出した虚構の世界においてのみ、夢を巧みに使って物語の展開を印象づけようとしたのであろうか。

それでは、主な顕在夢を見ていくこととしよう。趣意文の基になった本文と巻数・頁数は、阿部秋生・秋山虔・今井源衛・鈴木日出男校注／訳『新編日本古典文学全集源氏物語』によるものとする。

・「若紫」(一―二一二頁)

北山で少女を見出した光源氏は、僧都《そうず》に、「ここにいらっしゃるのは誰ですか。お尋ねしたい夢を見ましたが、今日、それを思い当たりました」と言う。僧都は笑って、「突然な夢語りですな。お尋ねになっても、期待外れになるでしょう」と言いながら、少女の身の上を明かす。

作為の夢を口実に、少女の身の上を聞き出そうとする光源氏と、それが虚偽の夢であることをわかっていながらも語る僧都が描かれている。これによって、少女と藤壺女御《にょうご》が縁続きであることが明らかとなり、紫《むらさき》の上《うえ》の物語が展開していくことになるという、重要な場面である。お互いが夢を口実として、話を進めていく様子が印象的である。

・「若紫」（一 ‐ 二三三〜二三四頁）

光源氏は異様な夢を見る。夢解《ゆめと》きを呼んで尋ねると、まったくあり得ないような、想像もつかぬ筋のことを解き合わせる。光は、自分の夢ではないと言って口止めする。そこへ藤壺が懐妊したという噂が届き、光も、あの夢はこういうことだったのかと思い合わせる。

夢解きが説いた内容は、光源氏が帝の父になるという、皇位継承に関わるものだったはずである。ただし、夢による「神からのメッセージ」というよりは、藤壺との密通（光も藤壺も贈答歌の中で、その行為を「夢」と表現している）の自覚と、藤壺から皇子が生まれれば当然立太子するであろうという情勢判断によるものと考えるべきであろう。

・「葵」（二―三六頁）

六条御息所は、賀茂斎院御禊《かもさいいんごけい》の後は、浮かされてしまった心がおさまりそうもない気持ちのせいか、少しまどろんだ夢で、あの姫君（葵の上《あおいうえ》）の所に行って、あれこれ引きまわし、荒々しく恐ろしい気持ちになって乱暴に揺り動かす、ということが度重なった。

これは当然ながら、葵の上に対する怒りと憎悪と劣等感の感情による夢である。怨霊《おんりょう》となる側も、その感情の表出が怨霊となるのであるが、一方では怨霊に苛《さいな》まれる側もまた、怨霊に襲われるという自覚の感情によって、怨霊を見てしまうのである。

・「明石」（二―二二八〜二三三頁）

暴風雨が静まった日、ついうとうとした光源氏は、亡き父桐壺《きりつぼ》院を夢に見た。院は、「どうしてお前はこんな所にいるのだ。早く舟を出してこの浦を去れ。自分はこれから朱雀帝《すざく》に奏すことがあるので京へ上る」と言って立ち去る。お供に参りたいと光は願うが、もう眠ることはできない。朝になり、明石《あかし》から入道が舟に乗ってやって来る。光は、父院の夢のことを思い合わせ、入道と対面する。入道は、「朔日の夢に異形の者が『十三日に舟を出して須磨《すま》に漕ぎ寄せよ』と言うのでやって来ました」と言う。光は、入道の誘いに乗り、明石に着く。

須磨に流謫《るたく》の日々を送っていた光源氏が、何日も続いた暴風雨という非常事態の中、父院恋しさに見た夢として設定されているのであろう。これからの光の運命の変転の序曲として、重要な場面となる。

入道の夢というのも、娘かわいさと悲願（後に入道の夢語りによって明らかとなる）、光源氏が須磨に滞在しているとの情報によって、暴風雨という状況の中で見たものであろう。ただ、光がそれを受け容《い》れたというのも、夢告げを信用している社会、あるいは夢を有効な口実として利用している社会が、背景にあるからであろう。

・「明石」(二－二五一～二五二頁)

三月十三日、雷が鳴り閃《ひら》めいた夜、朱雀帝は、父桐壺院が清涼殿《せいりょうでん》の御階の下に立ち、機嫌悪そうに帝を睨《にら》んでいる夢を見た。院は様々のことを帝に注意するが、それは光源氏のことだったのであろう。帝はそれを母后《ははきさき》(弘徽殿大后《こきでんのおおきさき》)に申し上げるが、后は「荒れた夜はそんな夢を見るのだ」と一喝する。ところが、帝は院と目が合ってしまったので、眼病を患う。

朱雀帝には、「光源氏を朝廷の後見《うしろみ》とせよ」という桐壺院の遺詔《いしょう》に背いたという負い目があった。光を須磨に追いやってしまったという自意識は、このような形で院に睨まれるという夢となって現われたのであろう。ただ、夢の神性《しんせい》を信じない弘徽殿大后の存在は、案外に当時の人々も、夢の現実性を認識していたのではないかと想像される。

・「朝顔」(二－四九四～四九五頁)

紫の上に藤壺のことを語った後、藤壺のことを思い続けて寝入った光源氏は、夢ともなく、恨んでいる藤壺の姿を見る。

自分との秘密を紫の上に仄《ほの》めかし、藤壺はさぞかし怒っているはずだという、光源氏の自覚によって、この夢が現われたのであろう。光はこれを、冥界《めいかい》からの夢告《むこく》だと認識したという設定にはなっていないはずであるが、藤壺のために諸寺で誦経《ずきょう》を行なう。

この時代の古記録に、夢想《むそう》が悪かったという理由で誦経や諷誦《ふじゅ》（経典《きょうてん》・偈頌《げじゅ》などを、節をつけ、声をあげて読むこと）を修する貴族の姿が頻繁に見られるが、彼らもまた、本当に夢の神性を信じていたわけではないことを示す例である。

・「若菜上」（四－一一二～一一四頁）

明石女御から若宮が生まれたのを知った明石入道《あかしのにゅうどう》は、最後の消息を都の尼君に送った後、入山した。その消息には、娘（明石の君）が生まれた年に見た夢が書かれていた。その夢というのは、自分が須弥山《しゅみせん》を右手に捧《ささ》げ、山の左右から月日の光が明るく射し出して世界を照らすが、自身は山の下の陰に隠れて、その光に当たらない。そして、山を広い海に浮かべ、小さい舟に乗って、西の方に向かって漕いでいく、というものであった。入道は、この夢から覚めてから将来への野望を抱き、その頃、尼君の腹に姫君が宿った。

明石女御が東宮の若宮を産み、将来、国母《こくも》になることが予想されるという知識を得た時点で、この運命予知的な夢を付会したものであろう。あるいは、入道の尋常ならざる人格と野望を説明するために、作者が創作したものであろうか。

・「若菜下」(四－二二六頁)

念願叶《かな》って女三宮と通じた柏木《かしわぎ》は、その直後、少しまどろむともない夢に、手なずけていた猫が近寄ってきたのを、この宮に返そうと思って連れてきたのだ、でも何のために返すのだろう、などと思っているうちに、目が覚めた。

女三宮の身代わりに猫を愛玩していた柏木にとっては、女三宮イコール猫、というイメージが定着していた。女三宮と通じた柏木は、傍らに臥《ふ》しているのが女三宮であるという思いから、猫の夢を見たのであろう。

また、「獣ヲ夢ミルハ懐胎《かいたい》ノ相也」（『岷江入楚《みんごうにっそ》』）という俗習があったらしいが、この情交で女三宮を懐妊させるかもしれないという自覚と、この俗習とが相まって、この夢を見たことにしたものとも考えられる。

なお、この睡眠、情交の直後に短時間訪れるもので（aftersleep）、この夢も浅い眠りの際の夢である。このような夢に被験者の生活の最近の出来事に対応したものが多いのである。

・「横笛」（四－三五六～三六〇頁）
夕霧《ゆうぎり》は、柏木の妻であった女二宮《おんなにのみや》（落葉《おちば》の宮）を訪れて合奏した後、柏木遺愛の横笛を贈られる。帰宅してその笛を吹き、寝入った夕霧の夢に柏木が現われ、その笛を取って見ている。自分が横笛を伝えたかったのは君ではないという歌を詠んだと見て、目が覚める。

女二宮からもらった横笛を吹いて眠った夕霧にとって、その横笛は女二宮そのものの象徴である。女二宮との交流を柏木はどのように思っているだろうか、という思いが、夕霧にこのような夢を見させたという設定であろう。

この後、夕霧は、この夢のことを思い出し、愛宕《あたご》で誦経の供養をさせることになる。

・「総角」（五－三一一～三一二頁、三二〇～三二一頁）

宇治《うじ》の八宮《はちのみや》の中君《なかのきみ》は、故八宮を昼寝の夢に見たが、ひどく心配げな様子でほのかに姿を見せたのであった。大君《おおいぎみ》は、夢ででもお会いしたいのに今までお会いできなかったと言い、二人で泣き合う。後、重態となった大君の夜居《よい》に伺候《しこう》した阿闍梨《あじゃり》は、夢に八宮が見えた様子を、薫や姫君たちに語る。八宮は、この世にひとふしだけ心にかかることがあって、往生《おうじょう》の一念が乱れたために、極楽浄土《ごくらくじょうど》から遠ざかっていると語った。大君は、父宮の往生を妨げている自分の罪の深さを嘆く。

八宮と死別し、宇治で寂しく暮らす姫君たちにとっては、亡き父宮の思い出というのは、その死後においても生きる標《しるべ》だったのであろう。病が重くなる大君を見るにつけ、中君が父宮の心配そうな姿を夢に見るというのは、当然のことであった。八宮は、薫に姫君たちの後見を託したのであるが、その遺言に背いてしまったという姫君たちの思いが、夢の中で八宮の不安を予想させたものと思われる。

八宮の出てくる夢を語った阿闍梨も、姫君たちと薫や匂宮《におうのみや》との関係を知っていたはずである。こんなことでは、さぞや父宮はあの世でお嘆きだろうという思いが、このような夢を見せたのであろう。もちろん、夢に託して彼らを戒めたのかもしれないが。

・「浮舟」（六―一九四～一九五頁）

薫と匂宮との板挟みになり、死を決意した浮舟の許に、京から母君の手紙が届く。昨夜の夢に、浮舟がひどく心配な様子で見えた。今、昼寝をしている夢に世間で忌むことが見えたので、驚いて手紙を差し上げているのです。よく慎み、寺で誦経をさせなされよ、というものであった。

娘と高貴な公達《きんだち》との関係を聞き、また娘が気分を悪くしている様子を中将の君から

長谷寺本堂

聞いていた母君は、心配のあまり、このような夢を何度も見たということなのであろう。

ただ、これも霊的なメッセージなどではなく、様々な情報やそれに対する自分の感情が見せたものである。浮舟は、この直後、母に最後の手紙をしたためる。

・「手習」（六－二八六～二八九頁）

横川僧都《よかわのそうず》は、妹尼と初瀬《はつせ》詣でをした帰途、行き倒れになっている浮舟を発見する。妹尼は、亡くなった娘の身代わりを得られるという夢を長谷《はせ》寺《でら》で見ていたのだが、それを思い合わせ、その姫君の姿を見たがる。介抱を受ける浮舟は、「川に落とし入れてください」と言ったきり、何も言わない。妹尼は、夢告げの内容をうち明けて、浮舟の心を開こうとする。

長谷寺に参籠して見た夢という、類型的なパターン。妹尼は、この場面では僧都に夢の内容を明かさない。夢を人に語ると内容が違ってしまうという発想なのであろう。秘密にしていた夢の内容をうち明けることによって、その相手と心が通い合うという構想になっている。この後、僧都の祈禱《きとう》によって物怪《もののけ》が現われ、浮舟は意識を回復する。

・「夢浮橋」（六—三九一～三九三頁）

小野《おの》の庵で仏道にいそしむ浮舟の許に、薫の手紙が届く。「せめてあの時の夢のような出来事の話だけでもしたい」と。妹尼に返事を書くよう責められた浮舟は、「夢のような出来事とおっしゃられても、どのような夢だったのか合点がいかないのです」と言って、薫の手紙を押しやる。

浮舟の失踪《しっそう》を、「夢のような出来事」と表現したものである。これは比喩的表現であるが、『源氏物語』の最末尾なので、ここに挙げることにした。「夢のごときこと」とは、古典文学では、普通は男女の逢瀬を指すのであるが、このあまりに尋常ならざる出来事は、まさに本人にとっても、どんな夢だったのかわからない状態だったのであろう。

なお、『源氏物語』の最後の巻が、「夢浮橋《ゆめのうきはし》」と名付けられていることも、なにやら象徴的である。この語は、薄雲《うすぐも》巻に引かれている出典不明の古歌（六―三九三頁）、

世の中は　夢のわたりの　浮橋か　うち渡りつつ　物をこそおもへ

との関連が説かれているが、この世を夢の浮き橋と感じた作者なればこそ、浮舟の蘇《そ》生《せい》後の生き方を、この作品の末尾のように構想させたのであろう。それにしても、薫が「どこかの男が浮舟を隠し住まわせているのだろう」と思ったところで物語を終えているというのは、作者の絶望的な男性観がうかがえる。

以上、『源氏物語』に見える夢を、大雑把にたどってきた。それは紫式部という女性が構築した物語世界の中の描写であるとはいえ、当時の社会が夢というものに対し

て抱いていた共通認識をその根底に置いていたであろうことは、十分に推察されるところである。

まず、『源氏物語』の登場人物が夢を見るメカニズムは、脳生理学の研究を一歩も出るものではない。つまり、彼らの夢もまた、直前の記憶や情報、知識に基づいているのである。その点では紫式部も、自分の創作物語の登場人物を、自分の生きていた平安貴族社会の人間たちと同様の人間として描いていることになる。

ただ、『源氏物語』の登場人物たちが、自分の見た夢に対して、神仏の啓示として怖れを抱いていたかどうかという問題は、どうも個人差があるように描いている。桐壺院に睨まれるという夢を見た朱雀帝が、それをひどく怖れ、ついには眼病を患うことにしているのに対し、その話を聞いた弘徽殿大后は、それを一喝するというふうに描写する。紫式部の生きた社会にも、このように様々な人間がいたことによるのであろう。

また、夢の持つ神性をかならずしも信じてはいなくとも、誦経や諷誦を修している例や、夢をお互い同士の口実やきっかけとして利用している例も、しばしば見られる。夢を怖れてはいなくとも、一応の対応はしておこうというこれらの例は、夢に対する一般的な対応として、平安貴族社会で実際に行なわれていた姿だったであろうことは、十分に推測できよう。

以上に見られるように、平安朝の作り物語文学には、夢という語が実体を伴った顕在夢として物語世界の中で使われることが少ないことが確認できた。そうなると、夢という語を頻繁に使用した『源氏物語』『浜松中納言物語』と、「歴史物語」としての『栄花物語《えいがものがたり》』『大鏡《おおかがみ》』の特異性が浮かび上がる。

いずれも、登場人物が夢を見るメカニズム、つまり直前の記憶や情報、知識に基づいて夢を見ていると設定していることは、確認できるものと思われる。また、それぞれの場面は、当時の社会が夢というものに対して抱いていた共通認識をその根底に置いていたであろうことは、間違いのないところである。

夢に対して、神仏の啓示として怖れを抱いた人物もいれば、それに対して何とも思わない人物もいたのである。夢の持つ宗教性をかならずしも信じてはいなくとも、誦経や諷誦を修している例や、夢をお互い同士の口実やきっかけとして利用している例も、しばしば見られる。創作された物語とはいえ、それらは平安貴族社会の縮図だったのであろう。

ただ、自己の構築した物語世界の中で、夢が重要な役割を果たすとはいっても、それはこれらの作品の特異性を浮き彫りにするものでもある。何故にこれらにおいて、夢がこのような役回りを持たされることになったのかは、また別に考えなければならない問題であろう。

4　「歴史物語」と夢

次にいわゆる「歴史物語」について考えてみよう。

・『栄花物語』の夢

「歴史物語」では、正編が十一世紀前半、続編が十一世紀末に成立したとされる『栄花物語』には、合わせて七五回、夢という語が見られる。そのうち、顕在夢は二九回である。他に和歌の中に現われるのが二二回、比喩表現としての用例が二三回、仏典《ぶってん》の引用として一回見える。

仮名で書かれた「歴史書」とはいいながら、夢を頻繁に使用し、夢を軸として藤原道長《みちなが》の栄華の裏側（「明暗」の「暗」）、および道長の極楽往生の証拠を描いているのは、あるいは『源氏物語』の影響であろうか。

表2 『栄花物語』の夢

巻	所収年代	夢	顕在夢	和歌	比喩	引用
1	仁和三－天禄三	0	－	－	－	－
2	天禄三－寛和二	0	－	－	－	－
3	寛和二－正暦二	0	－	－	－	－
4	正暦二－長徳二	10	2	3	5	0
5	長徳二－長徳四	11	6	1	4	0
6	長保元－長保二	0	－	－	－	－
7	長保二－長保四	0	－	－	－	－
8	長保五－寛弘七	2	0	0	2	0
9	寛弘八	2	0	1	1	0
10	寛弘八－長和二	2	0	2	0	0
11	長和二－長和三	0	－	－	－	－
12	長和三－寛仁元	1	0	1	0	0
13	寛仁元－寛仁二	2	0	1	1	0

14	寛仁二—寛仁三	1	1	0	0	0
15	寛仁三	2	2	0	0	0
16	寛仁三—治安二	4	0	4	0	0
17	治安二	0	—	—	—	—
18	治安二—治安三	0	—	—	—	—
19	治安三	0	—	—	—	—
20	治安三	0	—	—	—	—
21	治安三—万寿元	5	5	0	0	0
22	万寿元	0	—	—	—	—
23	万寿元	0	—	—	—	—
24	万寿二	0	—	—	—	—
25	万寿二	4	3	0	1	0
26	万寿二	5	0	1	4	0
27	万寿二—万寿三	7	1	5	1	0
28	万寿三—万寿四	0	—	—	—	—

29	万寿四	3	3	0	0	0
30	万寿四―万寿五	6	4	0	1	1
31	長元三―長元六	0	－	－	－	－
32	長元六―長元九	0	－	－	－	－
33	長元九	3	0	1	2	0
34	長暦元―寛徳元	0	－	－	－	－
35	寛徳元	0	－	－	－	－
36	寛徳二―康平四	2	1	1	0	0
37	康平元―治暦三	0	－	－	－	－
38	延久二―延久五	3	1	1	1	0
39	承保元―永保三	0	－	－	－	－
40	応徳元―寛治六	0	－	－	－	－
	合計	75	29	22	23	1

『源氏物語』『大鏡』と並んで、かなり高い頻度で夢という語が使われていることが読み取れる。『栄花物語』においては、ほとんどの文学作品においては、その最も多

くの割合を占める用例である比喩が少ないということも特徴的である。すなわち、『栄花物語』作者は、何らかの意図をもって、夢という語を記している（あるいは、原史料を引用している）ということを想定できるのである。

また、巻毎に見てみると、特に顕在夢の場合、巻毎の使われ方の偏差が激しいようである。どのような場面で、『栄花物語』作者は夢を使ったのか、またそれは原史料のあり方に影響されたものなのか、これから分析していきたい。

まずは、『栄花物語』において顕在夢が使われている二〇の場面を、以下に引いてみることにしよう。現代語訳の基になった本文と巻数・頁数は、山中裕・秋山虔・池田尚隆・福長進校注／訳『新編日本古典文学全集　栄花物語』によるものとする。

1．巻第四「みはてぬゆめ」（一―二一二〜二一三頁）

また女院《にょういん》（藤原詮子《せんし》）のご意向でも、粟田殿《あわたどの》（藤原道兼《みちかね》）が執政されるべきであるとの事などがあって、その様子を得たのか、世の中の人が残らず（粟田殿のお邸に）参って来るうちに、それを知った内大臣殿（藤原伊周《これちか》）のお嘆きまであって、様々に物を思い嘆いているうちに、粟田殿は夢見が騒がしくいらっしゃり、神仏のさとしなどがあったりしたからだろうか、ご気分も身から浮いているように思われるので、陰陽師《おんみょうじ》などに何か占わせなさっても、「住まいをお替えなされよ」と申すようなので、適当な所などを探されたのだが、一方ではまた慶事の予兆などと言うことが陰陽師によって一様でなく、様々に占い申すのを不審に思われた。

長徳元年《ちょうとく》（九九五）四月下旬のこと、関白《かんぱく》藤原道隆《みちたか》の薨去《こうきょ》の後、「関白病間」という限定付きで内覧《ないらん》の地位にあった伊周の危機感をよそに、政権の帰趨《きすう》は道兼に傾いていくという場面である。東三条院《ひがしさんじょういん》詮子の意向も道兼に傾き、世の人が皆、道兼邸に参向するといった状況の中、道兼は夢見が騒がしく、神仏のお告げもあって、気分も身を離れて浮いたようになる。陰陽師に占わせると、方違《かたたがえ》をした方がよいと言う。政権が近付いてきたことによるのか、それとも何か不吉なことが待ち受けているからなのかといった不安定な運命を、作者は道兼の夢見を効果的に使うことで描こうとしている。

2．巻第四「みはてぬゆめ」（一－二一七頁）

（道兼の）二条殿《にじょうどの》では、北の方（藤原遠量女《とおかずのむすめ》）が日ごろご懐妊のご様子でいらっしゃったのに、今度生まれるのは女君と夢にも見えなさり、占いにもそのように申していたので、粟田殿はお産の日を待ち遠しがって思われていたのに、このように（関白の宣旨《せんじ》を受けるという）慶事までおありなのだから、必ず女君が生まれるだろうとお待ち申しておられたが、こうした重い病でいらっしゃるので、いったいどうなることかとお邸の内は大騒ぎしている。

これも長徳元年五月六日以降のこと、関白宣旨を得たものの病状が悪化した道兼邸において、北の方が懐妊の様子であった。「今回は女君である」と夢に見えたというのである（これは後文によると、めでたいこととして描かれている）。

結局、道兼はこの場面に続く八日に薨去するのであるが、その運命を知らず大騒ぎする道兼邸における不安要因として、この夢は使われていることになる。

3. 巻第五「浦々の別」（一－二四三～二四四頁）

「もののあわれも」など、しみじみと悲しく堪えがたいので、「……頼りにならない自分でもお産のお世話ができればよいのですが、行く末もわからない身となってしまいましたので、やはり父君（道隆）の御霊が宮（藤原定子《ていし》）の御身から離れられず、安産なさるように守護申しあげられ、また申すのも畏れ多い帝のお心にも、また女院（詮子）の御夢などにも姿を現わされて、この事件で私に咎《とが》のないように思わせ申しあげてください」などと、泣く泣く申されるままに、涙に溺れておられる。あたりに聞く人さえいない所であるから、（高階《たかしなの》）明順《あきのぶ》は声も惜しまず泣いた。

長徳二年（九九六）四月二十二日のこと、「長徳の変」によって追及を受けている伊周が、ひそかに二条第を抜け出して宇治《うじ》の木幡《こはた》に詣でるという場面である（史実としては、伊周は五月一日に愛宕山《あたごやま》に逃隠している）。父道隆の墓を探して泣き惑う伊周が、詮子の夢に道隆が現われて、自分に咎がないことを訴えてくれるよう、道隆の霊に訴えている。

史実を大きく離れ、作者が創作した部分であろうと思われるが、詮子の夢に道隆が出てきて伊周の無実を訴え、詮子がそれを一条《いちじょう》天皇に伝えることを期待している点、詮子の政治力を如実に描写している。

4．巻第五「浦々の別」（一―二七五～二七六頁）

「たびたび夢でお二人が都に召還されることになるさまを見ましたが、こうしていまだに音沙汰がないのが残念です。やはりそのように決心して参内《さんだい》なさいませ。御祈禱《きとう》を一心に行なって、寝ました夢に、男宮が生まれるだろうという夢を見ましたので、このことによっても、やはり早く参内なさいますよう、お勧め申しあげようと思いまして、そのことを用向きとして参上したのです。お手紙では漏れ広がる恐れもあろうかと思いまして」などと二位（高階成忠《なりただ》）は参内を勧め、泣いたり笑ったりして一晩中、中宮《ちゅうぐう》（定子）とお話をして、夜明けにお帰りになった。

長徳三年（九九七）の夏のこと、高階成忠が、すでに前年十二月に脩子《しゅうし》内親王を産んだ女の定子に参内を勧めている場面である。成忠は夢の中で、伊周と隆家《たかいえ》が召還されることをたびたび見ていたが、今回は皇子が生まれる夢を見たと言っている。そのためにも参内して、一条の寵愛《ちょうあい》を受けよと勧めるのである。

この後、『栄花物語』では定子は参内して一条の寵を得、敦康《あつやす》親王を産むことによって伊周たちは召還されることになるのであるが、そのための布石として、この成忠の夢が描かれているのであろう。

5. 巻第五「浦々の別」（一―二八〇頁）

右近内侍《うこんのないし》がそれとない取り次ぎとして奉仕した。二位はこうした（ご懐妊の）事を聞いて、たいそう嬉しくて、夢の効験があるにちがいないと思って、いっそう激しい御祈禱をたゆみなく行なっている。筑紫《つくし》でも帥殿《そちどの》（伊周）がこのような事をお聞きになって、何事につけて、いくら何でも今度は帰京できようと頼もしく思われたであろう。

長徳三年の八月末から九月のはじめにかけて、定子は懐妊することになっている

（史実としては、定子が敦康を懐妊したのは長保元〈九九九〉年二月のことであり、『栄花物語』と大きく異なっている）。定子は夢のような胸つぶれる思いでおり、一条は前世《ぜんせ》の因縁《いんねん》を悟る一方で、世人は聞き苦しく取り沙汰する。成忠は定子の懐妊を聞き、いつかの夢が実現するに違いないと言って喜ぶ、という筋書きとなっている。

「定子懐妊↓敦康誕生↓伊周召還」という筋書きが、成忠の夢を軸として語られる。史実の時間軸や出来事を大きく改変して、この流れを作ろうとしたことの意味は、ここでは問わないが、夢が大きな役割を果たしていることは確認しておきたい。このあたり、あたかも『源氏物語』の明石入道の夢を見ているかのような感がある。

6．巻第五「浦々の別」（一―二八四頁）

大殿（道長）が七夜の御産養《うぶやしない》の儀をご奉仕なさる。……七夜は今宮（敦康親王）にお目にかかるために藤三位《とうさんみ》（藤原繁子）をはじめ、しかるべき命婦《みょうぶ》や女蔵人《にょくろうど》たちが参上した。その際に禄《ろく》の御用意があったはずである。二位は夢を現実に見て、「御身体さえ丈夫に成長なさったら、一天下の君となられるでしょう。よくよく大切にお世話申しあげなさいませ」と、つねに中宮に啓上する。

長徳四年（九九八）三月のこととして描かれているが、敦康の誕生は、史実としては長保元年十一月七日のことであり、成忠はすでに長徳四年七月に薨去している。道長が奉仕したという七夜の産養に際して（実際は一条が勅使を派遣して奉仕したもの）、成忠がかつての夢を正夢にしたので、この皇子が成長すれば即位するだろうと定子に語るというものである。

成忠の夢を軸として展開してきた中関白家《なかのかんぱくけ》復活物語であるが、ここで敦康が誕生して大団円を迎え、この後、伊周・隆家召還の議へと続くことになる（史実としては、両者の召還は長徳三年、詮子の病悩平癒を期した大赦《たいしゃ》による）。『栄花物語』特有の、明暗を繰り返す物語展開のうち、暗の部分の中の、そのまた明の部分といったところか。それはまさに夢のような野望なのであり、結局は叶えられることはなく終わってしまうのである。

7．巻第十四「あさみどり」（二－一四四～一四五頁）

このようにして故殿（道兼）がたびたび夢にお見えになり、また物怪《もののけ》となって出現されようとするが、だからといって思いとどまることもできないことなので、姫君は、「もう、尼になってしまいたい」と人知れず思い乱れておられるが、先方に真面目な気持ちがあるようだから、また今さらこちらで不都合なことがあっては、とお思いになるのも、お気の毒である。

随分と時間が経って寛仁《かんにん》二年（一〇一八）のことであるが、やはり道兼に関係する。道兼が薨去する直前に宿った姫君（長徳元年生まれということになれば、この年、二十四歳となる）が、身分にふさわしい結婚相手もなく（没落した元関白家というのでは致し方ないのだが）、結局は道長女の威子《いし》の許に女房《にょうぼう》として出仕することとなる。そうした折、道兼が姫の母である北の方（藤原遠量女。何と顕光の継室となっていたのであった）の夢に何度も出てきたり、物怪になったりしようとするのである。

なかなか女子に恵まれず、やっと関白の地位に上ったのと同時にこの子を得た喜びの中で、道兼は死んでいったのであるが、世が世ならば后がねとして傅《かしず》かれたであろうこの姫が、弟の女の女房にならねばならないことを知ったら、さぞやお怒りになるだろうとの、北の方の思いが、この夢を見させたことになっているのであろう。道兼の妄念の深さを強調するために使われているものであろうか。

8．巻第十五「うたがひ」（二―一七二頁）

そうこうするうちに、ご気分が通例と異なるように思われ、人々も夢見が騒がしいことを申しあげるにつけて、自身のご気分もよくないように思われるので、今度こそはもうこれまでと思われるにつけても、なんとなく心細く思われる。

寛仁三年（一〇一九）、道長の出家の契機となる病悩に際して、本人の気分もすぐれないうえに、人々も穏やかならぬ夢を見たという場面である。

道長出家の根拠として、人々の夢見を描いているが、どのような人の、どのような夢だったかは、詳《つまび》らかにしていない。『御堂関白記《みどうかんぱくき》』の中で、道長がどこかに出かけるのを躊躇《ためら》っている際に、よく「人の夢想、宜《よろ》しからざるに依《よ》りて」中止する例があることを想起させる（『御堂関白記』長保元年二月二十日条、同・寛弘元年正月八日条、同・長和五年八月二十七日条など）。これは偶然の一致なのか、はたまた道長に備わった特質の一つなのだろうか。

9. 巻第十五「うたがひ」(二一一八五頁)

まずは先年に長谷寺に住む僧が、祈禱を熱心にして寝た時の夢に、たいそういかめしい男が出て来て、「何のために殿(道長)の御事をとやかく申されるのか。弘法大師《こうぼうだいし》(空海《くうかい》)が仏法を興隆させるために生まれ変わられたのだ」とお見えになったそうだ。

これも寛仁三年、法成寺《ほうじょうじ》造営の記事に続けて語られる、「道長は弘法大師、聖徳太子《しょうとくたいし》の生まれ変わり」という記事。長谷寺の僧の夢に大男が出てきて、道長が弘法大師の生まれ変わりであると言ったというのである。「天王寺《てんのうじ》の聖徳太子の御日記」に、「道長を自分とわきまえよ」と記されていたと続く。

確かに、長谷寺は夢想を得るための名所ではあるが、何だか『蜻蛉日記《かげろうにっき》』や『更級日記』の世界を見ているかのようである。『栄花物語』作者の道長讃美という主張を正当化するために、長谷寺における夢想を創作したのであろうか。近代国文学史上の用語とはいえ、これを「歴史物語」と呼ぶことには、大きな抵抗を感じざるを得ない。

10. 巻第二十一「後くゐの大将」(二―三七七～三七八頁)

こうして内大臣殿(藤原教通《のりみち》)の北の方(藤原公任女《きんとう》)は、今年二十四歳ほどであろうか、これまでに君達《きんだち》を五、六人ほどお産みになったが、また今年も懐妊されて過ごしておられたが、お産が今日明日になられたので、いつもは小二条殿《こにじょうどの》に住んでおられたが、神仏のお告げなどが人々の夢にも騒がしく、またご自身もまことにもの心細く思われて、どうなることかといたわしく思い乱されるにつけて、他所《よそ》にお移りになろうとして、「またこの邸《やしき》を見ることができようか」と、お泣きになるのも不吉なことである。お仕えする女房たちは、恐ろしく思い申しあげている。邸内の人々はもとより、よその人も、この御有様を夢などに見ては申しあげるので、大納言殿(公任)や尼上(公任室)などはお気持ちも落ち着いておられなかったが、(藤原)登任《なりとう》の家にお移りになられたので、いっそう御修法《みしほ》や御読経を様々あれこれ行なわれる。

治安《じあん》三年(一〇二三)十二月、教通室懐妊の場面。出産が間近になると、神仏のお告げに加えて、人々の夢見が騒がしくなったというのである。自身も心細く思ううえに、邸内の人々はもちろん、よその人も北の方の有様を夢に見ては取り沙汰するので、公任たちも気が気ではないということになっている。

出産に伴って産婦が危険にさらされるのは当然のことだったのであり、皆の心配が、このような夢を見させたという文脈で描かれているのであろう。年末に無事に男子を出産した北の方であったが、明けた万寿《まんじゅ》元年（一〇二四）正月六日、七夜の産養の夜、数々の霊や物怪が現われるなかで絶命することになる。

11. 巻第二十一「後くゐの大将」（二―三八四〜三八五頁）

こうして二、三日たった頃に、前相模守（平）孝義《たかよし》という人が参って、「夢にお見えになったことがございます。やはりこの御有様になられたのは、人が行ない申したことに違いありません。御前の御座《おまし》の下などをご覧になれば、楊枝《ようじ》を刺して何か置いてあると夢で見えたのでございます。まことに楊枝がありましたならば、まことに正夢とおわかりください」と申すので、睦まじく思われている人々が行って見てみると、まことにそれがあった。それは夢にも見えたものなのであった。嘆かわしく辛く大変なことだといってても言いつくせない。

万寿元年正月、平孝義の夢に、教通室の死は何者かの呪詛《じゅそ》によるものであったことが見えたという場面。御帳の下に楊枝を刺した蠱物《まじもの》があると見えたという孝義の言葉を聞き、見てみたところ、夢のとおり楊枝があったので、夢が正しかったことが判明したと続く。

高貴な女性が出産に際して死去した場合、呪詛が噂されるのはよくあることだったのであろうが、それに根拠を賦与するために、孝義の夢が使われているのである。なおこの孝義、かつて伊周の入京を密告した人物である。

12. 巻第二十一「後くゐの大将」(二―三八八〜三八九頁)

殿(教通)の御夢に、故北の方が生前のままの御姿で、白い御衣《おんぞ》をたくさん着られて、

ともし火の　光はあまた　見ゆれども　小倉《おぐら》の山を　ひとり行くかな

(私をこの世から送り出してくれる灯火の光はたくさん見えるが、小暗《おぐら》い冥途《めいど》への山道を一人行くことよ)

とおっしゃって、そのまま消えてしまわれたとご覧になって、大納言殿（公任）に、こうこうの夢を見ましたと申しあげて、寺々に御燈明《とうみょう》を奉納される。

これも万寿元年二月十八日の四十九日の直前、今度は教通の夢に北の方が現われ、歌を詠んで消えていく。北の方を想う教通が四十九日を前に夢に見るという設定は、当然あり得そうなことである。これで「後くゐの大将」教通の北の方の物語は終わるのであるが、この後に「教通の長年の好色な性癖」を付け加えているというのは、いかなる流れなのであろうか。

13. 巻第二十五「みねの月」（二―四七四〜四七五頁）

近ごろ聞くところでは、逢坂山《おうさかやま》の向こうの関寺《せきでら》という所に、牛仏《うしぼとけ》がお現われになって、世の人が詣って拝見している。ここ数年、この寺に大きな御堂《みどう》を建てて、弥勒菩薩《みろくぼさつ》を造って安置し申しあげていたのだった。丸太や何とも言えない大木などを、ただこの牛一頭で運びあげていたのであった。殊勝な牛だとばかり、御寺の聖《ひじり》は思い続けていたが、寺のあたりに住む人がこの牛を借りて明日使役しようと思ってつないでおいたその夜の夢に、「われは迦葉仏《かしようぶつ》（過去七仏〈釈尊《しやくそん》を含めて前世の七人の仏〉の第六の仏）である。この寺の仏を造り、堂を建てさせようと思って、この数年、働いているのだ。普通の人がどうして使役してよいものか」と見たので、起きて、これこれの夢を見たと言って、拝み騒ぐのであった。牛もさっぱりとして黒く、小柄で可愛げであった。つながなくても行き去ることもなく、通常の牛の性質とは異なっていた。入道殿（道長）をはじめ申しあげて、この世にいらっしゃる人は詣らぬ人はないほどお詣りになり、様々な物を奉献したのであった。ただ、帝（後一条天皇《ごいちじようてんのう》）、東宮（敦良《あつなが》親王）、親王たちはお詣りにならなかった。この牛仏は何となく様子が病悩がちでいらっしゃったので、まもなく亡くなるだろうといって、このように人々がお詣りに来て、この聖は牛仏の御影像を描こうと急いだのであった。

そうこうしているうちに、西の京（右京《うきよう》）でまことに尊く修行している聖の夢に見えたことには、「迦葉仏がまさに入滅《にゆうめつ》しようとする時を迎えた。道心《どうしん》のある者はまさに結縁《けちえん》せよ」と見えたので、ますます人々がお詣りに行くが、その時、（和泉式部など）歌を詠む人もいた。

万寿二年（一〇二五）のこととされる、有名な関寺の牛仏の話である。『関寺縁起《せきでらえんぎ》』や『今昔物語集《こんじやくものがたりしゅう》』『左経記《さけいき》』『小右記《しょうゆうき》』などにも描かれているところである。それぞれの説話や古記録の比較は、後に述べるが、『栄花物語』のこの場面も唐突に語られており、何らかの原史料をそのまま挿入したものと考えられる。

ここでは、寺の辺りに住んでいた人の夢と、右京の聖の夢が語られる。前者は、『関寺縁起』では息長正則《おきながのまさのり》と調時佐《つきのときすけ》の夢、『今昔物語集』では明尊《みょうぞん》の夢、『左経記』では「大津《おおつ》の住人等」の夢となっている。後者は、『今昔物語集』では明尊をはじめとする三井寺《みいでら》の僧の夢とされる。

関寺牛塔（長安寺）

14. 巻第二十七「ころものたま」(三―六五~六六頁)

御忌《おんいみ》の間、たいそう悲しい思いで過ごされたが、この姫君の御夢に、この姫君を搔《か》き撫《な》でて母君(藤原公信《きんのぶ》室)が歌をお詠みになると見えた。

思ひきや 夢のなかなる 夢にても かくよそよそに ならんものとは

(夢の中の夢であっても、このように離れ離れになるものとは、思ってもみなかった)

これを伝え聞いて、ある人が申しあげた歌、

夢といへば さだかなるだに はかなきに 人づてに聞く ほどぞはかなき

(夢といえば、はっきりした夢でさえもはかないものなのに、それを人づてに聞くことは、なおさらはかないことです)

とあるので、御返事、

つてに聞く ほどだに悲し 思ひやれ ほのかに見えし 夢の名残を

(人づてに聞くのでさえ悲しいものです。思いやってください。ましてわたしにはほのかに見えた亡き母君の夢の名残をどんなに悲しく思っているか)

万寿三年(一〇二六)正月、藤原公信の室が逝去したのであるが、十四歳になる姫

君の夢に死んだ北の方が出てきて夢という語の出てくる歌を詠んだので、伝え聞いた人たちが、また夢の詠み込まれた歌を詠み合ったというもの。

この部分だけ唐突に挟み込まれており、「和歌を多く含む資料が存在したために採用された」ものと思われる（『新編日本古典文学全集　栄花物語』頭注）。

15. 巻第二十九「たまのかざり」（三―一一三～一一四頁）

右馬入道《うまのにゅうどう》の君（藤原顕信《あきのぶ》）は、はじめ比叡山《ひえいざん》の無動寺《むどうじ》にいらっしゃったが、その後は大原《おおはら》で過ごしておられた。何箇月も食事をまったくお食べにならなかったので、根本中堂《こんぽんちゅうどう》に参られて、十四日間籠って、「ただ生きるか死ぬかをお告げなされよ」と申させなさったところ、何ごとということもなく、ただ死ぬ準備をせよと夢にお見えになったので、無動寺にいらっしゃって、権僧正天台座主《ごんのそうじょうてんだいざす》（慶命《きょうみょう》）に、「こうこうの夢を見ました。ですから今はもうこれまでです」とおっしゃると、僧正は、「どうしてそのようなことがあろうか。夢はそのように見えると、命が長くなると申します」と申されるので、入道の君は、「命の長いのが嬉しく、そうではないのを残念だと思うのではなく、ただ仏がお告げになったのが嬉しいのです。それではよそに参りましょう」と申しあげられると、僧正は、「なんでよそに行かれましょう。このままここにおられなされよ。なるほど、昔からここは遷化《せんげ》することなどない所ではあるが、住み着かれて、またよそへいらっしゃるべきではない。ただ御念仏《ねんぶつ》を心底からなさいませ」とお勧め申しあげなさる。

万寿四年（一〇二七）四月、出家していた道長男（源明子《めいし》所生）の顕信は、延暦寺《えんりやくじ》の根本中堂に籠り、自分の生死を告げるよう祈願した。死ぬ準備をせよとのお告げを得た顕信は、無動寺の天台座主慶命にその夢を告げる。慶命は、夢がそのように見えると命が長くなると宥《なだ》め、念仏を勧める。

夢告を得るための参籠というパターンは、種々の史料に見えるところであるが、死期を悟った顕信が見た夢であるから、当然このようなものになるということなのであろう。結局顕信は、五月十四日に入寂《にゆうじやく》する。

16．巻第三十「つるのはやし」（三－一七四～一七五頁）

御堂（法成寺）では、親王方、殿方がしみじみと故殿（道長）をお偲び申しあげておられると、十日の夜、中宮（威子）の御夢に、たいそう若く美しい僧で、とても高貴な様子に装束《しょうぞく》を着したのが、立文《たてぶみ》を持って参って、「これを」と申すので、「どちらからか」とお聞きになると、「故殿からのお手紙です」と申すので、喜んでご覧になると、極楽の下品下生《げぼんげしょう》に生まれ変わっているとあるお手紙であるので、宮の御前（威子）は、「下品下生とはまったく心外なことです。そんなはずがありましょうか」とおっしゃられると、この僧は、「どうしてでしょう。下品下生でも、並一とおりのことではございませんのに」と申した、とご覧になられたので、殿方は、「それでは極楽往生なされたのだ」と、「ああ、この御堂のことを夜昼のお営みとして心におかけになり、また最後の念仏をできる限りなさっておられたのだから、たいそう嬉しいことよ」と思い、またそう仰せになる。

万寿四年の十二月四日、ついに道長は薨去したのであるが、十日の夜、中宮威子の夢に、僧が道長からの書状を持って現われた。見てみると極楽の下品下生に往生しているとのこと。不満を述べる威子に対して、僧はこれでも並大抵のことではないと諭す。目覚めた威子は、道長の往生を喜ばしいこととして皆に告げる。

数々の道長生前の「功徳《くどく》」を見てきた威子にとっては、その極楽往生を夢に見るというのは、あり得そうな設定である（下品下生にしたのは、多少は後ろめたいところがあったからであろうか)。『栄花物語』作者は、道長の極楽往生の根拠として、ここから三つの夢を続けて述べている。

17. 巻第三十「つるのはやし」(三―一七五頁)

三井寺の入道《にゅうどう》中将《ちゅうじょう》(源成信《なりのぶ》)が、殿(道長)に念仏を熱心にお勧め申しあげたことがあった。「自分も念仏を唱えていたのだが、眠ってしまったところ、殿はまことに気持ちよさそうなご様子で、『下品といっても満足だ』ということを、繰り返しおっしゃると夢に見たので、極楽往生の相のようだと思って、誰にも申しあげずにおいたが、宮の御前の御夢を聞き合わせると、自分の見た夢と思い合わせて、たいそう頼みにしてもよさそうだ」と申しあげたのであった。

威子の夢に続けて、出家して三井寺(園城寺《おんじょうじ》)にいた源成信の夢が語られる。かつて道長に念仏を勧めていたのだが、居眠りをしていた時に、道長が「下品でも満足だ」と繰り返し言っていたという夢を見た。威子の夢と聞き合わせると、道長の往生は本当だったのだ、というのである。

道長が『和漢朗詠集《わかんろうえいしゅう》』仏事にある慶滋保胤《よししげのやすたね》の言葉を実際に成信の前で語った経験もあったであろうこと、成信が道長の下品往生を予想したことも、十分に考えられるところであるが、『栄花物語』作者によって道長往生の「証拠」が次々と書き加えられていったという可能性も高い。

18．巻第三十「つるのはやし」（三―一七五〜一七六頁）

また、亡くなる二、三日ばかり前に、永昭僧都《えいしょうそうず》や融碩《ゆうせき》などが御枕許で御念仏をしていたところ、融碩の夢に、九体阿弥陀《くたいあみだ》像の中尊《ちゅうそん》の左側の脇から、たいそう可愛い小法師が出てきて、香炉《こうろ》を持ってきて、殿の御前の御枕許に置いたと見て、覚めたのであった。その夢は、まだ殿のご存命中に、人々にすべて語ったのであった。『往生の記』などには、人の臨終の有様や夢などを聞いておいて、極楽往生をしたと定めている。殿も極楽往生なされたのだと思われる。

三つ目は、臨終間際に道長の枕辺で念仏を奉仕した興福寺僧融碩の夢見である。道長が死ぬ二、三日前、融碩の夢に、九体阿弥陀の中尊（上品《じょうぼん》上生《じょうしょう》のことか）の脇から香炉を持った小法師が出てきて、道長の枕許に置いたというのである。道長の臨終念仏を奉仕するほど関係の深い僧であるから、これくらいの夢を見ることは、当然想定されたところであろう。

以上三つの夢見を根拠として、『栄花物語』作者は道長の往生を主張しているのであるが、それに続けて、『往生の記』（不明）には、人の臨終の有様や夢などによって、往生を判定すると書いてある」と締めくくっている。道長の往生の「証拠」として、これら三つの夢を創作してここに置いていることをみずから語っているのである。

19．巻第三十六「根あはせ」（三―三三四頁）

帝（後朱雀《ごすざく》天皇）はこの御事をお思いになられて、お眠りになりながら御祈禱をおさせになったところ、不吉な御夢ばかりご覧になるので、護持僧明快《ごじそうみようかい》をお召しになっておっしゃられたことには、「今は現世《げんせ》についての祈禱は行なうな。年来の願いは兜率天《とそつてん》の内院に生まれ変わることである。長年の願いを違えず、兜率天に必ず生まれ変わるようにという本意《ほい》に背かぬようにされよ」とおっしゃられたので、明快が鉦《かね》を打ってお祈り申した時に、近くに伺候する人々は、我慢できず涙をこらえられないのであった。

ここからは続篇である。寛徳《かんとく》二年（一〇四五）正月、病の篤くなった後朱雀は、凶《きょう》夢《む》ばかりを見るので、護持僧の明快を召して、現世の祈りはせずに後世《ごせ》を祈るよう命じる。

後朱雀は正月十六日に譲位し、十八日に崩御するのであるが、背中の腫物《はれもの》が重く、医術の験無き有様では、このような夢を見るというのも、無理のないところであろうという設定であろうと思われる。

20．巻第三十八「松のしづえ」（三―四二五～四二六頁）

もとから帝の御母におなりになる運勢がおありでいらっしゃる。御夢にも紫の瑞《ずい》雲《うん》が立つのを見られたなどと申しあげるのを、「やはり世の人はそのような物言いをするのだ」と言ったが、「まことにご寵幸《ちょうこう》の厚い現在では、その夢が叶うにちがいない」と、人々は思ったり言ったりしているようである。

延久《えんきゅう》二年（一〇七〇）、後三条《ごさんじょう》天皇は、皇女聡子《そうし》内親王に仕える源基子《きし》を寵愛していた。基子は懐妊し、実仁《さねひと》親王を産んだ（後に輔仁《すけひと》親王も産む）。実仁は、藤原茂子《もし》の産んだ貞仁《さだひと》親王が即位すると（白河《しらかわ》天皇）、後三条の意向によって、その皇太弟《こうたいてい》に立てられたが、即位の日を見ることなく、応徳《おうとく》二年（一〇八五）に病死した。ここで基子は元々紫の瑞雲が立ち昇る夢を見たりしていたのであるが、懐妊が明らかとなり、世人は夢が叶ったと言い合った、とある。

元来が、帝の寵愛を受けている女性だったのであろうが、その願望が、そのような夢を見させていたという設定になっているのであろう。

以上、『栄花物語』において顕在夢が使われている二〇の場面を眺めてきた。顕在夢が登場する記事は、いくつかのグループに分類できそうである。試みに、以下に記事群に分けて示してみよう。

A・道兼の野望とその女（1・2・7）
B・中関白家の復活（3・4・5・6）
C・道長の出家と往生（8・9・16・17・18）
D・教通室の死去（10・11・12）

E・関寺の牛（13）
F・公信室の死去（14）
G・顕信の薨去（15）
H・続篇　帝の崩御《ほうぎょ》・寵姫の懐妊（19・20）

とりあえず続篇は措《お》いておいて、正篇のみを考えることとする。

まず、A（道兼の野望とその女）は、巻第四と巻第十四というように、かなり離れてはいるものの、実際には道兼女が北の方に宿る時と、生まれた女の後日譚という点で一連の記事である。道兼家のことを記したまとまった原史料が存在したかどうかは断言できないが、おそらくは続けて語られていたこの家の顚末《てんまつ》が、編年という作業を経て、二つの巻に分けられ、収められたものであろう。

ここでは、道兼の野望（その象徴が、后がねとしての女の出生である）と、その破綻、そしてそれに伴う女の不幸な将来が語られている。そもそも、巻第四の巻の名が「みはてぬゆめ」と付けられた由来が、道兼が死の直前に方違に訪れた藤原相如《すけゆき》が道兼を偲《しの》んで詠んだ歌（一―二二〇頁）、

夢ならで　またもあふべき　君ならば　寝られぬいをも　嘆かざらまし

（夢の中でなく、現実にまたお逢いすることのできるわが君であったなら、眠れなくても嘆くことはあるまいに）

や、その相如自身も同月に死んでしまった際に相如女が詠んだ歌（一―二二一頁）、

夢見ずと　嘆きし君を　ほどもなく　またわが夢に　見ぬぞ悲しき
（亡き殿とお逢いできる夢も見ないと嘆いた父君のお姿を、幾日も経たないうちに今度は私の夢の中でも見ることができないとは悲しいことよ）

によるものとされている。たった数日で崩壊してしまった政権と、その栄華を保証するはずであった女の未来とは、まさに夢のようなものだったのであり、これはまさに道兼にふさわしい巻の名であった。

次に、B（中関白家の復活）は、中関白家復活の野望を描いている。長徳二年の伊周逃隠に始まり、長徳三年夏の高階成忠による皇子誕生と伊周・隆家召還の夢、長徳三年秋の定子懐妊、長徳四年の敦康誕生と続く筋書きは、成忠の一連の夢を軸として語られている。『栄花物語』作者が史実の時間軸や出来事を大きく改変してまで、この流れを作ろうとしたことの意味は、一連の原史料によるものなのか、あるいは『源

氏物語』の明石入道の夢あたりからヒントを得た創作なのか、軽々には判断できないが、この筋書きに夢が大きな役割を果たしていることは確認しておきたい。結局は叶えられることはなく終わってしまった中関白家の復活は、まさにもう一つの「みはてぬゆめ」であった。

続くC（道長の出家と往生）は、寛仁三年の道長の出家と、万寿四年の道長の往生に関するものである。『栄花物語』最大の主題であるこのテーマに関して、作者は様々な夢を配し、道長の往生を語るのである。

まず、道長出家の根拠として人々の夢見を描き、道長が弘法大師、聖徳太子の生まれ変わりであることを、僧の夢を介して語る。道長が薨去した後には、四女である中宮威子の夢、かつて道長に念仏を勧めていた成信の夢、臨終間際に道長の枕辺で念仏を奉仕した融碩の夢に、道長往生の証拠が語られる。

そして『栄花物語』作者は『往生の記』なるものを引き、道長往生の証拠として、これら三つの夢をここに置いたことをみずから語っているのである。『栄花物語』最大の主題である道長往生の証拠を、夢を軸として描いていることは、『栄花物語』の特色として特記されるものであろう。

D・F・Gは、教通室・公信室・顕信の薨去を描くという、「死の物語」である（Eの関寺の牛も、死の物語と言えるかもしれない）。これらは特定のテーマをもって描かれているというよりも、夢が登場する原史料がたまたま存在したために、それぞれ配置されたものであろう。

以上を総合すると、A（道兼の野望とその女）、B（中関白家の復活）、C（道長の出家と往生）の三つが、『栄花物語』における夢関係記事の主要な主題であったと言えよう。

AとBについては、『栄花物語』特有の、明暗を繰り返す物語展開のうち、暗の部分の中の、そのまた明の部分といったところか。それはあたかも、氷河期と間氷期を繰り返す気候の中の、間氷期の期間における小氷河期のようなものであった。しかしながら、道長家の明を描く『栄花物語』の主題の中では、道兼や中関白家の望みというのは、結局は叶えられることはなく終わってしまうのであり、まさに夢のような野望だったのである。はかない野望を強調するために、作者は夢記事を幾度も配置して、明暗をより鮮明に描いたのであろうか。

Cについては、当時盛んになっていた浄土信仰との関連が考えられる。『往生の記』には、人の臨終の有様や夢などによって、往生を判定すると書いてある」と、道長往生譚《おうじょうたん》を締めくくっているというのは、あたかも『栄花物語』作者が道長の「往生伝」を、夢を証拠として描こうとしたとも考えられる（『新編日本古典文学全集　栄花物語』頭注）。もちろん、汚穢《おわい》にまみれた実際の道長の臨終（『小右記』万寿四年十一月十日条、同・万寿四年十一月二十一日条）などは、描かれようはずはないのである。『栄花物語』に見える夢という語を軸に、作品としての性格の一端を考えてみた。没落する道長家のライバル、そして道長自身の往生が、夢という語の主要な使われ方であることを推定した。

特徴的なのは、BとCの間、つまり、道長家の栄華を描く巻には、夢という語はほとんど出てこず、顕在夢は一つもないという点である。道長家の栄華は、夢なのではなく、確固とした現実であるという認識によるものなのであろうか。

そもそも、『栄花物語』における夢という語は、作者の意図的な創作によるものなのか、それとも原史料群によるものなのか、確たる解答は出せないが、それでも原史料の取捨選択が行なわれたとするならば、『栄花物語』作者の意図は、明確に紡ぎ出せよう。

・『大鏡』の夢

『大鏡《おおかがみ》』は、十一世紀後半から十二世紀前半の成立とされる作者未詳（男性とする説が有力である）の「歴史物語」である。先行する『栄花物語』の影響を強く受けているものの、形式は紀伝体《きでんたい》で、文徳《もんとく》天皇から後一条天皇までを描いた天皇紀と、藤原冬嗣《ふゆつぐ》から藤原道長までの大臣列伝《れつでん》からなる。

『大鏡』においては、夢という語は三二回現われ、そのうち顕在夢は二三回見られる（歌中に三回、比喩として四回、それぞれ使われている）。それでは、主なものを見てみよう。現代語訳や趣意文の基になった本文と頁数は、橘健二・加藤静子校注／訳『新編日本古典文学全集　大鏡』によるものとする。

・天「五十七代　陽成院　貞明」（二七〜二八頁）

陽成院《ようぜいいん》は退位後六十五年過ごされたので、八十一歳で崩御なさった。御法事の願《がん》文《もん》には、「釈迦《しやか》如来《によらい》より一年の兄」と作られた。思い付きよく趣向を凝らしたものだけれど、「釈迦仏の御年より高齢といった思い上がった考えが、後世《ごせ》の責めとなった」と、ある人の夢に見えたそうだ。

藤原基経《もとつね》によって皇位を廃され、上皇となってからも乱行《らんぎよう》が絶えないという説話が作られ（倉本一宏『敗者たちの平安王朝　皇位継承の闇』）、皇統《こうとう》を伝えられなかった陽成天皇に対する、作者も含めた人々の思いが、このような夢となって現われたというのであろう。

・天「太政大臣実頼　清慎公」（九八～一〇〇頁）

（藤原）敦敏《あつとし》の子である（藤原）佐理《すけまさ》は、書の名人であった。大宰大弐《だざいのだいに》の任が終わって都に上る時、伊予《いよ》国に入る手前の港で天候がひどく荒れ、何日も舟止めをくってしまった。占わせてみると、「神の御祟《たた》り」ということであった。恐ろしく思って寝た時に見た夢に、気高い男が出てきて、「天候が荒れているのは、私がしているのだ。どの神社にも扁額《へんがく》が掛かっているのに、私のところにはないので掛けようと思うが、凡庸な者の手で書かれたくはない。お前（佐理）に書いてもらおうと思っていたが、この機会を逃してはいつになるかと、留《とど》めているのだ。私は伊予の三島《みしま》にいる翁（大山祇命《おおやまづみのみこと》）だ」と言った。佐理は伊予国に着くと、精進潔斎《しょうじけっさい》し、この扁額を書いた。これによって、ますます日本第一の能書《のうしょ》という評判が立った。

この話が実際にあったことだとも思えないが、佐理はすでに大山祇神社に額がないという情報を得ており、神の祟りという占いの結果に怖れを抱いた夜の夢に、その情報が出てきた、という設定なのであろう。

また、すでに書の上手という自覚と自信を持っていたはずであり、それが神からの書の依頼という夢につながったものとも設定されたのであろう。

・地「右大臣師輔」(一六八―一六九頁)

九条殿《くじょう》(藤原師輔《もろすけ》)は常人ではなく、心に考える将来のことも成就しないということはなかった。残念だったことは、若かった時、朱雀門《すざくもん》の前に左右の足を西東の大宮大路《おおみや》まで踏ん張り、北向きに内裏を抱きかかえて立っているという夢を見た。ところが、小利口な女房《にょうぼう》がそれを聞いて、「どれほど股が痛かったでしょう」などと言ってしまったので、夢が違ってしまい、子孫は栄えたのに、自身は摂《せっ》政《しょう》・関白にはなれずに終わってしまった。また、子孫にも不幸なことも起こり、帥《そち》殿(藤原伊周《これちか》)のことなども、その女房の夢合わせが違ってしまったためである。「すばらしい吉相《きっそう》の夢も、悪く合わせると違ってしまう」と、昔から言い伝えているが、お聞きの皆さん、道理のわからない人の前で、夢語りなどしてはなりませんぞ。現在も将来も、九条殿の子孫だけが、繁栄なさることであろう。

九条流藤原氏の繁栄の根拠として、師輔の若年時の夢が語られている。また、師輔が右大臣で終わったことや、様々な子孫の不幸、伊周の配流まで、この夢のさかしらな夢解きで説明しようとしている。

「夢語りの禁」と言われるものであるが、これもいかにも説話的な話であって、実際にこんなことがあったとは、とても考えられない。当時のすべての人びとがこのように考えていたかどうかは疑問であり、わざわざ『大鏡』作中の聴衆に「夢語りの禁」を説いたり、師輔の子孫を讃美したりしているのも、作者としてもこの話の強引さを自覚しているためであろう。

・地「太政大臣伊尹　謙徳公」（一八四－一八八頁）

一条殿（藤原伊尹《これまさ》）に謀られて蔵人頭《くろうどのとう》に補される望みが絶たれ、おまけに伊尹邸の門前で「炙《あぶ》り殺し」寸前の目に遭わされた（藤原）朝成《あさひら》は、一条殿の一族を永遠に絶やしてしまうことを誓って死んでしまい、代々の悪霊《あくりょう》となった。この殿（藤原行成《ゆきなり》）は一条殿の子孫なので、恐ろしいことです。殿（道長）の御夢に、清《せい》涼殿《りょうでん》の殿上間《てんじょうのま》に参上する際にかならず通る紫宸殿《ししんでん》の北廂《きたびさし》に人が立っているのが見えた。道長殿が名を聞くと、「朝成でございます」とのこと。道長殿は夢の中でも恐ろしさを我慢して、「どうして立っていらっしゃるのですか」と問うと、「頭弁《とうのべん》（行成）の参内《さんだい》するのを待っているのです」と言ったと見て、目が覚めた。「今日は公事《くじ》（政務や儀式）のある日なので、行成は早く参内するだろう。えらいことになった」と思って、「夢で見たことがあります。今日は病気ということにして、物忌を厳重にして、参内しないように。詳しくは直接……」と書いて、急いで差し上げたが、行き違いになって、行成は早くも参内してしまっていた。ところが、仏神の加護が固かったからであろうか、いつもとは違って内裏の北側の朔平門《さくへいもん》から入って飛香舎《ひぎょうしゃ》と後涼殿《こうりょうでん》の間を通って、殿上間に参上した。道長殿が、「これはどうしたことですか。手紙を差し上げたのに御覧にならなかったのか。こんな夢を見たのですよ」と言うと、行成は手を打ってすぐに退出した。そして祈禱などをして、しばらくは参内しなかった。

明らかに、道長を讃えるための説話である。その夢による予知能力、勇気、機転、部下への細心の配慮など、道長が執政者たるにふさわしい人物であることを主張することにこそ、この話の眼目があったのである。

紫宸殿北廂(京都御所)

他にも、雨夜の肝試し、伊周との弓争いなど、道長の勇気を讃える説話が、『大鏡』には見える。師輔を始祖とする九条流の中の、兼家《かねいえ》一家の中の、道長に政権が収斂《しゅうれん》する必然性を合理化するというのが、『大鏡』の執筆動機なのであろうが、ここでは道長の能力のうちの一つとして、夢も使われていることになる。

なお、『大鏡』成立当時、朝成の怨霊は著名な存在であり、その知識は道長を含むすべての人々に認識されていたはずである。道長の能力の根拠として、この有名な怨霊を登場させたのは、作者の戦術なのであろう。

・地「太政大臣兼家」（二三九－二四一頁）

昔は夢解きも巫女《みこ》も優れた者がいた。堀河摂政《ほりかわせっしょう》（藤原兼通《かねみち》）が全盛であった頃、東三条殿《ひがしさんじょうどの》（藤原兼家）は逆境にいらっしゃったが、ある人の夢に、兼通公の堀河《ほりかわ》院《いん》からたくさんの矢が東の方へ射られていると見ると、兼家殿の東三条殿に皆落ちた、と見えた。この人は不吉なことと兼家殿に申し上げ、殿も怖れて夢解きに問うたところ、夢解きは、「たいそうよい御夢だ。世の中がこちらの殿に移って、あちらの殿に伺候している人たちがそっくりこちらに参る前兆《ぜんちょう》である」と申したが、まったくそのとおりになった。

また、その頃、優れた巫女がいた。臥して託宣《たくせん》を申したので、打臥《うちふし》の巫女と呼ばれていた。大入道殿《おおにゅうどう》（兼家）も召して占わせたところ、当面のこと、過去のことから将来のことまで、皆言うとおりに当たった。後には兼家殿は、束帯《そくたい》を着け冠を被《かぶ》って、その巫女に膝枕《ひざまくら》をさせて、物を占わせた。一事として、将来のことを予言し損なったことはなかった。

こちらは、兼家政権成立の根拠として、その前兆となる夢が、前半で語られている。

実際には、兼通政権から兼家政権の間には、長い頼忠《よりただ》政権時代があった。また、兼家政権は花山《かざん》天皇の出家という謀略を経たうえで成立したものだったわけであり、けっして平穏に成立したわけではないのであるが、道長の父として兼家が政権を獲得するということは、『大鏡』の作者としては、必然的なものとして構想する必要があったのである。

その根拠をこの夢兆《むちょう》に求めた作者の戦術は、堀河院と東三条殿が近隣に位置し、兼通の「最後の除目《じもく》」の場面も思い起こさせて、作品世界の中では、それなりに説得力を持っている。

後半は、巫女を使役することによる兼家の予知能力を、人物としての評価に充てている。身分の卑しい者でさえ、自分の力として取り込むというのは、その人の一つの能力なのであろうが、朝成の怨霊と対峙《たいじ》した道長の夢と比較すると、そのスケールは小さい。

・人「太政大臣道長」（三〇五〜三〇六頁）

高松殿《たかまつどの》（源明子《めいし》）の御夢に、（藤原）顕信《あきのぶ》殿の左の方の御髪を中程から剃《そ》り落とされたとご覧になったが、顕信殿がご出家されて後に、このことが夢に見えたのだと気付かれて、「夢解きに吉夢《きちむ》に替えさせ、祈禱もすればよかった」とおっしゃった。

明子所生の顕信の出家の前兆とする夢。道長から政権を継ぐ頼通《よりみち》・教通《のりみち》といった源倫子《りんし》所生の男子と、出世が遅れ、出家者さえ出してしまうという明子所生男子を対比することによって、道長嫡流をより強く意識させることになる。『栄花物語』に顕信死去の前兆の夢が語られていることと同じ手法であろう。

・人「太政大臣道長」（三六六頁）

「この（大宅《おおやけの》）世継《よつぎ》が思っていることがございます。不都合なことですが、明日も知れぬ身でございますので申します。それはこの一品宮《いっぽんのみや》（禎子《ていし》内親王）の御有様の行末が見たいと思われますので、命が惜しいと思われるのです。そのわけは、一品宮が生まれなさる時に、たいそう畏れ多い夢想を見たのです。そう思いましたのは、故女院《にょういん》（藤原詮子）や、今の大宮（藤原彰子《しょうし》）などが母君の御腹に宿りなさる前兆として見えた夢と同じような夢だったのです。それで万事が推量されるような一品宮の前途なのです。これを母后《ははきさき》の皇太后宮（藤原妍子《けんし》）に何とかして申し上げたいと思っているのですが、その宮（妍子）にお仕えしている人に会えないのが残念なので、ここに集まっているなかに、もしかしたらいらっしゃるのではと思いますので、こう申すのです。将来、『よく言い当てた』と思い当たることもあるでしょう」

語り手である大宅世継の告白である。一条天皇を産んで東三条院となった詮子、後一条・後朱雀天皇を産んで上東門院《じょうとうもんいん》となった彰子が生まれた時と同様の夢を、禎子内親王が生まれる時に見たというのである。

天皇としては文徳から後一条まで、摂関としては藤原冬嗣から道長まで収斂させてきた『大鏡』であったが、実は究極の到達点は禎子が生んだ尊仁《たかひと》親王の即位（後三条天皇）にあったということであろうか。

そうすると、ただ単に道長家の栄華の正統性を語るのみならず、摂関家とは一線を画する後三条即位の必然性を語ることにこそ、『大鏡』の眼目があったことになる。『大鏡』は、道長の栄華の絶頂である万寿二年（一〇二五）に時間を設定し、将来の禎子所生皇子の即位を予言して終わっている。しかし、もちろん、『大鏡』が書かれたのは、禎子が万寿四年（一〇二七）に東宮敦良《あつなが》親王（後の後朱雀天皇）の妃となって長元《ちょうげん》七年（一〇三四）に尊仁親王を産み、治暦《じりゃく》四年（一〇六八）に尊仁が即位し、延久元年（一〇六九）に禎子が陽明門院《ようめいもんいん》となったことを知る人物である。

そして、頼通や教通といった倫子所生の摂関家嫡流と対立し、その迫害をはね返して尊仁即位に尽力した、頼宗《よりむね》・能信《よしのぶ》など、明子所生の道長男に近い人物の関係者ということになる。

この場面には、『大鏡』の記者（と称する者）が、「皇太后宮の者はここにおります」と言って飛び出したい気がした、と続く。そしてこの記者は、「あの夢」のことがもっと詳しく聞きたいので、世継の居所を尋ねさせようとしたけれども、見失ってしまった、と言って、『大鏡』の記事を締めくくっている〈人「太政大臣道長」〈四一九〜四二〇頁〉〉。

さて、いくつかの場面を見てみた。佐理の夢はさておき、それ以外に夢が出てくる説話は、光孝《こうこう》―宇多《うだ》―醍醐《だいご》―村上《むらかみ》―円融《えんゆう》―一条―後一条へと収斂していく天皇家、また良房《よしふさ》―基経―忠平《ただひら》―師輔―兼家―道長―頼通へと収斂していく摂関家の正統性の根拠として、夢が登場している点が特徴的である。

まさに『大鏡』の主題に沿って、夢が展開しているのである。これらが読者に説得力を持つためには、それなりに夢の聖性が認識されていないといけないわけであるが、どうも作者の主張は、強引なこじつけに終始しているようである。

また、最後に語られる禎子内親王に関する予兆夢は、この物語の作者の立場を、はからずも明かしているものと言えよう。

物語文学の夢

以上に見られるように、平安朝の物語文学には、夢という語が実体を伴った顕在夢として物語世界の中で使われることが少ないことが確認できた。そうなると、夢を重要な場面で頻繁に登場させた『源氏物語』『浜松中納言物語』と『栄花物語』『大鏡』の特異性が、それぞれの執筆意図とともに浮かび上がるのである。

5　日記文学と夢

それでは、平安朝日記文学における夢を考えてみたい。実はこれも、物語文学以上に、作者や登場人物が実際に見た夢が語られている例はきわめて少ない。女流日記文学というのは、男性貴族の記録した古記録とは異なり、自分の身に起こったことを、事実そのままに、その日か次の日のうちに記したものではない。したがって、厳密な意味では日記とは呼べないのである（倉本一宏『平安時代の男の日記』）。

しかし、それにしても、夢を記した日記文学の作品が少ないというのは、どういうことなのであろう。日記という形を借りて自己の作品世界を構築しようとした作者たちにとって、夢というものは、あまりそれにふさわしくないテーマであると観念されたものであろうか。

まず、紀貫之《きのつらゆき》が女性に仮託《かたく》して十世紀前半に記した『土佐日記《とさにっき》』には、夢という語は一度も登場しない。

『蜻蛉日記』には、いくつかの顕在夢が記されているが、それらについては後に述べる。

『和泉式部日記《いずみしきぶにっき》』は、和泉式部が記したとされる回想記で、十一世紀初頭の恋愛関係を題材としている。夢という語は七回見られるものの、顕在夢はない（歌中に六回、比喩として一回、使われている）。

紫式部が十一世紀初頭に記録した『紫式部日記』は、寛弘《かんこう》五年（一〇〇八）の敦成《あつひら》親王（後の後一条天皇）誕生の記録（御産記《ごさんき》）を中心として、行事の記録、書簡体による他者批評と内面告白、三つの断簡《だんかん》からなり、特に御産記の部分は、本来の意味での日記ということができる。『紫式部日記』には、夢という語は五回見えるが、顕在夢は一例も見出すことができず、すべて比喩表現として用いられている。先に述べたように、『源氏物語』には、多くの夢が重要な場面で見られたにもかかわらず、紫式部という人は、自分の詠んだ歌にも、記した日記にも、ほとんど夢という語を使うことはなかったのである。

清少納言の『枕草子《まくらのそうし》』には、いわゆる「日記的章段《しょうだん》」と称される段があるが、その中には、夢という語は一例も使われていない。なお、『枕草子』全体では、夢は六回出ており、顕在夢も一回見られる（他は歌中に一回、比喩として四回）。それは、二百五十八段「うれしきもの」で、次のような記述がある。清少納言が夢解きを頼んでいたことがわかる、興味深い箇所である（三八七頁）。

どういう意味だろうと思う夢を見て、恐ろしいと胸がつぶれる思いでいたところ、夢解きが大したことはないと合わせた時は、たいそう嬉しい。

『更級日記』は、夢見とそれに対する対応を軸に記述されており、当然、多数の夢が語られているが、それについては後に詳しく分析する。

藤原長子《ちょうし》が十二世紀初頭に記した『讃岐典侍日記《さぬきのすけのにっき》』には、二回、夢が見えるが、顕在夢は見られない（歌中に一回、比喩として一回）。愛する堀河天皇の死を看取った彼女にとっては、生きることそのものが、すなわち夢だったのであろうか。

以上の中では、『蜻蛉日記』と『更級日記』にのみ、作者が実際に見たという顕在

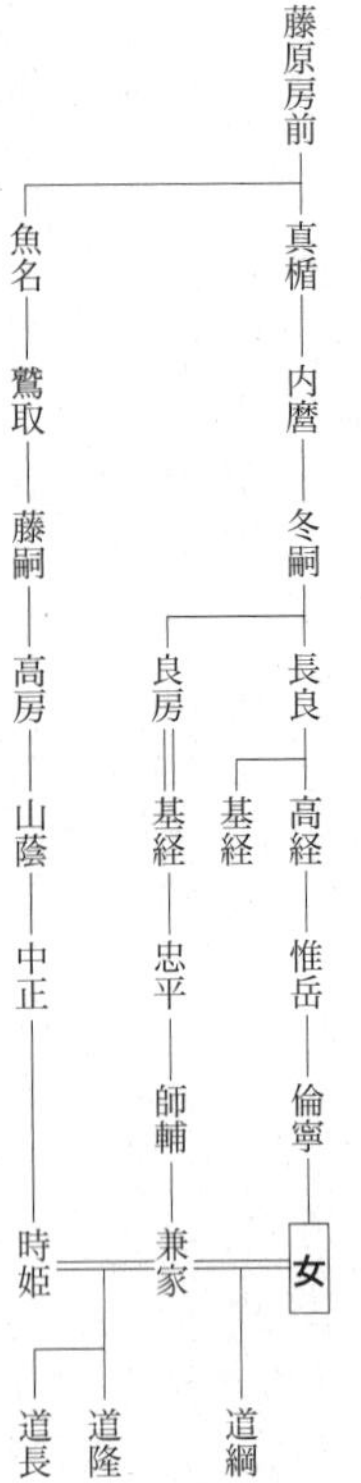

藤原道綱母関連系図

夢が数多く語られていることがわかる。以下、この二つの特異な「日記」を見てみることにしよう。

・『蜻蛉日記』の夢

まずは『蜻蛉日記』に描かれた夢を考えてみよう。『蜻蛉日記』は、藤原道綱母《みちつなのはは》(藤原倫寧女《ともやすのむすめ》)が十世紀末に記した日記である。藤原兼家との結婚生活の苦悩を、日記という形式で回想したものである。

『蜻蛉日記』の中には、夢という語は二八回見える。

表3 『蜻蛉日記』の夢

年次	西暦	年齢	主な出来事	夢記事	作者の見た夢記事
天暦八	九五四	一九	結婚	0	0
九	九五五	二〇	道綱を出産	0	0
一〇	九五六	二一		0	0
天徳元	九五七	二二		0	0
二	九五八	二三		–	–
三	九五九	二四		–	–
四	九六〇	二五		–	–
応和元	九六一	二六		–	–
二	九六二	二七		0	0
三	九六三	二八		0	0
康保元	九六四	二九	母、死去	0	0
二	九六五	三〇		0	0
三	九六六	三一		0	0

四	九六七	三二	兼家、蔵人頭	0	0
安和元	九六八	三三	兼家、従三位	2	0
二	九六九	三四	兼家、中納言	0	0
天禄元	九七〇	三五	道綱、元服	1	1
二	九七一	三六		2	2
三	九七二	三七	兼家、大納言	4	1
天延元	九七三	三八		0	0
二	九七四	三九	道綱男、誕生	1	1
			合計	10	5

そのうちで顕在夢は一〇回現われ、作者自身が見た夢は五回である（他に歌中に八回、比喩として八回、使われている）、平安朝の日記文学の中では、異色の存在ということになる。『蜻蛉日記』は、作者が十九歳の年から書き起こしているが、夢が出てくるのは、十四年後、作者が三十三歳になった時からである。それでは、それらの夢を考えていこう。現代語訳や趣意文の基になった本文と頁数は、菊地靖彦・木村正中・伊牟田経久校注／訳『新編日本古典文学全集　土佐日記　蜻蛉日記』によるもの

とする。

貞観殿尚侍の悪夢

上巻・安和《あんな》元年（九六八）五月・七月（作者三十三歳・一五七～一五八頁）

五月に、貞観殿《じょうがんでん》の尚侍《ないしのかみ》（藤原登子《とうし》）が、先帝（村上《むらかみ》天皇）の御除服《じょぶく》のために退出する際、前のように私の方へということだったのに、「夢に不吉なことが見えた」と言って、あちらに退出した。その後も、しばしば夢のさとし（夢告げ）があったので、「夢違《ゆめたが》えの祈禱をしなくては」ということで、七月、和歌を寄こした。

康保《こうほう》四年（九六七）五月に崩御した村上天皇の寵愛を受けていた貞観殿尚侍登子（兼家の同母妹）は、年末に作者の邸の西対《にしのたい》に退出していた。その時以降、作者と登子とは、和歌の贈答を通じて交流を深めていった。この場面は、翌安和元年五月に、除服（服喪が明けること）の祓《はら》いのために作者の邸に退出するに際して、夢見が悪いというので兼家の東三条殿の方に行ってしまったというもの。その後も登子には悪い夢が続き、作者とはなかなか会えない。

もちろん、実際に登子が悪夢を見た可能性もあるが、夢を理由として、登子が作者の邸から遠ざかったと考えることもできよう。登子の兼家邸への退出には、兼家の複雑な結婚関係も含めた、作者のはかり知ることのできない別の事情が存在したかもしれないのである。

この例を見ると、夢を口実にすれば、お互いが納得するといった暗黙の了解が、平安貴族社会には存在したのかと思えてしまう。それは円滑な人間関係を維持するための、彼らの知恵だったのかもしれない。

後にも、登子が手紙をくれないことを嘆く箇所があるが、結局は登子が作者の邸を訪れることは、二度となかった。

石山寺参詣

中巻・天禄《てんろく》元年（九七〇）七月下旬（作者三十五歳・二〇八〜二〇九頁）

石山詣《いしやまもうで》の際、心労を重ねているうち、夜になった。御堂《みどう》でさまざまなことを申し、泣き明かして、暁ごろにまどろんだ夢に、この寺の別当《べっとう》と思われる法師が、銚子《ちょうし》に水を入れて持ってきて、私の右の膝に注ぎかけると見えた。ふと目が覚めて、仏が見せてくれたのだと思うと、いよいよしみじみと悲しく思われる。

石山寺本堂

兼家の訪れが途絶える一方で、兼家が他の女に通っているとの噂を聞き、出家の意志さえ子の道綱に漏らしていた作者は、石山寺《いしやまでら》に参籠した。その間にも、死ぬ思案さえめぐらしている作者であったが、ある夜、夢に法師が出てきて、作者の膝に水を注いだ。『石山寺縁起《いしやまでらえんぎ》絵《え》巻《まき》』にも描かれた、有名な夢である。

この夢を解く際に、心理学が説くような水の象徴的意味（結婚との由）を考える必要はあるまい。夢告げの本場である石山寺に参籠して仏の前で祈り、まどろんだ際に、仏に関係のある夢を見ただけの話である。

銚子の水を注ぎかけるのを、密教《みっきょう》の灌《かん》頂《じょう》と結び付ける考えもあるが、そこまで考えなくとも、たとえば石山を訪れる途中に見た琵琶湖《びわこ》の風景の記憶が蘇《よみがえ》ったり、湖水の音による聴覚的刺激を受けたりして、この夢を見たという程度のものであろう（あるいは、泣き明かして衣を濡らしたとかいったものか）。

作者は、この夢に対して、悲しみをいよいよ増すという対処をしているが、それでもこの夢を一種のきっかけとして帰京し、日常生活へと戻っていく。

蛇が肝を食う

中巻・天禄二年（九七一）四月下旬（作者三十六歳・二二二〜二二三頁）

父の家で長い精進《しょうじ》を行ない、二十日ほど勤行《ごんぎょう》を続けた日の夢に、私の髪を切り落とし、額髪を分けて尼姿になるのを見た。その夢の吉兆はわからない。七、八日ほどして、私の腹の中にいる蛇が動きまわって内臓を食う。これを治すには顔に水を注げばよいという夢を見た。これも吉兆はわからないけれども、このように記すわけは、こんな身の行く末を見聞きした人は、夢や仏は用いるべきなのか、用いるべきではないのか、決めてほしいと思うからである。

この年も兼家の訪れは途絶えがちで、作者は山寺に籠ろうとも思い立つ。三月末から父倫寧邸に移り、長精進を始めた作者は、まず尼姿になる夢を見る。二十日間も勤行を続けたら、このような夢を見るのも当然であろう。

次いで作者は、腹中の蛇が肝を食う夢を見る。蛇が登場すると、フロイトならずとも性的願望の現われと説くところであろうが、そう考えるよりも、女の体内には血の池があって蛇が住んでいるという、古来の仏教の考えを援用した方がよかろう。抑制できない感情が、蛇が動きまわるという映像となって現われたと考えたい。

むしろ問題なのは、作者が自分の見た夢を自己分析し、その結果を後世の判断に委《ゆだ》ねるという客観化を行なっているという点であろう。夢を単なる「仏からのメッセージ」として崇《あが》めたり怖れたりするのではなく、夢の様相を冷静に記録した後でこれを分析し、自己の将来を客観化するという作者の態度は、特筆に値するであろう。この後、作者は鳴滝《なるたき》籠りへと旅立っていく。

兼家政権への期待

下巻・天禄三年（九七二）二月十七日（作者三十七歳・二七七〜二七九頁）

石山に一昨年参詣した時に出会い、私に代わってお祈りしてくれるよう頼んでおいた法師の許から、このように言ってよこした。「去る十五日の夜の夢に、あなたが二つの袖に月と日とを受け、月を足の下に踏み、日を胸に当てて抱きなさっているると見ました。これを夢解きにお問いなさい」と。まあ嫌だ、大げさなと思いもし、疑いも加わって、ばかばかしい気持ちがしたので、人にも解かせなかった時、夢合わせをする者が来たので、他人の身の上のこととして夢解きさせると、案の定、「どのような人が見たのか」と驚いて、「朝廷を意のままにし、思ったとおりの政治をなさるでしょう」と言う。「やはりね。この夢解きが間違っているのではない。言ってよこした僧が疑わしいのだ。これは内緒にしておきなさい。とんでもないことだ」と言って終わってしまった。

また、そこに居あわせた侍女《じじょ》が、「この邸の御門を四脚門《よつあしもん》にするという夢を見ました」と言うと、夢解きは、「これは、この家から大臣・公卿《くぎょう》が出るに違いないという夢です。こう申すと、夫君（兼家）が近く大臣におなりになることを申すとお思いになるでしょうが、そうではありません。男君（道綱）の将来のことです」と言う。

私自身も、一昨日の夜に見た、右の方の足の裏に、男が「大臣門」という文字を書き付けたので、驚いて足を引っ込めたという夢を問うと、夢解きは、「先ほどの侍女と同じことが見えたのです」と言う。これも馬鹿げたことなので、突拍子もないと思ったが、そういうことのあり得ない一家ではないので、私の一人息子が、もしかしたら思いがけない幸運に見舞われるのではないかと、心の中で思った。

この年の正月、兼家は兄兼通より先に権大納言に任じられた。当時、摂政であった伊尹は、十一月に薨去しているように病がちであり、兼家の政権獲得への期待と、それが道綱の将来に及ぼす影響への予測が、作者の邸内に充満していたはずである。

折も折、その雰囲気を汲《く》んだ僧が、いかにもそれらしい夢を伝えてきた。日は天皇、月は皇后《こうごう》を表わすものであり、日月の登場する夢は中国の『漢書《かんじょ》』以来、王侯の出生する前兆とされてきた。これが作者の邸内の人々を喜ばそうとした演出であることは、明白である（人事観測という脳内記憶によって本当に見たのかもしれないが）。この見えの夢に、最初は取りあわなかった作者であったが、心のどこかには密《ひそ》かに期待するところがあり、夢解きに解いてもらう。

一方、邸に仕える侍女の夢は、自分たちの主人が出世するかもしれないという期待（自分の繁栄にもつながる）から、いかにも侍女らしい即物的な夢を見る。四脚門というのは、牛車が通ることのできる門で、大臣以上の格の高い邸にのみ許されるものである。また、作者自身も、道綱が出世するという願望（というより、当然の予測であろうが）から、同じように門に関わる夢を見る。

しかし、これらは予知夢《よちむ》というよりも、当たり前の予測を行なった結果に過ぎない。母親（作者）が嫡妻ではないにせよ、近い将来に政権を取るかもしれない兼家の子息であれば、道綱が当然に公卿くらいに上るだろうと予測することは、きわめて穏当であったはずである。兼家の任権大納言ということで期待が充満していた邸内とその周辺（一種の「共同体」ではある）において、それらの夢が一時期に見られたのであろう。ただし、公卿社会でその無能を皆から侮られ続け、ついに大臣に上れなかった道綱の将来（多分に母親のせいでもある）については、長徳元年（九九五）に疫病《えきびょう》で死去した作者は、見ないでもすんだのである。

兼家の夢創作

下巻・天禄三年（九七二）八月十一日（作者三十七歳・三〇五頁）

兼家から、「まったく思いがけない夢を見た。ともかく、そちらに行って、詳しく話をしよう」などと手紙が来た。いつものように信じられそうもないことがいろいろ書いてあった。こちらにいらっしゃっても、私は物も言えずに黙っている。

この年の七月、来月に死ぬというお告げを得た作者に、本当とは思えないような夢を見たという兼家の手紙が届き、次いで兼家が訪れる。作者、あるいは道綱に関わる夢かとも思われるが、作者との話題を作ろうとした兼家の創作の可能性も考えられる。

道綱の結婚

下巻・天延《てんえん》二年（九七四）二月二十日頃（作者三十九歳・三二三頁）

冷泉院《れいぜい》の賭弓《のりゆみ》があるというので、世間では騒いでいる。右馬頭《うまのかみ》（藤原遠度《とおのり》）も右馬助（道綱）も同じ組で、練習の日に一緒になると、右馬頭は同じことばかりおっしゃるので、右馬助は、「どういうことなのでしょう」と話していたが、二月二十日頃、夢に見えたことには、……

脱文があり、夢の内容は不明であるが、この頃、藤原遠度（兼家の異母弟）の養女と道綱との結婚話が進められており、この夢もそれに関わるものか。この箇所の直前で、作者は、「道綱はまだ無邪気で、思いをかけられるような年ではないのに」などと言っている。

冷徹な対応

以上、『蜻蛉日記』に見える夢を眺めてきた。仏に祈って見た場面が多いせいか、宗教的な夢が多く登場するが、それらに対して作者が冷静に対処している点に注目すべきであろう。

夢が直前の記憶や情報に基づいて見るものであることを、作者は醒めた目で感づいているのではないかと思われる節もある。これらを無理やりに「抑圧された性的願望」と結び付ける必要もないということは、言うまでもない。

特に、夢の状況と自分の将来の関連を、後世の読者の判断に委ねている箇所など、作者の冷徹な対応は、この時代のものとしては特異なものかもしれないが、しかしまた、このような個性が出現していることも、平安時代の人々の夢に対する思いの一つの類型と考えるべきであろう。

・『更級日記』の夢

『更級日記』は、菅原孝標女が十一世紀後半に記した日記文学である。ただ、日記とはいうものの、物語に憧れ続けた女性の自伝的要素が強く、この作品が執筆されたのは、夫と死別した後の康平《こうへい》二年（一〇五九。作者五十二歳）以降のことであるとされている。『更級日記』には、夢という語は一一の記事に二二回見える。

　そのうちで、誰かが見たという顕在夢は一七回現われ、作者自身が見たという夢は九回である（他に歌中に一回、比喩として四回、使われている）。特徴的なのは、『更級日記』という作品自体が、自分の見た夢に対する対応の宗教的変遷を軸に、物語から仏教へという、自身の心の変遷を語っている点である。つまり、自分史の根幹として、夢が語られているのである。

　ただし、これから個々に述べていくように、本当に作者がその時点その時点で見た夢を記述しているのかどうかは、疑問である。最後の阿弥陀《あみだ》仏来迎《ぶつらいごう》の夢を見て宗教的

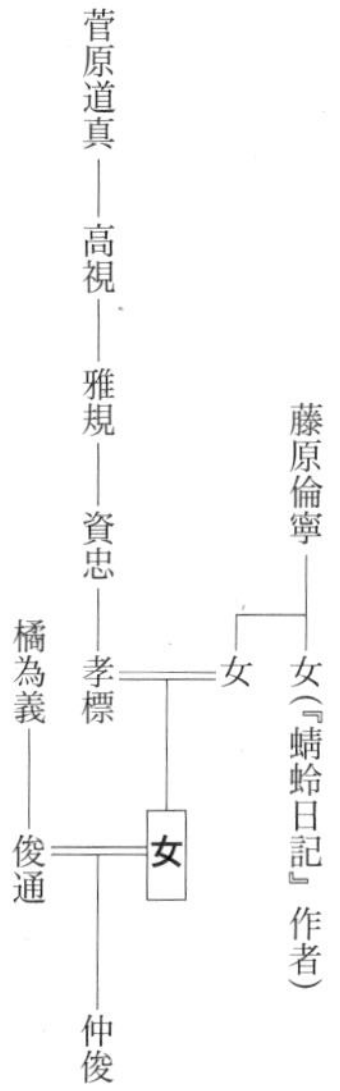

菅原孝標女関連系図

表4 『更級日記』の夢

年次	西暦	年齢	主な出来事	夢記事	作者の見た夢記事
寛仁二	一〇一八	一一		0	0
三	一〇一九	一二		–	–
四	一〇二〇	一三	上京	0	0
治安元	一〇二一	一四	『源氏物語』を入手	2	2
二	一〇二二	一五		1	0
三	一〇二三	一六	自邸焼失	0	0
万寿元	一〇二四	一七		0	0
二	一〇二五	一八	東山に転居	0	0
三	一〇二六	一九		0	0
四	一〇二七	二〇		–	–
長元元	一〇二八	二一		–	–
二	一〇二九	二二		–	–
三	一〇三〇	二三		–	–

四	一〇三一	二四		–	–
五	一〇三二	二五	孝標、常陸に赴任	0	0
六	一〇三三	二六		2	1
七	一〇三四	二七		–	–
八	一〇三五	二八		–	–
九	一〇三六	二九	孝標、帰京	0	0
長暦元	一〇三七	三〇		–	–
二	一〇三八	三一		–	–
三	一〇三九	三二	祐子内親王に出仕	1	1
長久元	一〇四〇	三三	橘俊通と結婚	0	0
二	一〇四一	三四	俊通、下野に赴任 仲俊を出産か	0	0
三	一〇四二	三五	娘を出産か	0	0
四	一〇四三	三六		0	0
寛徳元	一〇四四	三七		0	0

二	一〇四五	三八		1	1
永承元	一〇四六	三九		2	2
二	一〇四七	四〇		0	0
三	一〇四八	四一		1	1
四	一〇四九	四二		–	–
五	一〇五〇	四三		–	–
六	一〇五一	四四		–	–
七	一〇五二	四五		–	–
天喜元	一〇五三	四六		–	–
二	一〇五四	四七		–	–
三	一〇五五	四八		1	1
四	一〇五六	四九		–	–
五	一〇五七	五〇	俊通、信濃に赴任	0	0
康平元	一〇五八	五一	俊通、死去	0	0
二	一〇五九	五二	尼と和歌を贈答	1	0
			合計	12	9

な境地に至り、それ以前の数々の夢を創作した可能性も考えられようし、あるいは、阿弥陀仏の夢自体も創作の可能性があるのではないだろうかとも考えられる。

つまり、この作品は日記ではなく、作者自身を題材とした（かのように見せかけた）、夢の内容とそれへの対応の変遷を軸とした創作の作り物語ではないかとも思われるのである。

なお、すでに見てきたように、紫式部の『紫式部集』や『紫式部日記』には顕在夢は登場せず、『源氏物語』には顕在夢の記事が数多く見られる。一方、菅原孝標女の記した『更級日記』にも『浜松中納言物語』にも、夢が根幹的な役割を持って登場する。『更級日記』の作者は、『源氏物語』は愛読していたが、『紫式部日記』は見ていないはずであることを考えると、『更級日記』も『浜松中納言物語』も、『源氏物語』の影響によって、このように多くの顕在夢が語られていると考えられよう。

ちなみに、孝標女には『新古今和歌集』以下に五首の歌が残るが、いずれにも夢という語は見えない。歌には夢という語を詠み込まないというのも、紫式部の和歌の影響であろうか。

それでは以下、『更級日記』に語られている顕在夢を考えていきたい。趣意文の基になった本文と頁数は、犬養廉校注／訳『新編日本古典文学全集　和泉式部日記　紫式部日記　更級日記　讃岐典侍日記』によるものとする。

法華経誦読の勧め

治安元年（一〇二一）夏頃（作者十四歳・二九八〜二九九頁）

昼も夜も『源氏物語』を読むことのほかはせず、文章を暗誦していて、それが浮かんでくるのを、すばらしいことと思っていた。すると夢に、清楚《せいそ》な感じで黄色地の袈裟《けさ》を着た僧が来て、「『法華経《ほけきょう》』の第五巻を早く習いなさい」と言うのを見た。だけれど、人にも語らず、それを習おうとも思わず、物語のことばかりが心を占めて、「私は今は器量も悪いが、年頃になったら、容貌も美しく、髪も長くなるだろう。夕顔《ゆうがお》や浮舟のようになるだろう」と思っていた心は、いま考えるとたわいのない浅ましいものであった。

念願の『源氏物語』全巻を手に入れた作者が、それを読みふけっていたところ、僧が『法華経』第五巻（提婆達多品《だいばたつたぼん》第十二の龍女成仏《りゅうじょじょうぶつ》を指す）を習えと言ったという夢を見ても、まったく相手にせず、物語の女主人公に自己を同化するのであった（『源氏物語』を読んだというのも、本当にこの年のことだったのであろうか）。

ただ、この夢が、はたして作者が実際に見たものなのかどうかは、疑問である。物語世界への没入という座標軸の原点を、とりあえず最初に見た夢で定めておくといった意図も、見え隠れしているのである。「人にも語らず」という語が、この段も含めて三度出てくるが、これは実際に見たものではないことの証拠隠滅を無意識に意図したものかとも考えられる。

天照御神信仰

治安元年（一〇二一）冬頃（作者十四歳・三〇〇頁）

物語のことばかりを心にかけていたところ、夢に見えたことには、「最近、皇太《こうたい》后宮《ごうぐう》（藤原妍子）の皇女《こうじょ》である一品宮（禎子内親王）の御用に供するため、六角堂《ろっかくどう》に遣水《やりみず》を作っている」と言う人がいる。「それはどういうことですか」と問うと、「天照御神《あまてるおおんかみ》を信仰しなさい」と言った。人にも語らず、何とも思わないで終わってしまったのは、何ともふがいない。

相変わらず物語に没入していた作者が、今度は天照大神《あまてらすおおみかみ》を祈れという夢を見たものの、やはり同じ対応をしている。物語に対する思いが変わらないことを強調しようとしたものであろうが、仏教の次に神祇《じんぎ》を持ってくるあたり、なかなか手の込んだことと

六角堂（頂法寺）

をするものである。先ほどと同じく、執筆時点における感慨が記されているが、その不自然さが、かえって作為を感じさせる。

なお、作者は、二十一年後の長久《ちょうきゅう》三年（一〇四二）の記事に、「私の信仰している天照御神は、この内裏《だいり》においでだそうな」と記述しており（三三二頁）、天照信仰を怠ったことが虚偽であったことを露呈している。

猫の鳴き声

治安二年（一〇二二）五月（作者十五歳・三〇一〜三〇二頁）

姉が病気になり、可愛がっていた猫を北面《きたおもて》の部屋に置いて呼ばなかったところ、やかましく鳴き騒いだ。何かわけがあるのであろうと思っていると、姉が目を覚まし、「夢でこの猫が現われ、『自分は侍従《じじゅう》の大納言殿《だいなごんどの》（藤原行成）の御姫がこうなったのである。このところ下衆《げす》の中にいて、たいそう寂しいこと』と言って鳴く様子は、高貴で美しい人に見えて、目を覚ますと、この猫の声であったのが、とても悲しかった」と語ったので、ひどく胸打たれた。

熱にうかされていた姉（この人も相当に変わった人である）には、実際に猫の鳴き声が聞こえていたのであろう。直接的な聴覚的刺激による夢ということになる。ただ、輪廻転生《りんねてんしょう》を前提にした夢を記している点は、この年には、気持ちは多少とも仏教に傾いていたと言いたいのであろうか。

なお、侍従大納言行成の女《むすめ》が死んだのは、この年の春のことであったが、作者姉妹には、当然ながらその情報は入っており、記憶に残っていたことであろう。

清水寺参籠

長元六年（一〇三三）秋頃（作者二十六歳・三一九〜三二〇頁）

母がひどく「古代の人（昔気質《かたぎ》の人）」で、初瀬や石山や鞍馬《くらま》などへの物詣《ものもうで》へは連れて行ってくれず、わずかに清水参籠に連れて行ってくれた。それでも私の性分で、真面目にお願いすべき後世《ごせ》のことなどもお祈りする気になれなかった。ちょっと眠っていると、仏前《ぶつぜん》の御帳《みちょう》の方の犬防ぎの内に、青い織物の法衣《ほうえ》を着て、錦《にしき》を頭にもまとい、足にも履いた僧で、別当と思われる人が寄って来て、「将来の悲しかろうことも知らず、たわいのないことばかり考えて」と、不機嫌そうにつぶやいて、御帳の内に入ったという夢を見た。目が覚めてからも、このような夢を見たとも人に語らず、気にも留めないで、寺から退出した。

大和《やまと》の長谷寺、近江《おうみ》の石山寺、山城《やましろ》の清水寺《きよみずでら》と、夢告げの本場三箇所の名が登場する。前の夢から一一年、物詣をしようという点で、作者の心境は少しは宗教的な方向に変化してきている、という文脈で記されたものであろう。

作者がこの年に清水寺に参詣したことは、実際にあったことなのかもしれないが、別当僧（作者の夢に類型的に登場する）が夢に出てきて、作者の将来を予兆するようにつぶやく、といったことが、実際に起こったかどうかは疑問である。これは作者の将来の哀れさの予兆というよりも、執筆時には自分の惨《みじ》めな（と主張する）現実がすでにあり、予兆をこの時点にまで遡及《そきゅう》させて創作したと考えた方がよかろう。

なお、僧が御帳に入ったとはいっても、これは清水寺の本堂の内陣《ないじん》の御帳のことであって、作者の「性的な願望」を云々《うんぬん》する論考は、まったくの見当はずれと言わざるを得ない。

鏡に映った作者の将来

長元六年（一〇三三）秋頃（作者二十六歳・三二〇〜三二一頁）

母は、一尺（約三〇センチメートル）の鏡を鋳《い》させて、自分が連れて行けない代わりにと、代参《だいさん》の僧を初瀬に詣でさせたらしい。「三日の間、参籠して、この娘の行く末の様子を夢で見てきてください」などと言って詣でさせたようだ。参籠中は、私にも精進させた。この僧は帰ってきて、夢を語った。「御帳の方から気高く清楚で、端正に装束を整えた女性が、奉納した鏡を携えて現われ、『この鏡には、願文《がんもん》は添えてあるか』と問うので、『願文はありません』と答えると、『妙なことだ。普通は願文を添えるべきなのに』と言って、『この鏡のこちらに映っている姿を見よ。これを見るとしみじみ悲しいぞ』と言ってさめざめと泣くので、見てみると、伏しまろび泣き嘆いているとのこと。『この姿を見るとたいそう悲しいな。では、こっちを見よ』と言って、もう一方に映っている姿を見せなさる。そこには、御簾《みす》が掛かっていて、縁先に几帳《きちょう》を押し出し、その下から色々な衣がこぼれ出て、庭には梅や桜が咲き、鶯《うぐいす》が木をつたって鳴いているのを見せ、『これを見るのは嬉しいな』とおっしゃると見えました」と、母に語ったそうだ。私は、どんな夢を見たかとさえ、耳にも留めなかった。

代参の僧が見た（と称する）夢は、美しい女性（これも類型的である）が、奉納した鏡に願文がないことを指摘するということと、作者の将来を、泣き嘆く将来、幸福な宮仕《みやづか》えの将来、という二様に見せるということであった。

前者は、鏡に願文がなかったことに対して不審の感を抱いていた僧自身の考えによるものであろう（願文がないと依頼主の希望がわからず、長谷寺で見たと称する夢をうまく創作できないからかもしれない）。

また後者は、泣き嘆く方は作者の将来に対する僧の考えが反映したものであろうし、幸福な宮仕えの方は、泣き嘆く方のみを語ると作者の母に怒られるということで僧が媚《こ》びたものであろう。

ただし、それはこの僧が実際にこれらの夢を見たとしたら、という前提に立った想像である。自分が見たわけでもない夢に、類型化された「高貴で美しい女」が登場することは、これらの夢も作者が創作したものと考えた方が妥当なような気がする。だとしたら、実際にこの後、作者が宮仕えに出たという事実を経た後に執筆したものと考えることができよう。

すでに当時の結婚適齢期を過ぎた作者であるが、相変わらず宗教活動には無関心を装っている。

自分の前世

長暦《ちょうりやく》三年（一〇三九）十二月（作者三十二歳・三二七〜三二八頁）

聖《ひじり》などでさえ、自分の前世《ぜんせ》のことを夢に見るのは難しいのに、頼りもなく、道心《どうしん》もはかばかしくはない私が、自分の前世を夢に見たことには、清水寺の礼堂《らいどう》に坐《すわ》っていたところ、別当と思われる人が出て来て、「お前は前世でこの御寺の僧であった。仏師《ぶっし》として、仏像をたくさん造った功徳によって、家柄のよい家に生まれたのだ。この御堂の東にいらっしゃる丈六仏《じょうろくぶつ》は、お前が造ったものだ。金箔《きんぱく》を貼《は》りかけて途中で亡くなったのだ」と言う。私が、「あら大変。では、あの仏像に金箔を貼りましょう」と言うと、「お前が亡くなったので、別の人が金箔を貼り、供養《くよう》もした」と見た。

その後も、清水寺に詣でることもなくて終わってしまった。

この年、作者は祐子《ゆうし》内親王に初出仕し、翌年、橘 俊通《たちばなのとしみち》と結婚する。そのような環境の変化によるものか、夢の中とはいえ、作者の仏教に対する考えの変化がうかがえる（かのように夢を創作したのか）。清水寺は、作者の二十六歳の時の最初の宗教体験（外出体験）であるが、この時もまたもや別当が出てきて、作者の前世を語る。清水寺礼堂の丈六仏を造った仏師だというのだが、その丈六仏というのも、六年前の参籠の時に見ていて、記憶にあったのであろう。

夢の中の世界では、貼りかけた金箔を貼りましょうと言うなど、仏に対する対応に変化を生じさせている（かのようである）。出仕に伴って外の世界と接したことによる変化が生じた、と言いたいのだろうか。ただ、後文によると、現実世界では、夢から醒めてからも再び清水に参詣することはなかったようである。

石山寺参籠

寛徳二年（一〇四五）十一月（作者三十八歳・三四〇頁）

日が暮れる頃に石山に着いた。勤行《ごんぎょう》も途中でやめて、まどろんでいると、夢で、「中堂《ちゅうどう》から麝香《ざこう》を頂戴《ちょうだい》しました。早くあちらへ知らせなさい」と言う人がいた。目が覚めて、夢だったのだと思うと、良いことの前兆だろうと思って、一晩中、勤行に励んだ。

自分の前世を夢に見てからさらに六年、作者は念願の（？）石山寺に詣で、如意輪《にょいりん》観音《かんのん》像の前で参籠することになった。これも『石山寺縁起絵巻』に描かれている。そして、中堂から麝香を頂戴した夢を見るのである。重要なのは、ここではじめて仏教に対し、「よきことならむかし」とプラスの評価をしている点である。これは、前文（三三九〜三四〇頁）に、

今では、若い頃に浮わついた気持ちで過ごしてきたのも取返しのつかないことだとすっかり分別も付いた。……今はひたすら、裕福な身の上になって、幼い子供も立派に育てあげ、自身も倉に積み余るほどの財産を蓄え、後世の往生を念じようと、思い励まして石山寺に参詣した。

とあるように、宮仕えに加えて結婚、出産もしたという身辺の変化に伴う心情の転換かとも考えられるが、いかにも心境が変化しそうな就職と結婚、出産という時期に、物語世界から宗教世界へという変化の起点を置こうとした作者の作為を読み取るべきであろう。

内裏参仕の予言

永承《えいしょう》元年（一〇四六）（作者三十九歳・三四五頁）

山辺《やまのべ》という所の寺に泊まり、とても疲れていたけれど、経を少し読んでから寝た夢に、たいそう高貴な美しい女性がおられる所に参上した。女性は私を見つけると微笑《ほほえ》んで、「何をしにいらっしゃったの」と問う。「どうして参上せずにおられましょう」と申すと、「あなたは内裏にあがることになります。博士《はかせ》の命婦《みょうぶ》によく相談なさい」とおっしゃる。嬉しく頼もしくて、ますます熱心にお祈りした。

さらに翌年、長谷詣にでかけた途中、作者は夢を見る。経を読んでから寝たという時点で、作者はかなり仏教に傾倒してきていると言いたいのであろう。そして、高貴な美しい女性（前にも長谷寺で僧の夢に出てきた）から、内裏参仕という作者の運命を予言される。作者はその夢に対して、「うれしく頼もし」と素直に評価している。

ただしこれも、十三年前に長谷寺で代参の僧が見たという作者の将来の幸福な方の夢（宮仕え）を思い出し、それに影響されたと考えるよりも、実際に（内裏ではないものの）宮仕えに出ていたという作者の執筆時点における経験から、この二つの夢が創作されて、それぞれの場面に挿入されたと考える方が、的を射ているであろう。

長谷寺参籠

永承元年（一〇四六）（作者三十九歳・三四五頁）

三日間、長谷寺に参籠して、明日の早朝に退出しようと思ってちょっと眠った夜、御堂の方から、「そら、稲荷《いなり》から下さった霊験《れいげん》あらたかな杉だ」と言って物を投げつけるようにするので、目が覚めると夢であった。

長谷寺参籠の際に見た夢で、伏見《ふしみ》稲荷社の「験《しるし》の杉」を賜わるというもの。長谷寺参詣の途上において、実際に通ったであろう伏見稲荷社の記憶が蘇り、その象徴として杉が登場したのであろう。

作者はこれには何ら評価を下さず、後文によれば、実際には帰途に伏見稲荷社には詣でなかったようである。

筑前に下った人

永承三年（一〇四八）（作者四十一歳・三五一〜三五二頁）

気心が合って互いに語り合っていた人が筑前《ちくぜん》に下って後、月の明るい夜、こんな夜は御所《ごしょ》に参っては、寝ることもなく月を眺め明かしたものだが、と懐かしく思いながら寝入ってしまった。すると、御所に参り合って、現実のようにその人と対面していると見て、目が覚めると、夢であった。

祐子内親王家で親密であった同輩の女房との交流が描かれる。いにしえの記憶が蘇って夢に出てきたという内容。夢に対する対応の変化で、みずからの心情の変遷を語るという作者の執筆態度からは外れているが、こういう一般的な夢の記事は、作者が本当に見て、和歌に付随して記録された夢ではないかと推察される。ただし、『紫式部集』の「筑紫《つくし》へ行く人のむすめ」（平維将《これまさ》女）の影響なのかもしれない。

これまでに見た数々の夢

康平二年（一〇五九）（作者五十二歳・三五七頁）

昔から、つまらない物語や歌のことばかりに熱中しないで、夜昼勤行をしていたら、こんな夢のような世を見なくてもすんだであろう。初瀬で、「稲荷から賜わったあらたかな杉だ」と言って投げ出されたが、そのまま稲荷社に参詣していたならば、こんなではなかったはずである。長年、「天照御神をお祈りせよ」と見た夢は、高貴な人の乳母《めのと》となって内裏に暮らし、帝や后の庇護《ひご》を受ける予兆だと夢解きも合わせたが、そのことは一つも当たらなかった。ただ「悲しそうだ」と鏡に映っている姿だけが当たったのが、悲しく辛い。私はこのように思うことが叶わない人なので、功徳も積まずにふらふらと生活している。

康平元年、五十一歳の時に夫が卒去した後に、これまでに見たと称する数々の夢を登場させて、述懐している。しかし、この述懐によって、かえって、これまで記述してきた夢が、実はこの時点での創作であることを露呈しているのである。

阿弥陀仏の来迎

天喜《てんぎ》三年（一〇五五）（作者四十八歳・三五八～三五九頁）

現世《げんせ》がこんな有様なので、後世も思うようになるまいと不安だったところ、頼みに思うことが一つだけあった。天喜三年十月十三日の夜の夢に、寝ていた所の軒先の庭に阿弥陀仏が立っておられた。はっきりとは見えず、霧を一重隔てたように透けて見えたのを、じっと霧の絶え間に見ると、蓮花《れんげ》の台座が高さ三、四尺（約一メートル前後）にあり、仏の御丈《みたけ》は六尺（約一・八メートル）ほどで、金色《こんじき》に光り輝き、御手は片一方は広げたように、もう一方は印《いん》を結んでいる。他の人の目には見つけられず、私一人だけが拝見している。私は恐ろしくて、簾《すだれ》の近くに寄って拝むこともできないでいると、仏は、「それならば今回は帰って、後に迎えに来よう」とおっしゃる声が、私の耳だけに聞こえて、他人に聞こえないと見て、目が覚めると十四日だった。この夢だけを、後世の頼みとしていた。

これが日記のほぼ末尾で、後に付け加わった部分とされる（小谷野純一『更級日記全評釈』）。ここでは日付まではっきり記され（それがかえって怪しいが）、等身大の阿弥陀仏が作者を極楽浄土へと迎えに来た様子が語られる。後に阿弥陀仏が来迎するという確信の根拠として夢が語られており、これがこの「日記」執筆の動機かとも考えられる。

ここに至るまでの心の変遷を、夢に対する対応の変遷を軸に内面史的に記すという文学手法は、それなりに成功しており（この夢を「阿弥陀仏来迎の誓に魂の安住を見出した」ものと捉え、この日記を「真実にして力強き優れた宗教的告白書として日本思想史上稀なる高き価値を持つ」と評価する論考〈家永三郎「更級日記を通して見たる古代末期の廻心」〉もあったほどである)、この夢だけが作者の本当に見た夢かとも、まったく考えられないわけではない。

しかし、すでに康平二年の時点で自己の悲惨な人生の総括を行なっており、その後に、時間を四年も遡らせて「後の頼み」を付け加えるのは、きわめて不自然であると言わねばならない。この夢も創作の可能性が強く、自分の来世への希望を述べるために、類型的な阿弥陀来迎の夢が不自然に挿入されたものと考えた方がよかろう。この夢の直後、絶望的な心情を詠んだ和歌五首が並べられてこの「日記」は終わるのであり、作者の往生への「頼み」も、実は危ういものなのであるが。

作者の「精神遍歴」

以上、『更級日記』に見える夢を眺めてきた。これまで縷々《るる》述べてきたように、作者の見たと称する夢なるものは、物語世界から宗教世界への転換を効果的に印象づけさせるために存在したと考えるべきであろう。「手許にあったノートには、夢の内容もそれぞれ相応の克明さで録されていたに相違なく、両者は、殆ど転記に等しい形で嵌入《かんにゅう》されたものと推断される」と考える論考もあるし(小谷野純一『更級日記全評釈』)、最後の阿弥陀仏来迎の夢に触発されて、それまでの夢を創作したと考えることも可能であろう。しかし私はむしろ、すべての夢が、執筆時点で創作されたものと考えたい。

その意味では、この作品は、日記というよりも、自分を主人公に仕立てて、その精神の遍歴（それすら実際に起こったことかどうか疑問であり、作者は実は幼少の頃から仏教に深く帰依《きえ》していた可能性もある）を述べた物語と評するべきであろう。作者にとって、夢とは、自己の物語を完成させるための手段に過ぎなかったことになる。

6　説話文学と夢

文学作品の最後に、説話文学に見える夢を眺めてみることにしよう。

・『日本霊異記』の夢

『日本霊異記《にほんりょういき》』から見てみる。『日本霊異記』は、八世紀末から九世紀初頭にかけて成立した最古の仏教説話集である。正式な書名は『日本国現報善悪霊異記《にほんこくげんぽうぜんあくりょういき》』。上・中・下の三巻に計一一六話の説話を収めている。諸国布教僧らによる因果《いんが》応報譚《おうほうたん》を薬《やく》師寺《しじ》僧の景戒《きょうかい》が集めたものとされる。古代宗教史や社会史を研究するうえで不可欠の史料であり、平安貴族の意識を探るための前提として、古代的な発想をうかがうために最初に取りあげてみた。

『日本霊異記』には、一三の説話に二九回、夢という語が登場するが、そのうち顕在夢は一〇の説話に二六回出てくる。簡単にいくつかの概略をたどってみよう。趣意文の基になった本文と頁数は、中田祝夫校注／訳『新編日本古典文学全集　日本霊異記』によるものとする。

・上巻第十八「法花経を憶持し、現報もて奇《くす》しき表《しるし》を示しし縁」（七〇〜七二頁）

大和国《やまと》葛上郡《かずらきのかみ》に、法華経を唱えて修行している男がいた。彼は法華経のうちでただ一字のみ、どうしても覚えられなかった。男は観音《かんのん》に懺悔《ざんげ》したところ、夢に一人の人が現われ、「おまえの前世《ぜんせ》は伊予国《いよ》和気《わけ》郡の日下部猴《くさかべのさる》の子であった。燈の火で法華経の一字を焼いてしまったので、その字だけ覚えられないのだ」と言った。

男が伊予国の猴の家に行くと、家の者たちは、死んだ子にそっくりというので大騒ぎ。男が夢の様子を語り、仏堂に入ると、法華経の覚えられなかった字だけ焼け失《う》せていた。男が懺悔して経を修復すると、完全に覚えることができた。

観音の夢告げで自分の前世と法華経の一字が覚えられない理由が判明したという説

話であるが、その内容が虚構でないとするならば、男が日下部猴の子に関する知識をすでに得ていた可能性が考えられる。ただ、この説話は男と猴の家族の双方が夢を信じていたから成り立つ話であって、この説話を聞き手や読者が不自然さを覚えずに受け容れたとすると、夢が証拠になる社会の存在が前提となる。

・中巻第十三「愛欲を生じて吉祥天女の像《かたち》に恋ひ、感応して奇《めづら》しき表を示し縁」（一五九～一六〇頁）

和泉《いずみ》国泉《いずみ》郡血渟《ちぬ》の山寺に、吉祥天女《きっしょうてんにょ》の塑像《そぞう》があった。信濃《しなの》国から来た優婆塞《うばそく》（在家信者）がその寺に住んでいた。男は天女像に愛欲の心を生じ、恋い慕って、六度のお勤めごとに、「天女のように顔のいい女を我に与えたまえ」と願っていた。

ある夜、男は夢の中で天女像と交接した。明くる日に見てみると、その像の裳《も》の腰のあたりに男の精液が染みついていた。男は、「私は天女に似た女を願ったのに、どうして忝《かたじけな》くも、天女自身が交接なさったのだ」と言った。

このことは、やがて里人の知るところとなった。

実際は夢遊病者のように起き上がって像と行為に及び、再び眠りに就いたのを、夢の中の行為と表現したのであろう。ただ、実は起きている間に行為に及んだのを、人々に問い詰められて夢のせいにしたのかもしれない。

面白いのは、編者の景戒がこの説話を評して、「まことにわかる、深く信仰すれば吉祥天女も感応《かんのう》しないということはない」などと言っていることである。『日本霊異記』の聞き手の階層を意識してのことであろう。

・中巻第十五「法華経を写し奉《まつ》りて供養することに因《よ》り、母の女牛と作《な》りし因《もと》を顕しし縁」（一六四～一六六頁）

伊賀《いが》国山田《やまだ》郡噉代《はみしろ》里の豪族である高橋東人《あずまんど》は、亡母の為に法華経を写し、道で最初に出会った僧を供養の法会《ほうえ》の講師《こうじ》とするために連れてくることを従者《じゅうしゃ》に命じた。従者が出会ったのは乞者《かたい》僧であったが、従者はその僧を連れて帰ってきた。東人は僧に法華経の講読《こうどく》を願ったが、乞者僧にそんなことができるわけがない。僧はその夜、夢を見た。「赤い牝牛《めうし》が来て、『私は東人の母である。この家の赤い牝牛の子が私である。私は前世で東人の物を盗み用いたので、今、牛に生まれ変わり、その債を償《つぐな》っている。虚実《きょじつ》を確かめたいのなら、説法《せっぽう》の堂の中に、私のために座を敷け。私はそこに上って坐ろう』と言った」という夢であった。明朝、僧は夢の悟しがあったことを述べた。東人が座を敷いて牝牛を喚《よ》ぶと、牛は座に伏した。東人は大いに哭《な》き、「本当に私の母である。その罪は許そう」と言った。法会が終わると、その牛は死んだ。参会していた人々は皆、号泣した。

講説のできない乞食僧が、言うに事欠いて作った虚偽の夢であることは明白であろうが、東人も参会の衆も、そして『日本霊異記』の聞き手も、この説話を信用したとするならば、夢の神性がそれなりに信じられていた時代（あるいは集団）が想定できる。

・中巻第二十「悪夢に依りて、誠の心を至して経を誦《ずん》ぜしめ、奇《あや》しき表を示して、命を全くすること得し縁」（二八〇〜一八一頁）

大和国添上《そえかみ》郡山村《やまむら》里に住む女の娘は、地方官になった夫とともに、任国に赴いた。

女は大和に留まっていたが、夢で娘についての悪い前兆を見た。娘のために読経してもらおうと思ったが、貧しかったので、着ていた衣を僧に奉ろうとした。ところがまた悪い夢想が現われた。女は着ていた裳も僧に奉り、読経してもらった。娘は任国の国司の館《たち》にいたが、庭で遊んでいた子供が、館の屋根の上で七人の僧が経を読んでいるのを見つけ、母親に言った。母親が外に出ると、館の壁が倒れた。七人の僧は見えなくなった。

女はそれを聞き、ますます仏教を信仰した。

娘（母親）が屋根の上にいた僧を見たわけではなく、読経の声が蜂の集まって鳴く声のようであったと言っていることから、僧というのは子供の見た幻想、あるいは聞き違いかもしれない。あるいは、後に僧たちの話を付会したものとも考えられる。

この説話からは、貧しくても布施《ふせ》をせよとの仏教サイドからの主張が見えている。また、悪い夢想を得て読経を行なうのは、後世、藤原実資など平安貴族が諷誦《ふじゅ》を修したりした原型であろう。

・中巻第三十二「寺の息利《いらしもの》の酒を貸《おき》り用ゐて、償はずして死に、牛と作りて役《つか》はれ、債《もののかひ》を償ひし縁」（二一二〜二一四頁）

紀伊《きい》国名草《なくさ》郡三上《みかみ》村の薬王寺《やくおうじ》では斑《まだら》の子牛が追い使われていた。寺の信徒の岡田石人《いわひと》は、夢でその牛に告白された。「自分は桜《さくら》村にいた物部麿《もののべのまろ》であった。生前、薬王寺の薬のための酒を借用し、償わないうちに死んだ。それで牛に生まれ変わり、寺に役使されている。寺の人は私の背を打つので、苦しく痛い。あなただけは私を憐れんでくれたので、こう訴えるのです。嘘だと思ったら、あなたの妹の桜大娘《おおおみな》に問うがいい」と。

石人は妹の家に行ってそのことを告げたところ、妹が答えるには、本当にその麿は酒を借用し、償わないうちに死んだとのこと。そこで寺の僧や信徒たちは経を読み供養した。償うべき年限を終えた牛は、いずこともなく去っていった。

この説話では、石人の脳裡《のうり》に、すでに麿に関する妹からの情報がインプットされていたと考えられる。妹の愚痴や独り言でも耳に入り、無意識のうちに記憶されていたのであろう。いつも使役されている可哀想な牛の記憶と、妹の言葉による記憶とが相まって、夢に出てきたのであろう。

ただし、これは薬王寺の縁起譚の可能性がある。寺の宣伝として、このような説話が作られた可能性も、大いにあり得ることである。

・下巻第十六「女人、濫《みだりがは》しく嫁ぎて、子を乳に飢ゑしめしが故に、現報を得し縁」

（二八六〜二八八頁）

越前《えちぜん》国加賀《かが》郡の横江成刀自女《よこえのなりとじめ》は、生まれつき淫乱《いんらん》で、誰とでも交情してしまう癖があったが、若くして死んでしまった。

紀伊国の寂林《じやくりん》法師は、越前国加賀郡畝田《うねだ》村に住んでいたが、成刀自女が脹《は》れて膿《うみ》を流した乳を抱え苦しんでいるのを夢に見た。成刀自女は寂林に、「自分は邪淫《じやいん》で子供たちを捨てて男と寝、子供たちを乳に飢えさせた。自分はその罪によって、乳が脹れる病の報《むくい》を受けている」と告げた。

寂林は夢から醒め、成刀自女の子供たちを探し当ててその夢を語ると、まさにそのとおりであった。子供たちは、母のことを悲しみ、自分たちは成刀自女のことを怨みに思っていないことを告げた。そして仏像を造り経を写して、母の罪を贖《あがな》った。

後に寂林の夢に再び成刀自女が現われ、自分の罪が償われたことを告げた。

子供たちと同郡に住んでいた寂林が成刀自女のよからぬ噂（多淫な情交と、子供に授乳しなかったということ）を聞き、そんな女はこんな罰を受けているだろうと勝手に想像して、このような夢を見たのであろう。せめてもの救いは、子供たちが母を恨んでいないことで、寂林は成刀自女の罪を救う為に様々な功徳の手助けをする。成刀自女が自分の罪が償われたと告げる夢は、寂林の自己満足のもたらしたものであろう。

・下巻第二十六「非理を強ひて以て債を徴《はた》り、多《あまた》の倍《まし》を取りて、現に悪死の報を得し縁」（三二五～三二八頁）

讃岐《さぬき》国美貴《みき》郡の大領《たいりょう》の妻である田中広虫女《ひろむしめ》は、理不尽な儲けを追求して人々を苦しめていた。広虫女は病の床に臥したが、家族を集めて、閻魔王庁《えんまおうちょう》に召され、三種の罪を示されたという夢を語った後、死亡した。

死体を焼かずに置いていたところ、七日目に蘇生《そせい》して、棺《ひつぎ》の蓋《ふた》が開いた。中には何と、腰から上は牛となり、腰から下は人の形をした広虫女がいた。家族は、広虫女の罪報《ざいほう》を贖うため、寺に多額の寄進《きしん》を行ない、人々の負債を帳消しにした。広虫女は五日後に死んだ。

広虫女の夢こそ、臨死夢《りんしむ》である。理不尽な儲けをしたという自覚から来る罪の意識が、臨死夢において閻魔王からの罪の告知につながっているのであろう。

その後、輪廻譚へと続くが、寺の物を使い込むということで、牛に生まれ変わって負債を償うというパターンは、『日本霊異記』ではよく見られるものである。

この説話からは、寺の財を使い込むな、寄進を行なえという仏教サイドからの主張が見えている。広虫女の家族が寄進した大量の財物も、元々は理不尽な方法によって蓄財されたものであるが、ここではその罪が問われることはないのである。

・下巻第三十六「塔の階《こし》を減じ、寺の幢《はたほこ》を仆《たふ》して、悪報を得し縁」（三四五〜三四七頁）

藤原永手《ながて》の子である家依《いえより》は、兵士が永手を召しに来るという悪夢を見て、永手に告げたが、永手は取りあわなかった。その後、永手は死んだ。家依は病を得たが、永手の霊が憑依《ひょうい》し、法華寺《ほっけじ》の幢を倒し、西大寺《さいだいじ》の八角塔を四角とし、七層を五層に減した罪によって、閻魔王庁で苛《さいな》まれていると告げた。

永手が塔の規模を縮小したのは、財政削減を狙ったものであるが、仏教サイドからの主張では、これは許されないことであった。現在、西大寺東塔の基壇は、四角形のものの外側に八角形のものが発掘調査で確認され、その史実性を裏付けている。永手が苛まれている姿というのは、このような行動を生前に行なっていた永手に対する家依の思いが見させたものであろう。

・下巻第三十八「災と善との表相先づ現れて、而《しか》る後に其の災と善との答を被《かがふ》りし

縁」（後編）（三五六〜三六一頁）

作者の景戒は夢を見た。乞食僧の鏡日《きょうにち》がやって来て、「上品《じょうぼん》の善功徳《ぜんくどく》を修すると一丈七尺（三メートル五一センチ）の長身を得る。下品《げぼん》の善功徳を修しても一丈（三メートル）の身長を得る」と。五尺（一メートル五〇センチ）あまりの身長しかない景戒は、懺悔して白米を施した。乞食僧は『諸教要集《しょきょうようしゅう》』と反故紙《ほご》を景戒に授け、「この書を写し取れ」と言った。

また、景戒はこんな夢を見た。自分は死に、薪《まき》を積んで死体が焼かれているが、うまく焼けない。景戒は小枝で自分の身を突き刺し、裏返して焼いた。

夢の答は、よくわからない。「もしかしたら長命を得るのだろうか。あるいは官位《い》を得るのだろうか。今後、夢の答を待とう」と思ったが、延暦《えんりゃく》十四年、伝燈住《でんとうじゅう》位を得た。

この説話の前編には「もう一つの奈良朝の政変劇」としての予兆歌謡が延々と語られている（倉本一宏「もう一つの「奈良朝の政変劇」」）。それは、この後編の自己の夢解釈の正当性を証明するためのものだったのである。

ここでは省略したが、最初の夢の後に、延々と夢解きが記されている。あるいは自己による夢診断のごく初期の例とも考えられるが、それはきわめて仏教教養的なもののである。

その後、シュールな自己の死亡体験と火葬の夢が語られ、その予兆の結果が記されている。なお、自身の死の夢を「幸福と長寿」の前兆とする認識は、エジプトや中国の夢解書にも見られるとのことである（中前正志「火葬と火解と夢解」）。

以上、いくつかの説話を見てきたが、いずれにおいても、「神仏からのメッセージ」として夢がやって来たわけではなく、夢を見た人の記憶や情報が蘇《よみがえ》ったものに過ぎないことが読み取れよう。しかも多くの場合、直前に得た記憶や情報である。

ただし、夢を見た人の受けとめ方は、宗教的な怖れに支配されている。仏教サイドから、そのような解釈に持ち込んだものと考えられる。『日本霊異記』で夢を見る人は仏教関係者に限られる（小泉道校注『新潮日本古典集成　日本霊異記』頭注）というのも、夢に対して宗教的な意味付けを行ない、それを民衆への布教に利用しようという『日本霊異記』の立場の反映であろう。我々はこの説話集を読む際には、このような仏教側からの主張を一度白紙に戻したうえで解釈する必要があるのである。

・『今昔物語集』の夢

次に、『今昔物語集』を見てみよう。『今昔物語集』は、十二世紀初頭に千話以上もの説話を集成した全三十一巻の説話集である。天竺《てんじく》（インド）・震旦《しんたん》（中国）・本朝《ほんちょう》部の三国構成で、さらに本朝部は仏法部と世俗部に大別される。釈迦《しゃか》の生涯から始まり、仏法の創始と伝来、経典や菩薩《ぼさつ》の霊験《れいげん》、冥土《めいど》蘇生《そせい》などの仏法譚《ぶっぽうたん》や妖怪《ようかい》霊鬼《れいき》・盗賊・悪《あく》行《ぎょう》・武士・笑いなどの世俗譚からなり、古代から中世へと移り変わる転換期の人間の生態を生き生きと描いている。

『今昔物語集』においては、一九四の説話に六二九回、夢という語が登場する。そのうち、顕在夢は一七九の説話に六〇〇回出てくる。内訳は、巻第一から巻第五までの天竺部が七語に二〇回（そのうち顕在夢は七語に二〇回）、巻第六から巻第十までの震旦部が四五語に一二四回（そのうち顕在夢は四五語に一二四回）、巻第十一から巻第二十までの本朝仏法部が一二二語に四三八回（そのうち顕在夢は一一三語に四二一回）、巻第二十一から巻第三十一までの本朝世俗部が二〇語に四七回（そのうち顕在夢は一四語に三五回）といったところである。

これらのうち、ここでは、本朝世俗部の説話に見える顕在夢を見ていきたい。本朝仏法部は、ほとんどが『日本霊異記』や『法華験記《ほっけげんき》』など先行諸書の書承《しょしょう》であるので、先に見た『日本霊異記』とほぼ同じ傾向を示しているからである。世俗部には、仏法部よりも現実の社会に即した夢が語られていることであろう。それでは、いくつかの説話の概略を示してみよう。趣意文の基になった巻数・本文と頁数は、馬淵和夫・国東文麿・稲垣泰一校注／訳『新編日本古典文学全集　今昔物語集』によるものとする。

・巻第二十四「天文博士弓削是雄、夢を占ふ語《こと》　第十四」（三―二七八～二八一頁）

ある男が近江国の勢多《せた》駅に宿った時、そこで陰陽師《おんみようじ》の弓削是雄《ゆげのこれお》と同宿した。男は悪い夢想を見、是雄に夢の吉凶を占ってもらった。是雄は、男の家の北東の角に男を殺そうとする者が隠れていると占った。

男は家に着くと弓に箭《や》を番《つが》え、北東の角の薦《こも》を狙うと、法師が出てきた。法師は、自分の主人の僧がここの奥方と密通していたが、男を殺すように奥方に言われたので隠れているのであると白状した。

男は法師を検非違使《けびいし》に引き渡し、奥方を離縁した。


男には妻の不実の予感があり、このような夢を見たのであろう。霊的なメッセージというよりは、男の記憶や情報がもたらしたものである。男の家に隠れている法師の存在を占った陰陽師の能力は、いかにも説話的と言えよう。

・巻第二十四「天神、御製の詩の読みを人の夢に示し給ふ語　第二十八」（三一三一七頁）

菅原道真《すがわらのみちざね》の作った漢詩で、読み方のわからないものがあったが、ある人が、北野《きたの》天神《てんじん》の社前に詣でて、この詩を詠じたところ、その夜の夢に、尊い人が出て来て、詩の読み方を教えてくれた。その人は、夢から覚めて後、礼拝《らいはい》して退出した。

天神は昔より夢の中でこのように詩を教えることが多かった。

北野天満宮

これは『江談抄《ごうだんしょう》』を出典とする説話。道真を祀《まつ》っている北野天神に参詣したという自覚と、自分には天神の加護があるという自負が、この人にこの夢を見させたのであろう。

実際には、覚醒時には思い付かなかった読みを、睡眠中に右脳《うのう》（映像・感覚を司《つかさど》る）で考えたに過ぎない。元々この人にはこの詩を読み解く実力があったにもかかわらず、覚醒時には左脳《さのう》（言語・論理を司る）に邪魔をされ、読めなかったのであろう。睡眠中に右脳で考えた読みを、すぐに左脳に橋渡ししたことにより、読み解くことができたのである。

・巻第二十四「藤原義孝の朝臣、死にて後和歌を読む語　第三十九」（三－三五〇～三五二頁）

一条摂政《いちじようせつしよう》（藤原伊尹《これまさ》）の子である藤原義孝《よしたか》は、若くして死んだが、死後十箇月が経った頃、賀縁《がえん》という僧の夢に、気持ちよさそうに口笛を吹いているのが見えた。賀縁が問いかけると、義孝は極楽の楽しさを和歌に詠んだ。明くる年の秋、義孝の妹の夢に義孝が出てきて、死んでからもう一年になるという和歌を詠んだ。

義孝は、患っていた時、死んでもすぐには葬らずに経を読んでほしいと頼んだが、皆それを忘れて葬ってしまった。その夜、義孝は母の夢に出てきて、その恨みを和歌に詠んだ。

『後拾遺和歌集』、もしくはそれに準じる歌集の詞書《ことばがき》を集めて一つの説話にしたもの。実際には、義孝を偲ぶ三人が、それぞれの夢の中で詠んだ歌であることは、言うまでもない。

義孝ほど道心《どうしん》の深い人ならば、今頃は極楽に行っているだろうという想像、義孝が死んでもう一年になるという感慨、経を読まずに火葬してしまい、義孝はさぞや怒っているだろうという思いが、それぞれ三人に和歌を詠ませたのである。

・巻第二十七「河内禅師の牛、霊の為に借らるる語　第二十七」（四－八七～九〇頁）

佐伯公行《さえきのきんゆき》の子の佐大夫《さだいふ》は、阿波《あわ》に下る船が沈み、海に入って死んだ。佐大夫の親類の河内禅師《かわちのぜんじ》の許にいた牛は、引いていた車が橋から落ちた時、踏みはだかって樋爪《ひづめ》橋の上に留まった。その後、牛は姿を消してしまい、探しても見つからなかった。

河内禅師の夢に佐大夫が現われ、「自分は日に一度、あの橋の許に行って苦を受けるのですが、罪が深いので身が重く、歩いて行くのが苦しいので、おたくの牛をしばらく借りて乗っているのです。六日目に返します」と言った。六日目、牛は大仕事をしてきたかのような顔をして帰ってきた。

親類が水死したという記憶と、車が墜落し牛が失踪《しっそう》したという事件の記憶とが一体化して、河内禅師の夢に出てきたのであろう。佐大夫が冥界《めいかい》で苦を受けているという夢も、彼の生前の行動に対する、河内禅師の認識に基づくものと思われる（ちなみに、佐伯公行は、長徳四年〈九九八〉に故藤原為光《ためみつ》の一条第を八千石で買って東三条院詮子《せんし》に献上しているが、寛弘六年〈一〇〇九〉には妻の高階光子《こうし》が敦成親王・中宮藤原彰子・藤原道長を呪詛した廉《かど》で罪せられている）。

・巻第二十九「蛇、僧の昼寝の閇《まら》をみて、婬《いむ》を呑み受けて死ぬる語　第四十」（四─四二三～四二五頁）

ある妻子のいた若い僧が主人の僧の伴をして三井寺《みいでら》に行った時、広い僧房《そうぼう》で昼寝をしていたところ、美しく若い女と交接して射精したという夢を見た。目が覚めて傍らを見ると、五尺ほどもある蛇が、口から精液を吐き出して死んでいた。

実際には、この僧が起きている間に行なった行為を、同僚の僧に見咎《みとが》められて、夢の中での行為だったと言い訳したのかもしれない。そうすると、これは単なる獣婚譚《じゅうこんたん》ということになる（蛇が女役で登場するのは珍しいが）。ただ、蛇は説話としての脚色であって、僧の相手は蛇ではなく人間の女だった可能性も考えられる。僧が自分の邪淫の罪を夢のせいにしたというわけである。

・巻第三十「人の妻《め》、化して弓と成り、後鳥と成りて飛び失する語　第十四」（四―四七三〜四七五頁）

ある男の美しい妻が、寝ていた時に男の夢に現われて言った。「私は急に遠くに行かねばなりませんが、形見《かたみ》を置いておきますので、それを私だと思って大切にしてください」と。

男が目覚めてみると、妻はおらず、枕元に弓が立てかけてあった。男はその弓を明け暮れ手に取って撫《な》で、身から離すことはなかった。

歌論書《かろんしょ》の『俊頼髄脳《としよりずいのう》』を典拠とした説話。出ていく妻が語ったことを、男は睡眠中に聞き、それを夢と勘違いしたのであろう。睡眠中の感覚刺激を脳が認識し、夢の中に取り入れることは、脳生理学で証明されている。

妻は適当に弓でも置いていったのであろうが、こんなに簡単に騙《だま》される男だからこそ、妻の話を夢と思ったのであろう。

・巻第三十一「湛慶阿闍梨還俗して、高向公輔と為る語　第三」（四－四八三～四八七頁）

湛慶阿闍梨《たんけいあじゃり》が不動尊《ふどうそん》に仕えて勤行《ごんぎょう》していたところ、夢の中に不動尊が現われ、「お前は前世《ぜんせ》の因縁《いんねん》で尾張《おわり》国□□郡のしかじかという者の娘と交接して夫婦となるだろう」と告げた。

湛慶はそのことを嘆き悲しみ、「我はどうして女と交接することがあろう。だが、その教えられた女を探して殺し、心安く過ごそう」と思い、尾張国へ行った。そして十歳ほどのその女を探し出して、その首を掻《か》き斬った。

その後、湛慶は修行を続けていたが、ある時、藤原良房《よしふさ》の加持祈禱《かじきとう》に召されたところ、若い女が出て来て膳を置いた。湛慶はこの女を見ると深く愛欲の情を発し、ひそかに口説いて、遂《つい》に情交してしまった。このことは、隠していても広く知れ渡るところとなった。

湛慶は、不動尊に教えてもらった女は殺したのに、このように思いがけない女と情交するとは不思議なことと、女の首を見ると、大きな疵《きず》がある。湛慶が問うと、女は自分が殺したと思っていた娘であった。湛慶は深い宿世《すくせ》を悟り、泣く泣く女に事情を語ると、女も感動した。そして永く夫婦として暮らした。

良房は、湛慶が破《は》戒僧《かいそう》になってしまったとはいえ、その和漢の諸道を極めた才能を惜しみ、還俗《げんぞく》させて、高向公輔《たかむこのきみすけ》とし、朝廷に仕えさせた。

湛慶も高向公輔も実在の人物であり、東宮に召されたところ乳母と通じて還俗させられ、中宮権大進《ちゅうぐうごんのだいじん》、讃岐権守《さぬきのごんのかみ》に至ったことが、『日《に》本三代実録《ほんさんだいじつろく》』元慶《がんぎょう》四年（八八〇）十月十九日己亥条の卒伝に見える。公輔には藤原有頼《ありより》の室となった女《むすめ》がいるから（『尊卑分脈《そんぴぶんみゃく》』）、実際に還俗後に誰かと結婚したのであろう。

この説話は、いかにも不思議な因縁譚《いんねんたん》に見えるが、史実としても、湛慶が女性と通じたという事実が、まずはじめに起こったのであり、その言い訳として、不動尊の夢告げが後から付会されたと考えるべきであろう（湛慶が自分で考えたのか、良房が関与しているのか、後世の伝説なのかはわからないが）。つまり、夢告げは、皆に都合よく利用されたというわけである。

・巻第三十一「常澄安永、不破の関にして夢を見る語　第九」（四－五〇五～五〇七頁）

常澄安永《つねずみのやすなが》は、上野国《こうずけ》からの帰途、美濃国《みの》不破関《ふわのせき》に宿した。安永には京に若い妻がいたが、急に恋しくてたまらないようになった。夢に見たことには、京の方から男が京にいるはずの安永の妻を連れて来た。二人は一緒に食事をした後、抱き合って寝、情交し始めた。安永は嫉妬の心を起こし、中に飛び込んだと思うと、夢から覚めた。急いで京の家に帰ると、妻には何事もなかった。妻は安永を見ると笑って、「昨日の夜の夢に、ここに知らない男が来て、私をどこかへ連れて行き、二人で食事をし、二人で寝ているところにあなたが飛び込んできたと思うと、夢から覚めました」と言った。

夫婦が二人、同じ夢を見るということは、現代の我々でもありそうなことである。京に残してきた若い妻が浮気をするのではないかという安永の心配と、安永の留守中に若い男と浮気をしたいという妻の（無意識の世界における単純な）願望とが、夫の旅行中という状況下で、たまたま合致したものであろう。『今昔物語集』の編者も、「互いに相手のことを気がかりに思ったので、このような夢を見たのであろう」と、珍しくまともなことを言っている。

・巻第三十一「尾張の国の匂経方、妻を夢に見る語　第十」（四－五〇八～五一〇頁）

匂経方《まがりのつねかた》という者には、長年連れ添った妻の他に、愛する女がいた。経方があれこれ理由を付けてはその女の許へ忍んで通うと、本妻は心を乱し、ひどく嫉妬した。

ある日、経方がその女と共寝して寝入った頃、本妻が急に走り込んできて悪口雑《あっこうぞう》言《ごん》を言い立て、二人を引き剝《は》がして騒ぎ立てるという夢を見た。夜が明けて、経方が家に帰ると、本妻の髪が逆立ち、「昨夜の夢であなたと女が寝ているところへ走り込み、二人を引き剝がした」と言った。

何とも背筋が寒くなるような話であるが、経方の方は不実を行なっているので妻が怒るだろうという心配と怖れから、この夢を見たのであろうし、本妻の方は夫が不実を行なっているかもしれないという心配と怒りから、この夢を見たのであろう。これも夫の不在の間という状況下で、両者の夢がたまたま合致したものと考えられる。

ただし、実際には本妻は経方の後を付けて行き、「現場」に踏みこんだのであって、説話の世界で、それを夢と表現しただけかもしれない。

・巻第三十一「蔵人の式部の拯貞高、殿上にして俄かに死ぬる語　第二十九」（四―五六四～五六六頁）

円融《えんゆう》天皇の頃、殿上人《てんじょうびと》や蔵人《くろうど》が食事をしている時、式部丞《しきぶのじょう》蔵人藤原貞高《さだたか》が、にわかに死んでしまった。

その時、頭中将《とうのちゅうじょう》であった藤原実資《さねすけ》は、東陣《ひがしのじん》（宣陽門《せんようもん》）から死体を出せと命じたので、皆はそれを見ようと集まってきた。実資は急に、西陣《にしのじん》（宜秋門《ぎしゅうもん》）から出せと命じたので、集まった人々は、それを見ることができなかった。

その後、十日ほど経って、実資の夢に貞高が出てきて、「死の恥を隠していただいたご恩は、死んでも忘れません」と言い、泣く泣く手を摺《す》って喜んだ。


死体を見られないようにという優しさと機転の利いた措置とによって、貞高は恥をかかずにすんだわけであるが、実資の夢に出てきたというのは、貞高がさぞかし喜んでいるだろうという、実資の自己満足によるものであろう。


ここまでいくつかの説話を眺めてきた。それぞれの夢の内容は、「神仏からのメッセージ」などとはとても考えられず、夢を見た人の記憶や情報が蘇ったものに過ぎないという、脳生理学で説明できるものであることは、明らかである。

また、夢を見た人の受けとめ方も、特に本朝世俗部の場合、『日本霊異記』の因果応報譚とは異なり、かならずしも宗教的な怖れに支配されているわけではなく、それぞれの立場で夢を都合よく利用していることが読み取れよう。

いずれにしても、これらは説話に過ぎず、史実をどれほど踏まえているかは心許《こころもと》ないが、少なくとも『日本霊異記』の因果応報譚よりは、実際に平安朝を生きた人々の、夢に対する対処の仕方に近いものと考えられよう。

以上、二つの説話文学に見える夢を分析してきた。平安初期に著わされた『日本霊異記』の因果応報譚と比較して、平安末期に著わされた『今昔物語集』の方が、実際に平安朝を生きた人々の、夢に対する対処の仕方に近いものであったことを確認した。いずれにしても、編者は登場人物の見た夢を、かならずしも「神仏からのメッセージ」と認識しているわけではなく、自己の作品の「主張」に都合よく利用しているのである。

二　平安貴族の古記録と夢

1　古記録の夢

日記を書くということ

それでは、摂関期《せっかんき》の貴族が記録した古記録《こきろく》に見える夢を考えていくことにしよう。繰り返すが、古記録に記されている夢というのは、物語文学や日記文学、説話《せつわ》文学に記されている創作された夢とは異なり、実際に平安時代の貴族が見た夢を、夢から醒めた時から時間を隔てずに、しかもほとんど創作や虚構を加えないまま記録した、第一級の同時代史料である。

それというのも、たとえば藤原師輔《もろすけ》の『九条右丞相遺誡《くじょううしょうじょうゆいかい》』に見える「日中行事」によると、朝起きた時の行動のうち、属星《ぞくしょう》（生まれた年の干支によって決まる北斗七星の中の星）の名を称する、鏡で顔を見る、に次いで、「暦（具注暦《ぐちゅうれき》）を見て日の吉凶《きっきょう》を知る」とあり、後文には、「昨日のことを記す」について、詳しい説明がある。

年中の行事は、大体はその暦に書き記し、毎日それを見る毎に、まずそのことを知り、あらかじめ用意せよ。また、昨日の公事《くじ》（政務や儀式）、もしくは私的な内容でやむを得ざる事などは、忽忘《こつぼう》（すぐ忘れること）に備えるために、いささかその暦に書き記せ。ただし、その中の要枢《ようすう》の公事と君父《くんぷ》（天皇と父）所在の事などは、別に記して後に備えよ。

これが彼らの記録した日記、つまり古記録ということになるのである。我々には考えられないことながら、食事をしたり身繕《みづくろ》いをしたりする前に、彼ら平安貴族は昨日の儀式や政務を記録していたのである。彼らの多くは巻子《かんす》本の具注暦と称される暦の余白に日記を記したと思われることから、これが「暦を見て日の吉凶を知る」と関連することは、言うまでもない。つまり、彼らが朝起きて最初に手にする物体というのは、鏡の次には、日記を記す具注暦なのである。

ここで思い起こしていただきたいのは、人間の夢というのは、目覚める直前のもののみを覚えているということである。彼らが目覚めて最初に行なう知的な作業は、日記を付けることであり、それはもう、目覚めた瞬間、いや、目覚める直前（すなわち、夢を見ている間）から、漢文の文章を作る作業というのを行なっていたはずである。そういうわけで、彼らの目覚める直前の夢（右脳《うのう》が司《つかさど》る映像）というのは、きわめて効率的に文章化（左脳《さのう》が司る言語）されるものであったと考えられよう。

このうちで、「昨日の公事」ではなく、「私的な内容でやむを得ざる事など」の中に、夢に関する記事が含まれるのであろう。

なお、古記録には、この「日次記《ひなみき》」の他に「別記《べっき》」が存在した。『九条右丞相遺誡』では「要枢の公事と君父所在の事など」を別記に記すように命じているものの、中には『小右記《しょうゆうき》』などのように夢の具体的な内容を別記に記したことがうかがえる例もあることを申し添えておく。また、『権記《ごんき》』では夢の記事を紙背に裏書《うらがき》として記すことも多い。これも夢に対する意識の表われなのであろう。

ただ、これから述べるように、古記録によって、夢を記した記事の量や内容には、大きな差異がある。彼らにも、我々と同じように、夢を見やすい人と見にくい人（単に覚えているか覚えていないかに過ぎないのであるが）がいたであろうし、夢の内容を信じやすい人と信じにくい人（言い換えれば、気にする人と気にしない人、怖れやすい人と怖れにくい人ということ）もいたはずである。また、夢を覚えていても、それを日記に書きたがる人と書きたがらない人もいたであろうし、いざ書こうと思っても、夢のような曖昧模糊《あいまいもこ》とした内容を漢文で記すことの得意な人と苦手な人もいたに違いない。

さらには、宗教的見地からは、同じような夢であっても、年、月、日の干支、またそれを見た時刻によって、その意味するところは異なったのであり、彼らが気にすべき場合と、気にせずともよい場合とがあった。

古記録と夢

また、平安時代の貴族である彼らが古記録に記した夢記事の中では、その夢の内容が記されているものよりも、単に夢を見た、あるいは夢見が悪かったとだけ記されているものの方が多い。

彼らがその内容まで日記に記したのは、目覚める直前に見て覚えており、しかもその内容が記述しやすい、また意味が理解しやすい、そして子孫や他人に見られてもかまわない、あるいは見られることに意味があると本人が思った夢のみだったことになるのであろう。

『小右記』正暦《しょうりゃく》元年（九九〇）九月八日条に「具《つぶ》さに注《しる》すこと能《あた》はず」とあったり、『中右記《ちゅうゆうき》』承徳《じょうとく》二年（一〇九八）十二月四日条に「朝家《ちょうか》の秘事《ひじ》にして、記さず」とあったりして、中には他人に見せられない夢があったことをうかがわせているし、古記録にしばしば見られる「夢想紛紜《むそうふんうん》」というのは、その内容の吉兆もさることながら、具体的にどのように漢文で記述すればよいのかがわからない夢も含まれていたのではないであろうか。

ちなみに、十三世紀末以前に成立し、その後、洞院公賢《とういんきんかた》が撰《せん》したとされる中世の百科全書『拾芥抄《しゅうがいしょう》』には、「夢を語らざる日〈件《くだん》の日に夢を語らば、滅して悪夢と成り凶なり。〉」というのがあり、たとえば正月ならば未申戌《ひつじさるいぬ》の日、二月ならば巳《み》申《さる》亥《い》酉《とり》の日、などと記されているが（同様、賀茂家栄《かものいえよし》の撰した『陰陽雑書《おんようざつしょ》』や、十五世紀に賀茂在盛《あきもり》が撰したとされている『吉日考秘伝《きちにちこうひでん》』などの陰陽道書にも、「夢を語らざる日」が記されている）、実際に古記録に見える夢記事の干支とこれらとは、あまり関係がなかった。

なお、『吉日考秘伝』には、十二支の日毎に悪夢を見た時の呪符《じゅふ》の図を載せ、たとえば、

寅《とら》の日の夜の夢が悪かったならば、これを墨書《ぼくしょ》して頭の上に載せると吉《よ》い。

と記しているが、中世以降はともかく、平安時代の貴族が実際にこのような物を使用していたという形跡は確認できない。

さらに、現代脳生理学では、室温が下がると夢の中の情動要素が強くなり、室温が高くなるとレム睡眠が少なくなり、夢の中の不快感情が減少するとされているが（遠藤四郎《えんどうしろう》「睡眠の衛生学　環境」）、これも夢記事の多寡《たか》と季節とはあまり関係がなかった。要するに、古記録に夢の記事が記録されているのは、日記を記録した記主《きしゅ》にとってどうしても記録する必要があった場合であると考えるべきなのであろう。

もう一つ付け加えると、文学作品の中に見える夢のほとんどは、和歌の中に使われているか、「夢の如《ごと》し」という比喩《ひゆ》的表現であるが、それらは平安貴族の古記録には

ほとんど見られない。古記録に和歌を記すことはきわめて稀《まれ》であるので、夢を使った和歌も見られないが、『後二条師通記《ごにじょうもろみちき》』に載せられている漢詩に、夢を使ったものが一例だけ見られる。

また、管見《かんけん》の限りでは、摂関期の古記録では、「夢の如し」という比喩的表現は『小右記』『水左記《すいさき》』『後二条師通記』にそれぞれ一例見られたのみであった。彼らが日記に記したのは、ごくわずかな虚偽の夢を除けば、ほとんどすべて、本人か、もしくは誰かが実際に見た顕在夢《けんざいむ》であったことになる。

古記録に記された夢

それでは、平安貴族の古記録に夢が見られるものを、簡単にたどっていくことにしよう。平安貴族の古記録としては、すでに平安時代前期に、本康《もとやす》親王の記録した『八《はち》条式部卿私記《じょうしきぶきょうしき》』や、『紀長谷雄記《きのはせおき》』(『紀家記《きかき》』)などの古記録が存在したことが知られているが、本格的に日記が記録され、それがある程度の分量、残されているのは、九世紀末の宇多《うだ》天皇が記録した『宇多天皇御記《うだてんのうぎょき》』以来のことである。この本では、その『宇多天皇御記』以降、院政期《いんせいき》の十一世紀末までの、おおよそ二百年間に及ぶ摂関期の古記録を検してみたのであるが、その結果を年代順に示すと、次のとおりである。

表5　古記録に記録された夢

古記録	記主	地位	範囲	夢記事	記主の夢
『宇多天皇御記』	宇多天皇	天皇	仁和三年（八八七）－寛平九年（八九七）	1	1
『醍醐天皇御記』	醍醐天皇	天皇	寛平九年（八九七）－延長七年（九二九）	なし	なし
『貞信公記』	藤原忠平	摂政	延喜七年（九〇七）－天暦二年（九四八）	15	13
『清慎公記』	藤原実頼	摂政	延喜十六年（九一六）－天禄元年（九七〇）	なし	なし
『吏部王記』	重明親王	式部卿	延喜二十年（九二〇）－天暦七年（九五三）	2	なし
『九暦』	藤原師輔	右大臣	延長八年（九三〇）－天徳四年（九六〇）	2	なし
『村上天皇御記』	村上天皇	天皇	天慶九年（九四六）－康保四年（九六七）	なし	なし
『済時記』	藤原済時	大納言	天禄三年（九七二）	なし	なし
『親信卿記』	平　親信	参議	天禄三年（九七二）－天延二年（九七四）	なし	なし
『小右記』	藤原実資	右大臣	貞元二年（九七七）－長久元年（一〇四〇）	147	86
『法住寺相国記』	藤原為光	太政大臣	正暦二年（九九一）	なし	なし
『権記』	藤原行成	権大納言	正暦二年（九九一）－万寿三年（一〇二六）	35	27
『御堂関白記』	藤原道長	摂政	長徳元年（九九五）－治安元年（一〇二一）	17	11

『左経記』	源　経頼	参議	寛弘六年(一〇〇九)－長暦三年(一〇三九)	5	なし
『一条天皇御記』	一条天皇	天皇	寛弘七年(一〇一〇)	なし	なし
『春記』	藤原資房	参議	万寿三年(一〇二六)－天喜二年(一〇五四)	14	3
『土右記』	源　師房	右大臣	長元三年(一〇三〇)－延久五年(一〇七三)	1	なし
『二東記』	藤原教通	関白	長元四年(一〇三一)－承保元年(一〇七四)	なし	なし
『後朱雀天皇御記』	後朱雀天皇	天皇	長元九年(一〇三六)－寛徳元年(一〇四四)	なし	なし
『範国記』	平　範国	東宮大進	長元九年(一〇三六)－永承三年(一〇四八)	なし	なし
『行親記』	平　行親	中宮大進	長暦元年(一〇三七)	なし	なし
『定家朝臣記』	平　定家	尾張守	天喜元年(一〇五三)－康平五年(一〇六二)	なし	なし
『但記』	藤原隆方	権左中弁	天喜五年(一〇五七)－承保元年(一〇七四)	なし	なし
『水左記』	源　俊房	左大臣	康平五年(一〇六二)－天仁元年(一一〇八)	3	2
『帥記』	源　経信	大納言	治暦元年(一〇六五)－寛治二年(一〇八八)	4	2
『師実公記』	藤原師実	関白	治暦四年(一〇六八)	なし	なし
『後三条天皇御記』	後三条天皇	天皇	治暦四年(一〇六八)－延久四年(一〇七二)	なし	なし
『江記』	大江匡房	権中納言	治暦四年(一〇六八)－天仁元年(一一〇八)	なし	なし

『為房卿記』	藤原為房	参議	延久二年（一〇七〇）－永久二年（一一一四）	なし	なし
『時範記』	平　時範	右大弁	承保二年（一〇七五）－天仁元年（一一〇八）	なし	なし
『後二条師通記』	藤原師通	関白	永保三年（一〇八三）－康和元年（一〇九九）	23	19

太字は国際日本文化研究センター「摂関期古記録データベース」で公開済

ちなみに、『新訂増補　國書逸文』が蒐集《しゅうしゅう》した逸文《いつぶん》によると、先の『八条式部卿私記』や『紀長谷雄記』には、夢という語は見えない。

『宇多天皇御記』は、宇多天皇が記録した御記で、仁和《にんな》三年（八八七）から寛平《かんぴょう》九年（八九七）までの記事が、後世の儀式書などに引載された逸文として伝わる。有名な阿衡《あこう》事件の詳細や猫の消息が知られるなど、天皇の御記としては珍しく、記主の個性が前面に出された古記録である。元々宇多天皇が源定省《さだみ》として臣籍《しんせき》にあったことにもよるのであろう。夢が記されているのは、一回のみであるが、天皇の御記に夢が記録されているのは、この一回のみである。これもこの古記録（と記主）の特殊性と言えよう。それは寛平元年（八八九）九月十五日条（『花鳥余情《かちょうよせい》』による）で、

自分の見た御夢によって、御八講《みはっこう》を行なった。

とある。夢想があったことによって、父である光孝《こうこう》天皇旧御願《ごがん》の法華八講を行なったというものである。夢が宗教的な行事の機縁《きえん》となった例である。

醍醐《だいご》天皇が記録した『醍醐天皇御記』や、藤原実頼《さねより》が記録した『清慎公記《せいしんこうき》』には、夢という語は見えない。

『貞信公記《ていしんこうき》』『吏部王記《りほうおうき》』『九暦《きゆうれき》』については、次節以降で述べることとしよう。

その後の古記録には、村上《むらかみ》天皇の『村上天皇御記《むらかみてんのうぎよき》』、藤原済時《なりとき》の『済時記《なりときき》』、平親信《ちかのぶ》の『親信卿記《ちかのぶきようき》』と、夢という語はしばらく見られない。次に古記録に夢が現われるのは、藤原実資《さねすけ》の『小右記』である。これは後に詳しく論じることになろう。

また、藤原為光《ためみつ》の『法住寺相国記《ほうじゆうじしようこくき》』にも夢は見えないが、その後は藤原行成《ゆきなり》の『権《ごん》記《き》』、藤原道長《みちなが》の『御堂関白記《みどうかんぱくき》』と、夢を数多く記している古記録が続く。

その後は、源経頼《つねより》の『左経記《さけいき》』、藤原資房《すけふさ》の『春記《しゆんき》』、源師房《もろふさ》の『土右記《どゆうき》』に、それぞれ数は少ないながら見えるのを例外として、一条《いちじよう》天皇の『一条天皇御記《いちじようてんのうぎよき》』、藤原教《のり》通《みち》の『二東記《にとうき》』、後朱雀《ごすざく》天皇の『後朱雀天皇御記《ごすざくてんのうぎよき》』、平範国《のりくに》の『範国記《のりくにき》』、平行親《ゆきちか》の『行親記《ゆきちかき》』など、十一世紀前半の古記録には、いずれも夢に関する記事は見えない。

十一世紀後半以降の古記録を見てみても、平定家《さだいえ》の『定家朝臣記《さだいえあそんき》』、藤原隆方《たかかた》の『但記《たんき》』、藤原師実《もろざね》の『師実公記《もろざねこうき》』、後三条《ごさんじよう》天皇の『後三条天皇御記《ごさんじようてんのうぎよき》』、大江匡房《おおえのまさふさ》の『江《ごう》記《き》』、藤原為房《ためふさ》の『為房卿記《ためふさきょうき》』、平時範《ときのり》の『時範記《ときのりき》』には、いずれも夢という語は見えない。夢記事の多寡やその内容が、すぐれて記主の個性に基づくものであったことは先にも述べたが、こうなると自分の日記に夢を記すという行為そのものが特殊な営為であったかのようにも思えてくる。

この時期の古記録で夢を記しているものは、源俊房《としふさ》の『水左記』と源経信《つねのぶ》の『帥《そち》記《き》』にそれぞれ数回と、藤原師通《もろみち》の『後二条師通記』に多数見えるのみである。

何故に九条兼実《くじょうかねざね》の『玉葉《ぎょくよう》』や藤原定家《さだいえ》の『明月記《めいげつき》』といった中世の古記録になると、再び夢記事が増加するのかは、別個に考えなければならない問題であるが、摂関期に限定すると、『権記』『御堂関白記』『小右記』という摂関期最盛期の三つの古記録が、夢記事に関しても一つのピークをなし、特異な存在であることがわかる（他の様々な視点から見ても、この三つは特異な存在である）。

それでは節を改めて、夢を記している古記録を詳しく見ていくことにしよう。すでに述べたように、夢に関する記事には個人差が多く、記主や古記録の性格を十分踏まえたうえでないと論じきれないのである。

2　藤原忠平と『貞信公記』

藤原忠平

まずは藤原忠平《ただひら》の記録した『貞信公記』から見ていくことにしよう。

忠平は、元慶《がんぎょう》四年（八八〇）、関白太政大臣《かんぱくだいじょうだいじん》藤原基経《もとつね》の四男として生まれた。母は人康《さねやす》親王の女《むすめ》。昌泰《しょうたい》三年（九〇〇）、二十一歳で参議に任じられた。延喜《えんぎ》九年（九〇九）に長兄時平《ときひら》が薨去《こうきょ》すると、次兄仲平《なかひら》を超越《ちょうおつ》して権中納言に任じられ、氏長者《うじのちょうじゃ》となった。宇多上皇《うだじょうこう》や妹穏子《おんし》の力によると言われる。以後、累進を重ね、延喜十四年（九一四）、三十五歳で右大臣に任じられて以降は、三十五年間、太政官《だいじょうかん》の首班にあった。延長八年（九三〇）、甥《おい》の朱雀《すざく》天皇が即位すると、その摂政《せっしょう》となり、承平《じょうへい》六年（九三六）に太政大臣、天慶《てんぎょう》四年（九四一）に関白に補された。天慶九年（九四六）に甥の村上天皇が即位した後も、引き続き関白を務めた。天暦《てんりゃく》三年（九四九）、七十歳で薨去し、貞信公《ていしんこう》と諡《おくりな》された。

忠平政権期には、天慶の乱が起きるなど、地方支配の衰退が目立つ一方で、「王朝国家体制」とも呼ばれる地方支配の新たな体制が整備され、現実に即応した国家支配への転換がはかられた。また、『延喜格式《えんぎきゃくしき》』が完成されるなど、朝廷の諸儀式の整備

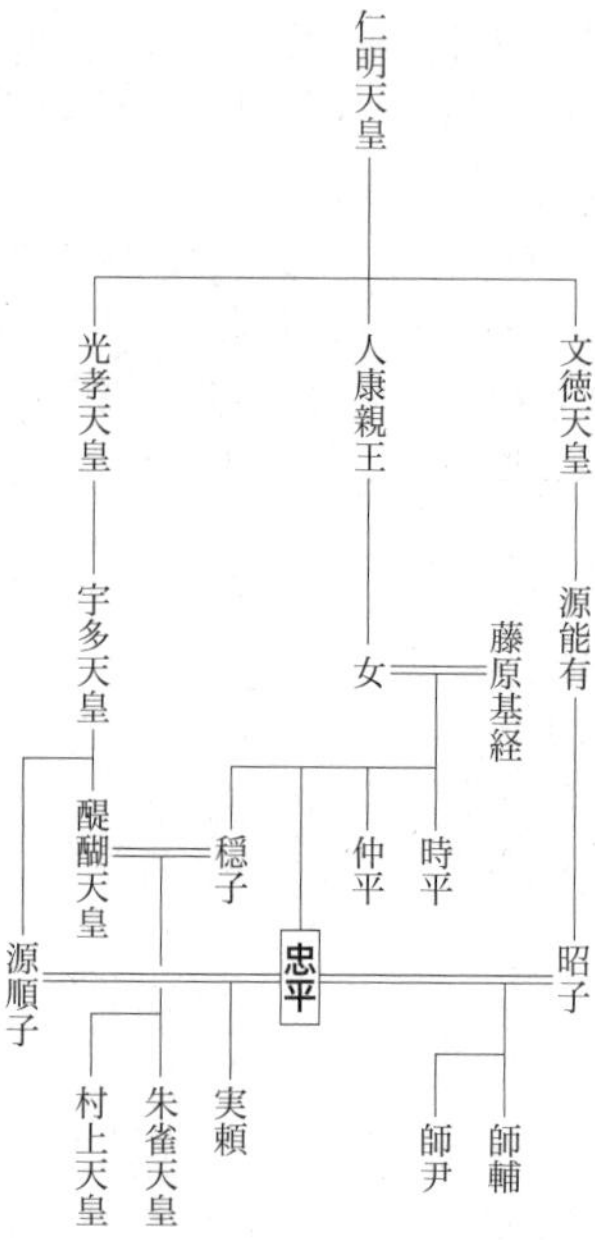

藤原忠平関連系図

が行なわれた。その儀礼は、男の実頼や師輔に受け継がれた。

忠平の日記である『貞信公記』は、原型の詳本は、今は伝わっていない。長男の実頼が抄録《しょうろく》した延喜七年（九〇七）から天暦二年（九四八）の記事が、『貞信公記抄《ていしんこうきしょう》』として伝存《でんぞん》する。別記《べっき》があるものは抄出しなかったことが、天慶九年正月十日条に記された実頼の私記《しき》によって推測されている。その他に、『西宮記《さいきゅうき》』や『北山抄《ほくざんしょう》』などの儀式書、『御産部類記《ごさんぶるいき》』などの部類記、『小右記』『殿暦《でんりゃく》』『台記《たいき》』などの古記録に引載された逸文が伝わる。天慶の乱の記事など、十世紀前半の基本史料であるとともに、儀式次第の典礼として、摂関期の貴族にとっても、まず参照すべき古記録とされた。

『貞信公記』の夢

次に、逸文も含めて『貞信公記』の記事が残存する年と夢記事の存する年を対照させて表示してみたい。現代語訳の基になった本文は、天理《てんり》図《と》書館《しょかん》所蔵（九条《くじょう》家旧蔵）古写本および京都大学附属図書館所蔵平松《ひらまつ》本を底本とした東京大学史料《しりょう》編纂所《へんさんじょ》編纂『大日本古記録　貞信公記』によるものとする。

表6　『貞信公記』の夢

年次	西暦	年齢	主な官職	夢記事	記主の夢
延喜七	九〇七	二八	右大弁	0	0
八	九〇八	二九	参議	0	0
九	九〇九	三〇	権中納言	0	0
一〇	九一〇	三一	中納言	0	0
一一	九一一	三二	大納言	0	0
一二	九一二	三三		0	0

一三	九一三	三四		0	0
一四	九一四	三五	右大臣	1	1
一五	九一五	三六		0	0
一六	九一六	三七		-	-
一七	九一七	三八		0	0
一八	九一八	三九		1	1
一九	九一九	四〇		0	0
二〇	九二〇	四一		1	1
二一	九二一	四二		0	0
二二	九二二	四三		0	0
延長元	九二三	四四		0	0
二	九二四	四五	左大臣	1	1
三	九二五	四六		2	2
四	九二六	四七		4	3
五	九二七	四八		0	0

六	九二八	四九		0	0
七	九二九	五〇		0	0
八	九三〇	五一	摂政	0	0
承平元	九三一	五二		1	0
二	九三二	五三		1	1
三	九三三	五四		0	0
四	九三四	五五		0	0
五	九三五	五六		0	0
六	九三六	五七	摂政太政大臣	0	0
七	九三七	五八		0	0
天慶元	九三八	五九		1	1
二	九三九	六〇		0	0
三	九四〇	六一		0	0
四	九四一	六二	関白太政大臣	0	0
五	九四二	六三		0	0

六	九四三	六四	0	0
七	九四四	六五	−	−
八	九四五	六六	2	2
九	九四六	六七	0	0
天暦元	九四七	六八	0	0
二	九四八	六九	0	0
合計			15	13

夢という語は一五の記事に一六回登場し、そのうち、記主である忠平自身の見た夢は一三の記事で一五回であるが、興味深いことに、いずれも大臣に任じられてからの夢ばかりである。それ以前にも夢を見なかったはずはないが、その夢を自己の日記に記すことはしなかったのであろう。政権担当者としての自覚が、夢を日記に記させたと言えようか（実頼が政権獲得以前の夢記事を抄出しなかった可能性もまったく考えられないわけではないが、それはあまり考慮しなくてもよかろう）。

宗教的な夢

『貞信公記』に記録された夢は、ほとんどは宗教的な夢で、夢想《むそう》によって経を読ませたり、金鼓《こんぐ》（金属製の音響仏具で、鉦鼓《しょうこ》などのような鼓。これに添えた麻綱などを振って打ち鳴らし、神仏の注意を喚起する）を撃たせたりしている例がある。一例を挙げると、延長三年（九二五）六月十二日条（『貞信公記抄』）に、

金剛般若読経《こんごうはんにゃどきょう》を始めた。僧十口《く》を招請《しょうせい》した。物怪《もののけ》・夢想が、頻《しき》りに示したことによるものである。

と見えるようなものである。ここでは、物怪と夢想が重なったため、十人の僧を招請して読経させている。これだけ見ると、平安貴族がむやみやたらに夢の宗教性を怖れていたかのように思えるが、それも政権担当者としての責任感によるものと考えるべきであろう。宗教的な夢記事の内実は追々明らかにしていく。

位階が上る

例外的な夢は、まず延喜十四年（九一四）十月三日条（『貞信公記抄』）に、

加階《かかい》を夢に見た。夢の中では早く登ることを思った。

と見えるもので、位階《いかい》が早く上ることを夢に見たというものである。この年の八月二十五日、忠平は大納言から右大臣に上って一上《いちのかみ》（太政官首班）になり、政権を獲得したのであるが、位階は正三位のままであった。三位の大臣というのは、あまり見栄《みば》えがよくなく、それをいつも気に掛けていたのであろう、十月にこの夢を見たのである。ちなみに忠平は、延喜十六年（九一六）に従二位に上っている。

鷹と馬

また、延喜十八年（九一八）正月二十七日条（『貞信公記抄』）には、

……鷹と馬を夢に見た。

とある。鷹も馬も貴族の趣味の分野に属するものであり、また、馬に関しては、正月の大臣大饗《たいきょう》などの際に尊者《そんじゃ》（大饗などの際の来賓）に贈る引出物《ひきでもの》としての意味も持っていた。ここで夢に見た鷹も馬も、その象徴性を考えるよりも、単純に趣味や儀式に関する夢を見、それを日記に記したと考えるべきであろう。

政権担当者の夢

以上、藤原忠平の夢記事を見てきた。円滑な政務運用を主導しなければならない立場である政権担当者としての責任感から、宗教的に不吉な夢に関して多く記し、それぞれの場合に適した措置を執っていることが特徴的である。

ただ、位階を早く上げてほしいという個人的な希望を夢に見、それを日記に記しているなど、新たな国家体制を築いた大政治家の忠平にしては、随分と無邪気な夢記事も残しているものである。

3　藤原師輔と『九暦』

藤原師輔

次に摂関期の古記録に夢に関する記事が見えるのは、藤原師輔の記録した『九暦』である。

師輔は、延喜八年（九〇八）、藤原忠平の二男として生まれた。母は右大臣源能有《よしあり》の女《むすめ》昭子《しょうし》。承平五年（九三五）に参議、天慶元年（九三八）に権中納言、天慶五年（九四二）に大納言と累進し、天暦元年（九四七）には四十歳で右大臣に任じられた。

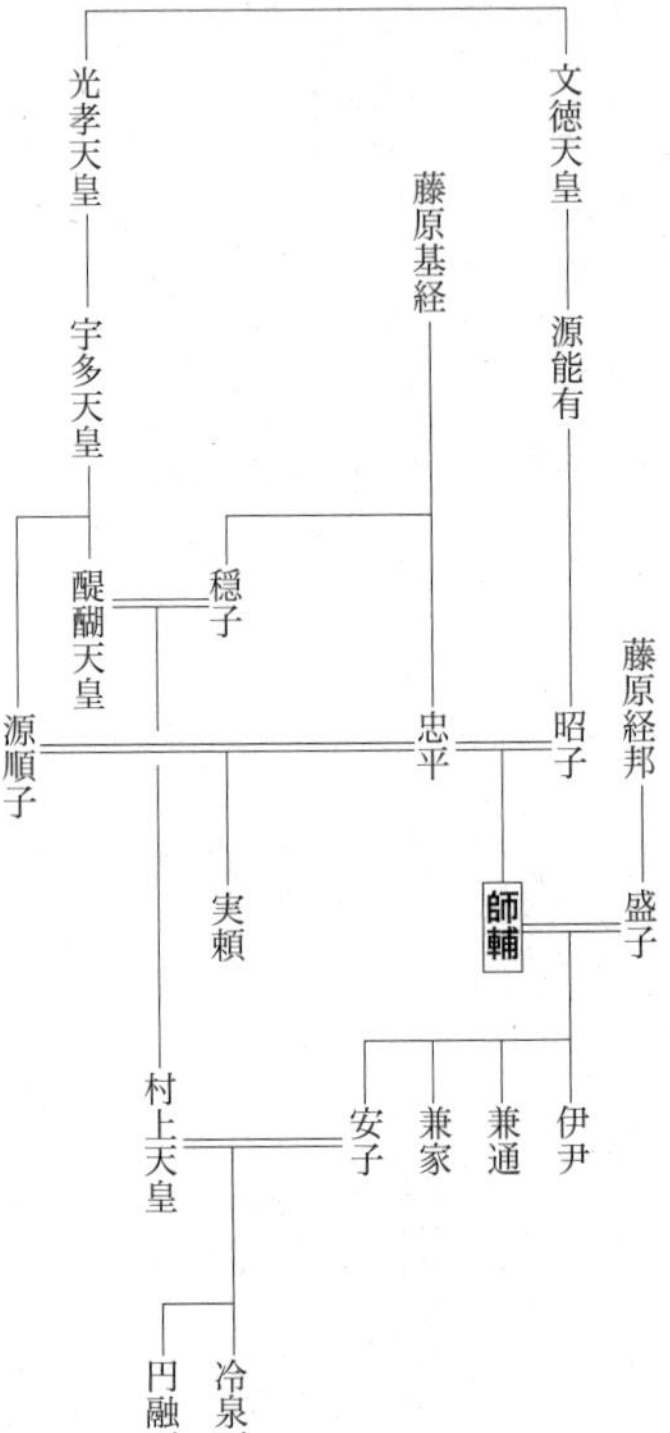

藤原師輔関連系図

兄の実頼が左大臣として一上の地位にあったが、師輔は天慶三年（九四〇）、皇太《こうたい》子《し》成明《なりあきら》親王（後の村上天皇）に女の安子《あんし》を配し、安子が天暦四年（九五〇）に憲平《のりひら》親王（後の冷泉《れいぜい》天皇）を産み、直後に皇太子となるや、実頼を凌《しの》ぐ権力を手に入れ、「一くるしき二」と称されたという。しかし、その即位を見ることなく、天徳《てんとく》四年（九六〇）、五十三歳で薨去した。

父忠平の教えを受けて朝廷儀式に精通し、実頼の小野宮《おののみや》流に対する九条《くじょう》流を確立し、

『九条年中行事《くじようねんじゆうぎようじ》』を著わした。日記の『九暦』、家集の『師輔集』の他、先に挙げた『九条右丞相遺誡』を残した。

師輔の記録した『九暦』もまた、原本のままでは存在しない。原日記の抄録本（『九暦抄《きゆうれきしよう》』）は、目録のような簡単な部分と、年中行事に関する詳細な部分がある。また、師輔自身による別記を部類したもの（『九条殿記《くじようどのき》』）、父忠平の教命《きようみよう》（その家の儀式作法、有職故実《ゆうそくこじつ》を父から子へと直接に教え、指導すること）を記したもの（『九暦記《きゆうれきき》』。『貞信公教命《ていしんこうきようみよう》』とも）、原日記の断簡《だんかん》、『西宮記』『北山抄』『小右記』などに引載された逸文からなる。全部合わせると、延長八年（九三〇）から天徳四年（九六〇）までが残されている。『九暦』『九条殿記』『九暦記』が作られた後、儀式書の『九条年中行事』が著述されたことは、『九暦』が『九条年中行事』の基礎となったことを示している。

『九暦』の夢

次に、逸文も含めて『九暦』の記事が残存する年と夢記事の存する年を対照させて表示してみよう。現代語訳の基になった本文は、『九暦抄』は秘閣《ひかく》本（国立公文書館《こくりつこうぶんしよかん》蔵）、『九条殿記』は天理図書館所蔵本、『九暦記』は陽明文庫《ようめいぶんこ》本を底本とした東京大学史料編纂所編纂『大日本古記録　九暦』によるものとする。

表7 『九暦』の夢

年次	西暦	年齢	主な官職	夢記事	記主の夢
延長八	九三〇	二三	右兵衛佐	1	0
承平元	九三一	二四	蔵人頭	0	0
二	九三二	二五		0	0
三	九三三	二六		0	0
四	九三四	二七		0	0
五	九三五	二八	参議	0	0
六	九三六	二九		0	0
七	九三七	三〇		0	0
天慶元	九三八	三一	権中納言	0	0
二	九三九	三二		0	0
三	九四〇	三三		0	0
四	九四一	三四		0	0
五	九四二	三五	大納言	0	0

六	九四三	三六		0	0
七	九四四	三七		0	0
八	九四五	三八		0	0
九	九四六	三九		0	0
天暦元	九四七	四〇	右大臣	0	0
二	九四八	四一		0	0
三	九四九	四二		0	0
四	九五〇	四三		1	0
五	九五一	四四		0	0
六	九五二	四五		0	0
七	九五三	四六		0	0
八	九五四	四七		0	0
九	九五五	四八		0	0
一〇	九五六	四九		0	0
天徳元	九五七	五〇		0	0

二	九五八	五一	0	0
三	九五九	五二	0	0
四	九六〇	五三	0	0
合計			2	0

夢が登場する記事は二回見られるが、いずれも記主である師輔の見た夢ではない。

空海大師を夢で見た

まず、延長八年（九三〇）八月十七日条（『仁和寺記録《にんなじきろく》』による）には、次のような興味深い夢が記録されている。

蓮舟《れんしゅう》が語って云ったことには、「円仁和尚《えんにんかしょう》が存生していた日、ある法師たちが円仁大師の前で談《かた》って云ったことには、『空海《くうかい》大師の真言は、上古《じょうこ》（大昔）は荒涼《こうりょう》（いい加減）だったのだろう』と云うことでした。還《かえ》り去って、その夜、慈覚《じかく》大師（円仁）は夢で空海を見ました。大師（空海）の弟子の康修《こうしゅう》が円仁の所に来て、告げて云ったことには、『和尚（円仁）に会うために、真言《しんごん》の師（空海）は、すでにここに来ています』と云うことでした。慈覚大師はすぐに束帯《そくたい》を着して出て、かの弘法大師《こうぼうだいし》（空海）を探しましたが、庭中にただ一茎の蓮《はす》の花が有るだけでした。その上に五鈷《ごこ》の金剛杵《こんごうしょ》が有り、まったく人はいませんでした。慈覚大師は驚き怪しみ、空海を探したところ、康修がそれを指さして云ったことには、『金剛杵こそが、これがわが空海大師なのです』と云うことでした。その所に現われました」と。

九世紀の第三代天台座主《てんだいざす》であった円仁が、真言宗《しんごんしゅう》の開祖《かいそ》であった空海が会いに来るという夢を見たというものである。ところが空海の姿はなく、蓮の花の上に金剛杵（杵《きね》形で、取っ手の両端に利刃〈鈷・股・鋒〉を付けた密教法具《ほうぐ》）があり、それが空海であるという。空海はその所に現われたということになっている。

天台宗《てんだいしゅう》の円仁がこの夢を本当に見たとするならば、空海の真言に関する放談を聞いたという記憶と、真言宗をも究める密教僧《みっきょう》としての自覚によるものであろうか。

密教の奥義《おうぎ》は師から弟子へ代々伝える「師資相承《ししそうじょう》」を原則とするが、真言宗においては空海が唐より請来《しょうらい》した密教法具こそが、真言宗の正流であることを示す象徴であるとされているのである（久保智康「空海請来法具の相承」）。

憲平親王の夢想物怪

もう一つの夢は、天暦四年（九五〇）八月八日条（『御産部類記《ごさんぶるいき》』による）に見えるもので、

天台律師《りつし》の明達《みょうたつ》を召し、東宮《とうぐう》憲平親王の為に延命法《えんめいほう》を修させた。伴僧《ばんそう》は十口。夢《む》相物怪《そうもののけ》を消除《しょうじょ》する為である。

というものである。立太子《りったいし》したばかりの東宮憲平親王（後の冷泉天皇。生後三箇月）に関わる夢想物怪を除くために延命法（寿命を延ばし、知恵や敬愛を得ることを祈願する修法）を修させたというのである。自身は右大臣で終わったものの、女の安子を通しての天皇家とのミウチ関係によって九条流摂関家の祖としての地位を築いた師輔らしい夢である。

摂関家祖としての夢

以上の二つの夢は、一つは僧から聞いた説話的なもの、もう一つは現実的な政治生活に対応したものである。後者の場合、師輔の周辺に夢が関わったこと自体は、日常的な出来事だったはずである。しかし、この記事しか日記に記していないということ

は、事が東宮の身辺に関わる重大事だったことによるのであろう（やがて憲平の即位後、この懸念が現実のものとなる）。

4　重明親王と『吏部王記』

重明親王

次には、重明《しげあきら》親王の記録した『吏《り》部王記《ほうおうき》』に見える夢記事を見ていきたい。

重明親王は、醍醐天皇第四皇子。母は大納言源昇《のぼる》（有名な融《とおる》の二男）の女《むすめ》。延喜六年（九〇六）に誕生し、延喜八年（九〇八）に親王宣下《しんのうせんげ》を蒙《こうむ》った。延長六年（九二八）に上野太守《こうずけのたいしゅ》に任じられ、以後、各官を歴任し、天暦八年（九五四）、四十九歳で薨去

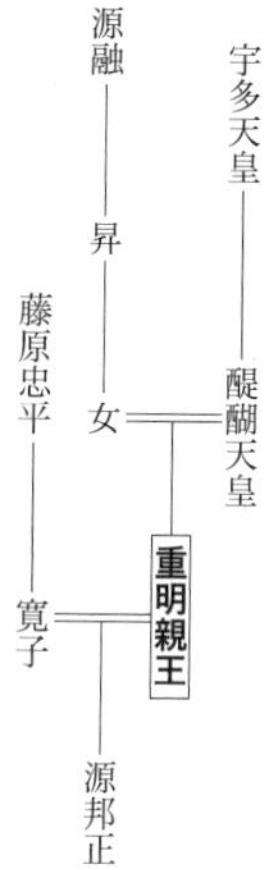

重明親王関連系図

した。

『吏部王記』の名称は、重明親王の極官《ごっかん》（その人の任じられた最高の官）である式部卿《しきぶきょう》の唐名《とうめい》による。原本はもちろん、写本も伝わっていない。『西宮記』『北山抄』など後世の儀式書や、『源氏物語《げんじものがたり》』の注釈書などに引載された、延喜二十年（九二〇）から天暦七年（九五三）までの逸文が伝わる。

『吏部王記』の夢

『吏部王記』の逸文が残存する年と夢記事が記録されている年を表示しよう。

表8 『吏部王記』の夢

年次	西暦	年齢	主な官職	夢記事	記主の夢
延喜二〇	九二〇	一五		0	0
二一	九二一	一六		−	−
二二	九二二	一七		−	−
延長元	九二三	一八		0	0
二	九二四	一九		0	0

三	九二五	二〇		0	0
四	九二六	二一		0	0
五	九二七	二二		0	0
六	九二八	二三	上野守	0	0
七	九二九	二四		0	0
八	九三〇	二五	弾正尹	1	0
承平元	九三一	二六		0	0
二	九三二	二七		1	0
三	九三三	二八		0	0
四	九三四	二九		0	0
五	九三五	三〇		0	0
六	九三六	三一	大宰帥	0	0
七	九三七	三二	中務卿	0	0
天慶元	九三八	三三		0	0
二	九三九	三四		0	0

三	九四〇	三五		0	0
四	九四一	三六		0	0
五	九四二	三七		0	0
六	九四三	三八		0	0
七	九四四	三九		0	0
八	九四五	四〇		0	0
九	九四六	四一		0	0
天暦元	九四七	四二		0	0
二	九四八	四三		0	0
三	九四九	四四		0	0
四	九五〇	四五	式部卿	0	0
五	九五一	四六		0	0
六	九五二	四七		0	0
七	九五三	四八		0	0
			合計	2	0

夢が記録されているのは二回のみであるが、いずれも記主である重明親王自身の見た夢ではなく、宗教的な怖れに関わる夢も見られない。重明親王が悪夢を見なかったはずはなく、それを怖れなかったこともなかろうが、それを日記に記すことはなかったのである。現代語訳の基になった本文は、逸文を蒐集した米田雄介・吉岡眞之校訂『史料纂集　吏部王記』によるものとする。

醍醐天皇と地獄

夢が見られるのは、まず延長八年（九三〇）十月二十五日条（『醍醐寺雑事記《だいごじぞうじき》』による）に、

宇多法皇《うだほうおう》は、先帝醍醐天皇の抜苦得道《ばっくとくどう》の為、七箇寺において諷誦《ふじゅ》を修した。天台《てんだい》東塔《とうとう》に調布《ちょうふ》百五十段、西塔《さいとう》に百段、東《とう》・西寺《さいじ》に各五十段を収めた。醍醐・勧修寺《かじゅうじ》及び小野寺《おのでら》に各四十段を収めた。考えるにこれは宇多法皇の夢想によるものである。

と見えるものである。宇多法皇が、自分の皇子であり、この年の九月二十九日に崩御《ほうぎょ》したばかりの醍醐天皇（重明親王の父）の責苦を抜いて安らかな輪廻《りんね》をもたらすため

地獄で苦しむ醍醐天皇(「北野天神縁起絵巻」.和泉市久保惣記念美術館蔵)

に、各寺において諷誦を修させているというものである。

菅原道真《すがわらのみちざね》を九州に流して死に至らしめた醍醐の地獄遍歴譚《じごくへんれきたん》は、中世の絵巻物に多く見られるものであるが、これはその先駆と言えようか。道真を登用した宇多が、崩御したばかりの醍醐の死後を懸念する夢を見たというのは、驚きである。幼少時を比叡山《ひえいざん》で過ごしたという宇多が、死者の魂が生者と交感も可能な存在であると認識していたという指摘もある（上野勝之『夢とモノノケの精神史』）。

経の読み方

いま一つは、承平二年（九三二）二月十四日条（九条家《くじょうけ》本『諸山縁起《しょざんえんぎ》』による）で、

……観海《かんかい》は忻感如願経《きんかんにょがんきょう》を供養しようとして、

善祐《ぜんゆう》法師を招いて読師《どくし》とした。善祐は、これを固辞した。夢の中で菩薩《ぼさつ》が善祐に告げて云ったことには、「我は今、お前を招いたのだ。苦しく固辞してはならない。方便品《ほうべんぼん》を読むに至ったら漢音《かんおん》で読みなさい」と。善祐は感悟し、起請したことは菩薩の告げのとおりであった。方便品を読むに際して大風が飄《ひるがえ》り、経はどこかへ飛んでいってしまった。

と見える、仏教説話的なものである。忻感如願経を読まされることになった善祐法師の夢に菩薩が現われ、その読み方を教えたというものである。いざ経を読む際には、大風が経を吹き飛ばしてしまったという後日譚が続く。

説話的な夢

重明親王は、このような説話的な夢を他人から聞いた時にのみ、それを日記に記していたことになる。というよりも、こういったものだけが、諸書に引載されたのであろう。

『吏部王記』本文のすべてが、儀式書に引かれた逸文であることを考えると、後世の貴族にとっては、夢記事というのは、先例として重視すべきものとは認識しなかったものと思われる。

三　摂関期貴族の古記録と夢

1　藤原行成と『権記』

藤原行成

それではいよいよ、摂関期《せっかんき》を代表する三つの古記録《こきろく》を見ていくことにしよう。まずは藤原行成《ゆきなり》の記録した『権記《ごんき》』である。

行成は、摂政《せっしょう》藤原伊尹《これまさ》の孫、右少将《うしょうしょう》義孝《よしたか》の子として、天禄《てんろく》三年（九七二）に生まれた。母は源保光《やすみつ》の女《むすめ》。九条《くじょう》流藤原氏の嫡流とも言える家系ではあるが、祖父伊尹が天禄三年、父義孝が天延《てんえん》二年（九七四）に死去してしまい、行成は青年期は不遇であった。長徳《ちょうとく》元年（九九五）に蔵人頭《くろうどのとう》に抜擢《ばってき》され、一条《いちじょう》天皇や東三条院詮子《ひがしさんじょういんせんし》、藤原道長《みちなが》の信任を得て、以後は累進し、権大納言に至った。

公務に精励し、また諸芸に優れ、特に書では小野道風《おののみちかぜ》の様式を発展させた温雅な書風で和様書道の大成者とされ、後に三蹟《さんせき》の一人と称された。万寿《まんじゅ》四年（一〇二七）十二月四日、道長と同日に五十六歳で薨去《こうきょ》した。

その家系は行成の建てた寺に因《ちな》んで世尊寺《せそんじ》流と称され、書の主流となった。

行成の日記である『権記』の名は、極官《ごっかん》の権大納言による。正暦《しょうりゃく》二年（九九一）から寛弘《かんこう》八年（一〇一一）までのものが伝存し、これに万寿三年（一〇二六）までの逸文《いつぶん》が残っている。蔵人頭在任中の活動が詳細に記録されており、当時の政務運営の様相や権力中枢の深奥《しんおう》を把握するための第一級の史料である。

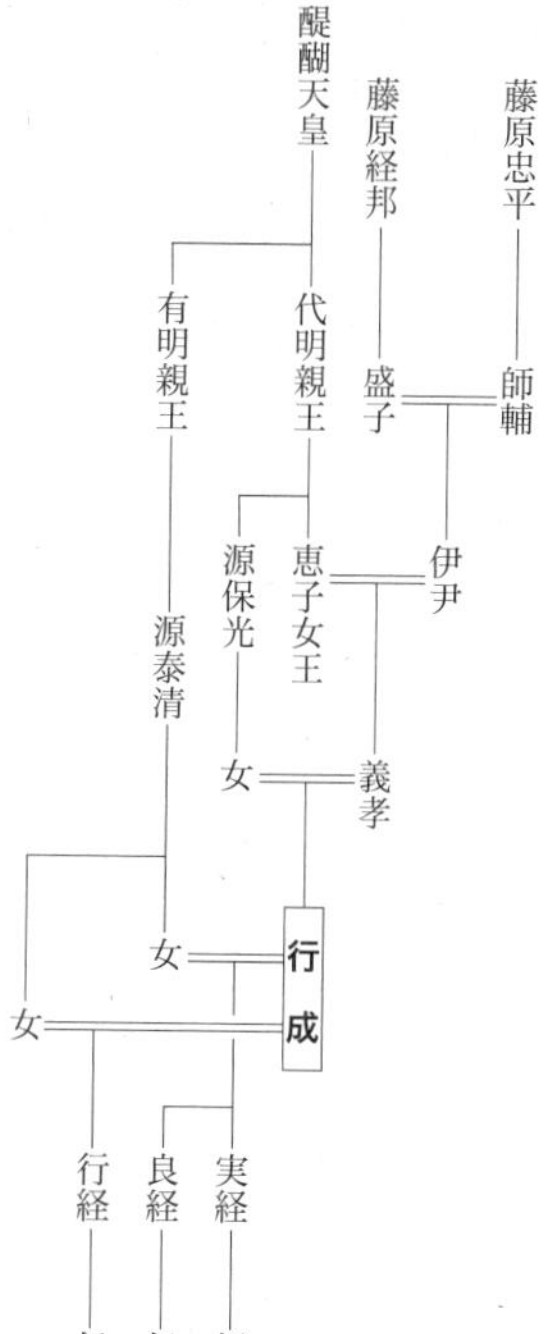

藤原行成関連系図

『権記』の夢

次に『権記』の記事が残存する年と、夢記事の存在する年を表示してみる。

表9 『権記』の夢

年次	西暦	年齢	主な官職	夢記事	記主の夢	政事の夢	宗教的夢	王権の夢	個人の夢
正暦二	九九一	二〇	左兵衛権佐	0	0	0	0	0	0
三	九九二	二一		0	0	0	0	0	0
四	九九三	二二	備後権介	1	0	1	0	0	0
五	九九四	二三		0	0	0	0	0	0
長徳元	九九五	二四	蔵人頭	0	0	0	0	0	0
二	九九六	二五	兼左中弁	0	0	0	0	0	0
三	九九七	二六		0	0	0	0	0	0
四	九九八	二七	兼右大弁	1	1	0	1	0	0
長保元	九九九	二八		1	1	1	0	0	0
二	一〇〇〇	二九		5	3	2	2	1	0
三	一〇〇一	三〇	参議	8	6	1	3	4	0
四	一〇〇二	三一		2	1	0	0	0	2
五	一〇〇三	三二		4	4	0	1	1	1

寛弘元	一〇〇四	三三		2	2	1	1	0	0
二	一〇〇五	三四	兼左大弁	4	4	0	2	0	0
三	一〇〇六	三五		0	0	0	0	0	0
四	一〇〇七	三六		1	0	0	1	0	0
五	一〇〇八	三七		1	1	0	0	1	0
六	一〇〇九	三八	権中納言	1	1	0	0	0	1
七	一〇一〇	三九		2	1	0	0	2	0
八	一〇一一	四〇		2	2	0	0	2	0
長和元	一〇一二	四一		0	0	0	0	0	0
二	一〇一三	四二		0	0	0	0	0	0
三	一〇一四	四三		−	−	−	−	−	−
四	一〇一五	四四		−	−	−	−	−	−
五	一〇一六	四五		0	0	0	0	0	0
寛仁元	一〇一七	四六	中納言	0	0	0	0	0	0
二	一〇一八	四七		0	0	0	0	0	0

三	一〇一九	四八		0	0	0	0	0	0
四	一〇二〇	四九	権大納言	0	0	0	0	0	0
治安元	一〇二一	五〇		0	0	0	0	0	0
二	一〇二二	五一		0	0	0	0	0	0
三	一〇二三	五二		0	0	0	0	0	0
万寿元	一〇二四	五三		0	0	0	0	0	0
二	一〇二五	五四		−	−	−	−	−	−
三	一〇二六	五五		0	0	0	0	0	0
合計				35	27	6	11	11	4

夢に関する記事が見られるのは、三五回。そのうちで記主《きしゅ》である行成自身の見た夢は二七回である。長保《ちょうほう》年間、特に長保三年（一〇〇一）八月に蔵人頭から参議に任じられる直前の時期に集中していることに注目すべきであろう。激務の傍ら、なかなか公卿《くぎょう》の座に上れない苛立《いらだ》ちが、行成をして夢を多く見させ、それを日記に記させたのであろうか。

なお、これらの夢を見たという記事が何月に多いかを調べてみると、正月なし、二月四回、三月四回、四月なし、五月六回、六月一回、七月二回、八月一回、九月四回、十月一回、十一月二回、十二月二回、という結果となった。夢は暖かい方が見やすいという医学的な実験結果もあるが（遠藤四郎「睡眠の衛生学　環境」）、行成の場合、特にそれは変化がなかったようである。

以下に、これらの夢を、その内容によっていくつかのグループに分類し、それぞれまとめて見ていくこととする。現代語訳（倉本一宏訳『藤原行成「権記」全現代語訳』）の基になった本文は、伏見宮本《ふしみのみや》（宮内庁書陵部《くないちょうしょりょうぶ》蔵）を底本とした渡辺直彦・厚谷和雄校訂『史料纂集　権記』、および同じく伏見宮本を底本とした増補「史料大成」刊行会編『増補史料大成　権記』によるものとする。伏見宮本の写真版も入手し、それも参照した。

（1）政務と人事

まずは、彼ら王朝貴族にとって最も関心の深かった人事（昇進）や政務・儀式、つまり政事《まつりごと》に関するものを見ていこう。『権記』における最初の夢も、人事に関するものである。

俊賢の吉想

正暦四年（九九三）七月十九日条（伏見宮本）

右中弁（源俊賢《としかた》）と参会したところ、内々に伝えて云ったことには、「先夜、比《ひ》叡山《えいざん》（延暦寺《えんりゃくじ》）において、汝《なれ》（行成）の為に吉想《きっそう》を夢に見た」と云うことだ。仏《ぶっ》法《ぽう》の霊験《れいげん》である。

源俊賢は、前年の八月に蔵人頭に補され、この二年後の長徳元年八月に参議に上ることになるのであるが、その際、『大鏡《おおかがみ》』（地「太政大臣伊尹　謙徳公」）によれば、俊賢は蔵人頭の後任に行成を推挙し、それによって行成は蔵人頭に抜擢されたとある。先に述べたように、行成の昇進は、その時から始まったのである。

ここでは、俊賢が行成のために吉夢《きちむ》を見たということを知らせてくれたとある。この吉夢とは、不遇な行成の昇進に関わるものであろう。一見すると、場所が比叡山ということもあり、俊賢が「仏からのメッセージ」を受けたかのようにも思える。

しかし、俊賢は蔵人頭の先の参議昇進も当然ながら予測できていたはずである。そうすれば、その後任を誰にするかは、すでに無意識のうちに念頭にあったと考えるべきであろう。元々両者は交流があり、俊賢が行成の能力を高く評価していたとすれば、

延暦寺根本中堂

それが夢に出てきたとしても、不自然なことはない。

　行成が「仏法の霊験」と感じるのは勝手であるが、夢自体はそれほど神秘的なものではなく、俊賢の記憶や情報が見させたものであろう。もっとも、俊賢が不遇な行成を元気付けるために語った虚偽の夢である可能性もある。

参議昇進の夢

長保元年（九九九）八月十九日条（伏見宮本）

　昨夜、蔵人頭を辞すことを夢に見た。早朝、左大臣（藤原道長）の許《もと》に参った。御供に供奉《ぐぶ》して東宮《とうぐう》（居貞《おきさだ》親王）の許に参った。また、内裏に参った。

この時、行成は蔵人頭に補されてから満四年が経っていた。普通ならば、蔵人頭を一、二年勤めれば、参議に昇進して公卿の仲間入りをするものである。あまりの有能さと精勤ぶりで一条をはじめ道長や詮子の強い信任を得ていた行成は、逆にそのことが災いして、なかなか蔵人頭を辞めさせてもらえずにいたのである。

この夜の夢は、蔵人頭を辞任するというもので、明らかに行成の参議昇進への願望が直接的に脳を刺激し、見させたものである。夜が明けると、すぐに道長、そして一条の許を訪れた行成は、おそらくこの夢を両者に語り、参議昇進を暗に仄《ほの》めかしたのであろうが、実際に行成が参議に任じられるのは、さらに二年後の長保三年八月のことであった。

公卿社会における昇進だけが彼ら平安貴族とその家の地位を保全する条件であってみれば、行成のこの行動を、我々はとても笑うわけにはいかない。

なお、「定子《ていし》の平生昌《なりまさ》邸行啓《ぎょうけい》を妨害した道長と帝王との烈しい葛藤の下では、到底蔵人頭など勤めては居られない、との行成の本音を見る思いがする夢」という評価もあるが（河北騰《かわきたのぼる》「藤原行成の権記について」）、失考と言わねばなるまい。

太政官文書請印

長保二年（一〇〇〇）九月四日条（伏見宮本）

……この夜の夢で、私は宿所《しゅくしょ》にいて衣裳《いしょう》を解いていた。右少弁《うしょうべん》（源）致書《むねふみ》朝臣が束帯《そくたい》を着して来て、云ったことには、「太政官文書《だいじょうかんもんじょ》に請印《しょういん》してください。持ってきています」ということだった。左大史《さだいし》（小槻《おづきの》）奉親《ともちか》宿禰《すくね》が、印を持って従っていた。夢の中で思慮したことには、太政官文書に請印するという事は、大弁《だいべん》の前において捺《お》すことは、まったく無い。少弁は、なお捺すようにと請うてきた。すぐに夢から覚めた。時に後夜《ごや》（夜半から朝までの間）の頃であった。今回の修《しゅ》善《ぜん》は、重く慎むべきであるので行なったものである。また、この夢想《むそう》が有った。禍《わざわい》がすでに萌《きざ》していることを転じて、吉祥《きっしょう》を今後に告げたのである。

この時、行成は蔵人頭兼右大弁《うだいべん》という要職にあった。この日も、奏書《そうしょ》三枚を左少弁《さしょうべん》藤原朝経《あさつね》に付し、中宮彰子《ちゅうぐうしょうし》の許に参り、道長に奉謁《ほうえつ》し、詮子の許に参るという激務をこなした後、ようやく眠りに就いた時に、夢を見たのである。

内裏の宿所で寝ようとしていると（内裏の宿所というところがいじらしい。激務が続き内裏に候宿《こうしゅく》しなければならないという思いによるのであろう）、下僚《かりょう》の右少弁がやって来て、文書への請印（太政官符《だいじょうかんぷ》には外印《げいん》〈太政官印〉、大事には内印《ないいん》〈天皇御璽《てんのうぎょじ》〉を捺すことを請う儀式）を強要する。行成があくまでこれを拒否したところで夢から覚めた。

この夢は、いつも真面目で規定どおりの勤務態度を取っているという自覚に裏打ちされたものである。この日も文書三枚を処理したというごく近い記憶によって、この夢が現われたのであろう。

ただ、この日実際に行成が接した左少弁藤原朝経ではなく、右少弁源致書が現われているところが面白い。朝経の方がこの年まだ二十八歳、この後、右中弁《うちゅうべん》、左中弁《さちゅうべん》、右大弁と弁官《べんかん》畑を累進し、ついには中納言にまで至る有能な官人であったのに対し、致書の方は年齢は不詳ながら、弁官としては左少弁で終わり、武蔵守《むさしのかみ》、越前守《えちぜんのかみ》を歴任するといったタイプの官人であったことから、行成としても、日頃から致書の勤務態度には含むところがあったのであろうか。

兼家の初叙

長保二年（一〇〇〇）九月六日条（伏見宮本）

……去る四日の夜の夢を大臣（道長）に申した。おっしゃって云ったことには、「これは吉想である。ゆめゆめ、また他人に語ってはならないぞ」と。そのついでに、入道相府《にゅうどうしょうふ》（藤原兼家《かねいえ》）が二十歳の時、初めて位を叙された夜の夢を教示された。内裏に参った。

行成は、二日前の夢をわざわざ道長に告げたのである。行成の感じた「祥」とは、自分の昇進のこと（具体的には参議昇任）に他なるまいが、それを人事権掌握者である道長に告げに行くあたり、行成の昇進願望も必死の観がある。

道長もこれに対して、嫌な顔をせずに「夢解《ゆめと》き」を行なっている（適当に言っただけであろうが）。両者の信頼関係がうかがえる例である。有能で忠実な行成に昇進を求められては、道長としても嫌な気はしなかったのであろう。その後、道長は、父の兼家の初叙《しょじょ》した夜の夢という一家の秘事を語り、行成との信頼関係を再確認するとともに、その昇進を匂わせている。

道長家に兼家出身時の夢が伝えられていたというのは驚きであるが、道長の性格から考えるに、もしかしたらその場で適当に思い付いたものかもしれない。その後、参内《さんだい》しているのは、一条にもこの夢を語ろうとしたものであろうか。

金峯山詣

長保三年（一〇〇一）四月二十四日条（伏見宮本）

金峯山

……早朝、(橘)惟弘《これひろ》が来て、云ったことには、「昨夜の夢で、汝(行成)は金峯山《きんぷせん》に参って、金の帯と金の釼《たち》を得ました。吉想です」と。

従者の橘惟弘が、行成の昇進に関わる夢を見て、知らせに来たのである。金の帯と金の釼は、高位高官の象徴として現われたのであろうが、蔵人頭に補されてからすでに六年、参議昇進の予想は、当然ながら行成とその周辺には満ちていたはずであり、その雰囲気が惟弘にこのような夢を見させたのであろう。

なお、この年の八月二十三日、行成は参議に任じられているが、その後、『権記』から人事や昇進に関わる夢の記述は消える。それればかりか、末端公卿としての行成の記す『権記』自体も、その光芒《こうぼう》を徐々に失っていくのである。政務に関する夢としても、以下の一例が残るのみである。

宇佐宮の禄

寛弘元年（一〇〇四）十月二十七日条（伏見宮本）

……内裏に参った。陣定《じんのさだめ》が行なわれた。宇佐宮《うさぐう》の事についてである。子細は定文《さだめぶみ》に見える。……この夜の夢で、この宇佐宮の陣定に参加した者が、下官《げかん》（行成）に申したことには、「一同の人は皆、禄《ろく》に預かる」と。また、紫宸殿《ししんでん》の北面《きたおもて》の東一戸の下に女が一人いた。従者の女を介して、私に告げさせて云ったことには、「慶賀《けいが》は四条において申すように」と云うことだ。

宇佐八幡宮《はちまんぐう》と大宰権帥《だざいのごんのそち》平惟仲《これなか》とは、抗争を続けていたのであるが、この日行なわれた陣定（近衛陣座《じんのざ》で開かれる公卿議定《ぎじょう》）における行成の発言に関して、宇佐宮が喜んでいるという自覚が、このような夢を見させたのであろう。四条云々《うんぬん》は不明であって、夢特有の錯綜《さくそう》した記述となっている。なお、惟仲は十二月に大宰権帥を解任《げにん》され、翌寛弘二年（一〇〇五）三月に死去している。

(2) 宗教的な夢

次に、宗教に関する夢を考えていこう。行成の信仰については、不動尊《ふどうそん》を核とする現世利益《げんせりやく》の密教《みっきょう》から、阿弥陀仏《あみだぶつ》を核とする来世《らいせ》利益の浄土《じょうど》信仰へと傾斜していく様子が、黒板伸夫《くろいたのぶお》氏によって鮮やかに解明されているが、それは夢を軸として『権記』の中に語られているのである（黒板伸夫『藤原行成』、黒板伸夫他「シンポジウム　平安時代の文学と仏教」）。

強力の者と不動尊

長徳四年（九九八）七月十六日条（伏見宮本）

昨夜、惟弘一人が私の看病をしていた〈惟弘も、この何日か、病を患っている者である。〉。この暁方、十六夜の月を見る為に東簀子《すのこ》に出た。還《かえ》り入って、しばらく脇息《きょうそく》に寄りかかっていた時、心神が不覚となった。惟弘を引き寄せて膝を枕にしていたが、すでに悶絶《もんぜつ》した。夢のようであり、また覚めていたのでもなかった。心中に思うに、強力《ごうりき》の者がいて、私の臍《へそ》の下二寸の所から腸を引き出した。腸の遺《のこ》った所は腹中にわずか二寸だけとなった。この腸を引き出されてしまったならば、命は絶えてしまうに違いない。その時、「不動尊」の三字が、この二寸の腸の中に現われた。この字は、初めは最小ではあっても、段々と増長して腹中に満ちた。すぐにこの腸は、また還り入った。思わず心中に不動尊を念じ奉った。悲泣《ひきゅう》は極まり無かった。強力の者は、すでに去った。年少の時から、この不動明王《ふどうみょうおう》を憑《たの》み奉ってきた〈その画像は、とっさに座の側に安置した。これは母堂《ぼどう》（源保光女）が顕現《けんげん》し奉って相伝《そうでん》させ、念持《ねんじ》し奉ったものである。〉。それを身から捨て離してはいない。本願《ほんがん》は欺くことはない。その効験《こうげん》を授けたのである。

何とも壮絶な夢であるが、実際には、腹痛による失神時の幻想と考えるべきであろう。なお、この病は四月から流行が始まり、六、七月に猖獗《しょうけつ》を極めた疱瘡《ほうそう》である（『日本紀略《にほんきりゃく》』長徳四年今年条）。この後、訪れていた大僧都《だいそうず》観修《かんしゅう》に十戒《じっかい》を授けられ、行成はようやく蘇生《そせい》した。翌十七日には早朝から悶絶を繰り返したものの、十八日には平復している。

心神不覚という非常時において、行成は幼い頃から信仰している不動尊を心の中で念じたに過ぎないのであって、その文字が出現したからといって、夢自体には「仏からの「メッセージ」的な要素はない。一心に念じていた言葉が、画像ではなく文字で表わされたに過ぎないのであるが、文字で脳裡《のうり》に出てくるところなど、さすが行成という感がある。

大威徳像
長保二年（一〇〇〇）七月七日条（伏見宮本）
……今夜、順朝阿闍梨《じゅんちょうあじゃり》を招請して、大威徳息災法《だいいとくそくさいほう》を修《しゅ》させた。七日間を限った。この尊像《そんぞう》は、夢想の告げが有ったので、新たに図画し奉ったものである。

大威徳というのは、密教の五大尊《ごだいそん》の一つである。日頃から密教を信仰していた行成が、それに関する夢を見たことを機縁《きえん》に大威徳明王の画像を描かせたものである。
夢の告げというものをどれほど宗教的に感得《かんとく》するかは、個人的な差異が大きいものと思われるが、幼い頃から信仰している密教に関わることでもあり、このような機縁としての夢には、案外素直に従っているようである。

源成信の夢想

長保二年（一〇〇〇）十月十五日条（伏見宮本）

……権中将《ごんのちゅうじょう》（源成信《なりのぶ》）が手紙を書き送ってこられたことには、「夜の夢想は、慎むべきでしょうか」と。今日と明日は物忌《ものいみ》であるうえに、また、この告げが有った。そこで諷誦《ふじゅ》を修させて、内裏に参った。

後に述べるように、行成と源成信とは「中心（心中）を隔てざる」友人であった。成信の夢の中に、行成が慎むべき内容のものがあり、それを早速告げ知らせてくれたのである。

それはまさに、夢を媒介とした友人関係とも称すべきものである。かつて菅原昭英氏が鎌倉《かまくら》初期に想定され（菅原昭英「夢を信じた世界」）、横井清《よこいきよし》氏が室町《むろまち》時代にも存続すると考えられた（横井清「夢」）「夢語り共同体」は、この時代にはいまだ確固たる存在として成立はしておらず、もっと個別的な関係であったものと思われるが、この例などはその原初形態を示していると言えようか。

行成は、この情報を得るや、諷誦を修させて参内しているが、それは宗教的な怖れもさることながら、むしろ儀礼的な匂いが強い。僧を呼んで経さえ読ませておけば、夢想や物忌よりも公務が優先するといった行動様式がうかがえる。

ちなみにこの日は、一条院《いちじょういん》内裏遷御《せんぎょ》後の政《まつりごと》始《はじめ》（外記《げき》政始《せいはじめ》。外記庁における公卿聴《ちょう》政《せい》を始めること）、および新所旬《しんじょのしゅん》（内裏遷御後、はじめての天皇による聴政）という重要な政務が行なわれることになっていた。

源成信の出家

長保三年（一〇〇一）二月三日条（伏見宮本）

結政《かたなし》（政務に関する書類を一つに束ねて結び、政務を行なう前にこれを開いて読み上げた儀式）が未《いま》だ終わっていない頃、座上でしばらく眠った。夢の中で、人が一封の書状を与えた。私が問うたところ、云ったことには、「権中将（成信）の書状です」ということだ。私は夢の中で出家《しゅつけ》のことを告げたのだと思い至ったのである。すぐに目が覚めた。内裏《だいり》に参り、左府の許に参った。（藤原）挙直朝臣《たかただあそん》に逢《あ》った。云ったことには、「殿下《てんが》（道長）は三条宮《さんじょうのみや》に参られました」と。宮に参った。すでに退出《たいしゅつ》されていた。そこで尋ね奉って一条院の東三条院（藤原詮子《せんし》）の許に参った。権中将に逢った。夢の趣旨を伝えたところ、中将（成信）が笑って云ったことには、「正夢《まさゆめ》である」と。この何箇月か、急に出家の志を語っていた。また、私と心中を隔てない人である。

源成信は、村上《むらかみ》天皇皇子の致平《むねひら》親王と源倫子《りんし》の妹の子で、道長室の甥《おい》にあたり、道長の猶子《ゆうし》（相続を伴わない親子縁組）になっている人物である。当時、まだ二十三歳の若さであった。

行成と成信とは、先に挙げた長保二年十月十五日条からもわかるように、元々強い信頼関係と友情で結ばれていた。そして成信は、道長を看病した際に人心の変改を見て発心《ほっしん》し、日頃から出家の意志を行成に語っていたからこそ、行成もこの夢を見たのである。

行成は実際にこの消息を見ているわけではなく、成信が出家することを夢の中で勝手に「思い得た」だけなのである。

実際には、成信は翌二月四日、右大臣藤原顕光《あきみつ》の一男重家《しげいえ》とともに三井寺《みいでら》で出家している。が、この夢は、けっして予兆《よちょう》とか「仏からのメッセージ」などではない。いかにも起こりそうなことを、いかにも起こりそうな時期に見ただけの話であり、成信がこの夢を「正夢」と言ったのも、すでに前月の晦日《みそか》に出家の意志を固めていたことを知っていたからに過ぎないのである。そのことは、行成自身も、いたって冷静に分析しているところである。

死ぬべき者

長保三年（一〇〇一）五月二十一日条（伏見宮本）

……この夜の夢に、故帯刀《たちはき》平高義《たかよし》が伝え送って云ったことには、「今日以後、五位以上で死ぬことになる者は六十人である。汝（行成）は、その中に入っている」と云うことだ。夢というものは、虚実に通う。また、下説《げせつ》も有る。また、俗に「左縄《ひだりなわ》」と云う。もし神明《しんめい》の援助が有るのならば、どうして必ず鬼籍《きせき》に入るだろうか。ただし、定業《じょうごう》もある。これを免れるのはまた、難しいばかりである。

自身の死に関する二度目の夢である。死亡予定者の名簿にその名が入っていたというのであるから、事は穏やかではない。疫病の流行により、「天下不静《ふじょう》」という状況が延々と続いていたこの年のことであるから、この情報は現実味を帯びて認識されたであろう。この夢を見た直前の五月十九日には臨時御読経《みどきょう》、二十九日には大般若経転《だいはんにゃきょうてん》読《どく》も行なわれている。

行成は、夢というものが当たる場合と外れる場合があるとの認識を示し、夢には下説もあるし、俗に「左縄」（左編みの注連縄《しめなわ》。『日本書紀《にほんしょき》』神代上・第七段に見える。物事が思うようにならないこと）とも云う、また自分には神明の援助があるなどと記し、この夢の真実性に疑念を示しながらも、人間には定まった運命（寿命）もあると、その揺れる想いを吐露している。冷静な対応と、あまりに衝撃的な夢の内容の狭間《はざま》に立ってしまっているのであろう。

慎みの夢

長保三年（一〇〇一）五月二十六日条（伏見宮本）

この夜、来たる八月十五日に重く慎むべきであるということを夢に見た。

疫病《えきびょう》流行という状況の中、自身の健康に対する不安の反映であろうか。また、二十一日の夢を承《う》けて見た夢という側面もあろうし、十五夜の不吉さという知識もあったであろう。

こう不吉な夢が続くと、さすがの行成も、実際にこの年の八月十五日には、「物忌」に籠っている。

不動尊

長保五年（一〇〇三）五月八日条（伏見宮本）

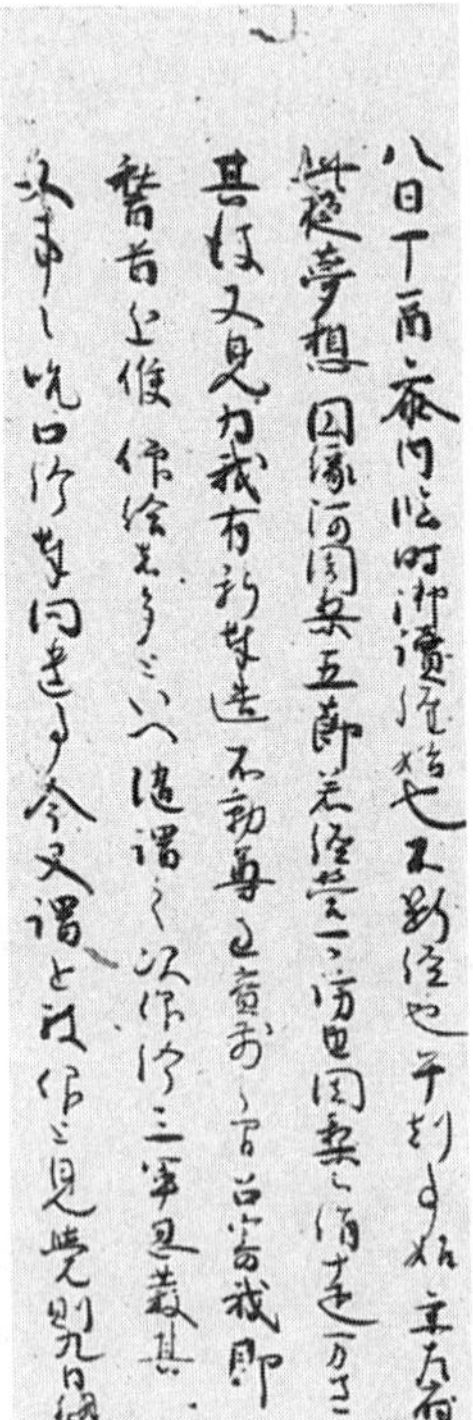

『行成卿記』長保五年五月八日条(伏見宮本,宮内庁書陵部蔵)

……臨時《りんじ》御《み》読経《どきょう》始《はじめ》が行なわれた。不断経《ふだんきょう》である。午《うま》刻（午前十一時―午後一時）に法会《ほうえ》を始めた。左大臣の許に参った。今夜の夢想に、円縁《えんえん》阿闍梨《あじゃり》が、五節《ごせち》にもし準備すれば訪ねるようにとのことであった。阿闍梨が云ったことには、「絹十疋《ひき》を送るように」と。その後、また夢を見た。「私の為に新たに造顕《ぞうけん》し奉った不動尊が有った。宝前《ほうぜん》（像の前）を過ぎた際、私を召し寄せた。すぐに稽首《けいしゅ》して近くに伺候《しこう》した。おっしゃられたことには、『しだと言え』と。随《したが》ってこれを云った。次におっしゃられたことには、『三軍《さんぐん》がたちまち、その□を発す』と。また、事々の呪文《じゅもん》を賜わった。『問い奉り遣した事は、今また、言え』とおっしゃられた」と見た。

覚めると、もう九日の朝であった。

二つの夢が記録されているが、これは『権記』に特徴的なことである。最初の夢を左脳《さのう》に伝えて言語化した後、再び眠りに入って次の夢を見、九日の朝に目覚めた後、二つの夢記事を記したことになる。最初の夢も、言語化されて記憶に蓄積されていたので、二つとも記すことができたのであるが、行成の言語化（論理化）能力というのも、その実務処理能力とともに特筆すべきものであろう。

さて、最初の夢は、豊明節会《とよあかりのせちえ》（新嘗祭《にいなめのまつり》の翌日に天皇出御《しゅつぎょ》の下で行なわれる宴会）に際して奉仕される五節舞《ごせちのまい》に関するもの。この年の豊明節会は十月十八日に行なわれているが、この頃すでに準備が始まり、行成もそれに関わっていたのであろう。阿闍梨が登場するのは、その日の日中に臨時御読経始があり、行成がそれに関与したことの記憶によるものであろうか。

次の夢は、以前からの行成の不動尊信仰に基づくもの。新造した不動尊との会話が記録されている。「しだ」（底本の宮内庁書陵部蔵伏見宮本『行成卿記』では「者多《はた》」とあるが、史料纂集『権記』では「志多《した》」と読んでいる）という呪文も、その意味は不明であるが、不動尊が語った呪文の続きを聞くことなく覚めてしまうというのは、夢の特徴である。

修学院の諷誦

寛弘元年（一〇〇四）二月二十六日条（伏見宮本）

生気御明《しょうきみあかし》を奉献する為に、修学院《しゅがくいん》に参詣した。この院には倶利伽羅大竜王像《くりからだいりゅうおう》がいらっしゃるのである。巳刻《み》（午前九時―十一時）に参着《さんちゃく》した。事情を僧正《そうじょう》（観修）に伝えた。私の分五千燈《とう》、薬助《やくじょ》の分二千燈、その弟女の分二千燈、諷誦の手作布《たづくりのぬの》十端《たん》を供え奉った。夢想が有って、信濃布《しなののぬの》は用いなかった。

これも密教信仰に関するもの。修学院に参詣し、みずからと子女のための布施《ふせ》を供えたのであるが、夢想によって布施によく用いられる信濃布（シナノキの樹皮の繊維で織った布。赤褐色で布目が粗く、水湿に耐える）を用いなかったというのである。何故に信濃布が布施から外されたかは、まったく不明と言う他はない。

春日祭の夢想

寛弘二年（一〇〇五）二月六日条（伏見宮本）

……昨夜、夢想が有った。そこで神官を召して祓《はらえ》を行なわせた。陰雲はすぐに収まって、青天が見えた。神感《しんかん》が有ったのである。

この日行なわれた春日祭《かすがのまつり》に、行成は上卿代《しょうけいだい》（個々の朝儀や公事《くじ》を奉行する公卿の上首に代わって奉行する者）として参向していた。そのため、夢想に関して神経質になっているのであろうか。宗教的な怖れというよりも、不浄《ふじょう》を避けなければならないといった儀式運用意識による行動であろう。

同様の夢は、勅使《ちょくし》として伊勢神宮《いせじんぐう》に赴いた同年十二月十二日に、伊勢国鈴鹿関《すずかのせき》の駅《えき》戸《こ》でも見ているし、十二月八日に松尾社《まつのおしゃ》への臨時奉幣使《ほうべいし》として発遣《はっけん》される前日にも見ている。後者の場合、

……暁更《ぎょうこう》、床上《しょうじょう》で休息していると、朝日が私の身を照らすのを夢に見た。

というものであるが、実際に朝日を浴びていたという直接的身体刺激にもよるものであろう。

雲中の人と阿弥陀如来

寛弘二年（一〇〇五）九月二十九日条裏書（伏見宮本）

二十九日の夜の夢に、東対《ひがしのたい》の東廂《ひがしびさし》のような所に人々がいるうちに、東の方角を見ると、南北に細い雲が立っていた。雲の上に火が有った。南北に行き合い、更に南を指して行った。雲の中に人がいて、人を捕えて行く。人々がこれを見て、騒いで言ったことには、「あの人が連れて行く人は、検非違使別当《けびいしべっとう》（藤原斉信《ただのぶ》）を捕えようと思っているのである。今はまた、左大弁《さだいべん》（行成）を連れて行くに違いない」と言っているうちに、また人がいて言ったことには、「『大弁（行成）は、まったく連れて行ってはならない』と言っていた」と人々が語った。「その替わりには、近江守《おうみのかみ》（藤原兼隆《かねたか》）を連れて行くだろう」と云ったので、私が云ったことには、「私はまったく過失は無い。どういうわけで私を連れて行こうとするのか」と云って、手を洗い、布袴《ほうこ》（束帯の大口・表袴《うえのはかま》の代わりに下袴・指貫《さしぬき》を着用する姿）を着して、本尊《ほんぞん》の不動明王の御前に詣でたところ、杖刀《じょうとう》を帯した者が出て来て、私の腰を抱えて持ち去ろうとする。私が心中に思ったことには、「これは私を連れ去る使者である」と。そこで云ったことには、「先《ま》ず本尊に申してから、思いのままにしてほしい。そうでなければ、まったく私を連れ去ることはできないはずだ」と。すぐに本尊の前において頂礼《ちょうらい》（尊者の前にひれ伏し、頭を地につけ、足元を拝する最敬礼）した〈不動明王である。〉。この間、その人は、私の腰を抱えていた。次に私は、五大尊（不動明王を中心とした降三世《ごうざんぜ》明王、軍荼利《ぐんだり》明王、大威徳明王、金剛夜叉《こんごうやしゃ》明王の総称）を念じ奉って頂礼すること四、五遍《へん》ほどであった。次に薬師《やくし》如来《にょらい》、次に地蔵《じぞう》菩薩《ぼさつ》、次に普賢《ふげん》菩薩《ぼさつ》、次に阿弥陀如来を念じた。「南無《なむ》四《し》十八願弥陀《じゅうはちがんみだ》善逝《ぜんぜい》」と唱え奉った。一拝している間、私の腰を抱えていた人は、だんだん緩んできた。二拝している間、阿弥陀如来を称《とな》えると免《ゆる》しなされた。この人は、すでに私から離れた。

この間、私は不覚《ふかく》にも涙が下った。そこで私は、足でこの人を踏みつけた。十拝ほどした後、また観音《かんのん》を念じ奉った。夢の中で思ったことには、「十斎仏《じっさいぶつ》・五大尊・六観音《ろくかんのん》の像を造顕し奉らなければならない。これらの中で、阿弥陀如来を立派に造顕すべきである」と。夢の中で、「はなはだ尊い」と思われた。その頃、夢から覚めた。

自身の死に関する三度目の夢である。「雲中の人」が、斉信に次いで自分を連れて行くというのは、能吏《のうり》としての自意識によるものであろうか。この時、行成は実務官僚として最高の地位である左大弁に任じられたばかりであり、その気負いも手伝ったものであろう。

ここでは、不動尊信仰から種々の菩薩を経て、極楽往生《ごくらくおうじょう》を願う阿弥陀信仰に至る宗教的変化が語られているのである（詳しくは黒板伸夫他「シンポジウム　平安時代の文学と仏教」参照）。この年の六月七日に、行成は観音院《かんのんいん》（岩倉《いわくら》の大雲寺《だいうんじ》にあった子院）において丈六《じょうろく》不動尊像の開眼供養《かいげんくよう》を行なっているのであるが、それに続けて、「今日からは、ひとえに阿弥陀如来に帰依《きえ》する」と記している。この夢も、心の中で浄土信仰への傾斜を見せていたことの反映であろう。

この年三十四歳、まさかもう現世における栄達を諦めたわけではあるまいが。それにしても、死を免れることを阿弥陀如来に祈るというのも、変な話ではある。なお、行成は翌寛弘三年（一〇〇六）四月二日、康尚《こうじょう》に造らせた「等身金色《とうしんこんじき》阿弥陀仏」を世尊寺に安置している。

春日社の神楽

寛弘四年（一〇〇七）二月二十九日条（伏見宮本）

……神宴《しんえん》は宵を通して行なわれた。雪花が時に降った。この間、大蔵卿《おおくらきょう》（藤原正《まさ》光《みつ》）は少し眠った。炬火《きょか》の前の唐車《からぐるま》に女人が乗っているのを夢に見た。また、翳《さしば》を執った女がいた。神感が有ったと称すべきである。

道長の春日詣《かすがもうで》に従った公卿たちは、徹夜の神楽《かぐら》を見物していたのであるが、正光は居眠りをしてしまった。その夢に女が出てきたというのであるが、寝ている間にも神楽の音は耳から入っているのであり、その刺激によって尊い夢を見るというのも、あり得ることであろう。

(3)　天皇と王権

次いで、一条天皇や、東三条院詮子、中宮彰子、敦康《あつやす》親王など、行成がその深奥にまで深く関わった王権の中枢に関わる夢を考えていこう。

一条天皇の慎み

長保二年（一〇〇〇）十二月二十一日条（伏見宮本）

……明日の御物忌についておっしゃった。特に重く慎まれるということである。……また、仰せが有った。（橘）則隆《のりたか》に命じて、夢想によって御諷誦を七箇寺に奉仕させることになった。

一条の物忌の前日であったが、一条の夢想も重なり、七箇寺において諷誦を奉仕すべきことを命じられたというもの。一見すると、彼らが宗教的な怖れに支配されていたかのようにも見えるが、事が天皇に関わるものであり、多分に儀礼的な要素が大きかったものと思われる。この諷誦によって、天皇を日常的な政務の世界に引き戻そうというわけである。

なお、一条は、十二月十六日に最愛の皇后《こうごう》藤原定子を失ったばかりであり、その心中もいかばかりかと思われる。

東三条院の慎み

長保三年（一〇〇一）三月十六日条（伏見宮本）

……左大臣の許に参った。昨夜の夢想に、女院《にょういん》（藤原詮子）の御為に慎まれなければならないことが有ったことを申した。

行成が詮子に関する悪い夢想を得、それを詮子の弟である道長に語ったという記事。一見すると「神仏からのメッセージ」を得たかのようにも見えるが、詮子の健康が優れないことは、東三条院別当を務める側近の行成は知っていたはずである。長徳元年から病がちであった詮子は、長保二年から病が危急となっていた。この長保三年、詮子は四十歳の算賀《さんが》（長寿の祝い）を十月九日に強行したものの、閏《うるう》十二月二十二日に崩御《ほうぎょ》することになる。

行成が夢想を得た三月十六日というのは、当初は詮子の算賀が予定されていた三月十日に近い日付である。この夢想は、何も予兆や宗教的な怖れによるというよりも、多分に政治的なものと考えるべきであり、行成も道長も、きわめて政治日程的に対処しているはずである。

聖武天皇の諱

長保三年（一〇〇一）五月二十四日条（伏見宮本）

……中将（藤原斉信）が手紙を書き送られて云ったことには、「主上《しゅじょう》（一条天皇）の御為に、夢想がはなはだ騒がしかった」と云うことだ。……この夜の夢で、慶《きょう》命《みょう》阿闍梨と忍寿大威儀師《にんじゅだいいぎし》を左右に従えて居礼《きょらい》を行なった。これは三宝《さんぼう》（仏法僧《ぶっぽうそう》）の冥応《みょうおう》である。また、天平《てんぴょう》の大聖武皇帝《だいしょうむこうてい》の諱《いみな》（実名）は、国史《こくし》に欠けていて、記していなかった。この夜、また夢で、皇帝の御日記《にっき》及び往来書《おうらいしょ》（書状）の草案に、諱の「自（首《おびと》の誤記か）」という諱があるのを見た。夢の中にいた人が云ったことには、『首』の字の訓《よ》みは、悪いものである」と。私が云ったことには、『首』の字の訓みは、善《よ》いものである」と。この他に見たものは、はなはだ種々のものであった。ところが詳しくは覚えていない。そこで記さない。

様々な夢に関するうち、三つについての記録である。一つ目は一条に関する夢で、斉信が一条に関して不吉な夢を見たというもの。疫病の流行という世情を承けて、一条の健康状態に対しての不安が宮廷社会に拡がっていたのであろう。一条自身は、この年の疫病に罹《かか》ることはなかったが、元来が病弱で、長保元年三月に咳病《がいびょう》、七月に歯痛、十二月に眼病を患い、翌長保四年（一〇〇二）四月と長保五年二月にも御悩《ごのう》の記録があるなど、常にその健康には不安要素が存在した。

二つ目の夢は、仏教信仰に関する行成自身の夢である。この日の前後に、朝廷挙げての読経が続いていることによるものであろうか。

三つ目の夢は、「天平の大聖武皇帝の諱は、国史（『続日本紀《しょくにほんぎ》』）に欠けていたので記さなかった」という記事に続けて記録されている。夢の中で、聖武天皇の「御記《ぎょき》」と「往来書」（ともに、実在したとは思えない）の草案に「首」という聖武の諱があるのを見たところ、ある人は悪い訓みだと言ったが、行成は善い訓みだと言ったというのである。首という、平安時代では考えられない聖武の諱に関する思いが、このような夢を見させたのであろうか。

その他の様々な夢を覚えていないというのは、さすがの行成も、そこまで言語化することはできなかったのであろう。

石清水八幡宮行幸

長保五年（一〇〇三）三月三日条（伏見宮本）

……一条天皇の御前《ごぜん》に伺候した。雑事《ぞうじ》をおっしゃられた。明日の行幸《ぎょうこう》は、大雨であるので定まらないのである。見た夢は、不浄の疑いが有った。ところが、御禊《ごけい》が行なわれた後には、晴気《せいき》が有った。

明日に迫った石清水八幡宮《いわしみずはちまんぐう》への行幸に対する不安が、行成に「不浄」な夢想をもたらしたのであろう。一条は、二月二十六日に病悩したばかりなのである。

御禊（神に接するための資格を得、吉事を待ち迎えるために水で身を清める行事）の結果、天候も回復し、翌三月四日には予定どおり、石清水八幡宮に行幸を行なっている。一条にとって三度目の行幸であった。このあたり、天皇の健康と行事の執行を案じる側近公卿の面目躍如といったところであろう。

彰子の懐妊

寛弘五年（一〇〇八）三月十九日条（伏見宮本）

この夜、夢で陣《じん》の辺りにいた。諸僧や宿徳《しゅくとく》（修行して、人徳のある人）が多く参《さん》入《にゅう》して、中宮（藤原彰子）の御懐妊の慶賀を申していた。みずから男女を問うと、答えたことには、「男である」と云うことだ。また、夢で後涼殿《こうりょうでん》の南屏《なんぺい》が顚倒《てんとう》した。

道長女の中宮彰子の懐妊も、この三月頃には公になっていた。その十九日、行成は夢を見たのである。諸僧が多く参入し、彰子懐妊のお祝いを申しているのであるが、行成が生まれる子の男女を自問すると、どこからか「男なり」という答えが聞こえてきたというのである。定子所生の敦康親王家別当を務め、一条の信任も厚い行成ではあったが、彰子が皇子を産み、一条と道長の関係が強化されることも宮廷の安定には必要であるとの思いから、このような夢を見たのであろう。

ただ、再び寝入った行成が、清涼殿《せいりょうでん》の背後にある後涼殿の南屏が顚倒した夢を見たというのは、いかなる思いの反映なのであろうか。道長の権力に対する思いか、そもそも後涼殿の意味するものは、彰子か、他の女御《にようご》か。いずれにしても、行成の複雑な心境が、この夢には表わされている。

敦康立太子の祈願

寛弘七年（一〇一〇）三月十二日条（伏見宮本）

この夜の夢に、讃岐《さぬき》の円座《わろうだ》（藁《わら》・菅《すげ》・藺《い》などを渦巻き形に円く編んだ敷物）数百枚を積んで、その上に臥《ふ》していた。これは内裏（一条天皇）の御祈願を奉仕して、見たものである。

この年の春以降、一条は行成が御前に参る毎に、定子所生の敦康の立太子《りったいし》の可否について下問していた（寛弘八年五月二十七日条）。藤原伊周《これちか》の薨去《こうきょ》という事態を承け、敦康の処遇について、心を悩ませていたのであろう。三月十一日、一条は御祈のために行成を石山寺《いしやまでら》に遣わした。祈願の趣旨は出立《しゅったつ》後に一条の「御書」によって秘密《ひみつ》裡に行成に伝えられた。行成は如意輪観音像《にょいりんかんのんぞう》の前で祈り、翌十二日、この夢を見た。

一条のための祈願を行なったという自覚が、このような夢を見させたのであろう。

「円座数百枚」とは、何とも豪毅《ごうき》なような、つつましいような願望である。

この例で興味深いのは、夢を見た理由をみずから記述している点である。行成は、夢というものが何故に現われるかを自覚していたのであろうか。

一条の石山如意輪観音経の夢

寛弘七年（一〇一〇）三月二十日条（伏見宮本）

内裏に参った。天皇の御前《ごぜん》に伺候した。先日、賜わった御祈願の趣旨を、皆、祈り申したこと、その際の夢想、及び御祈願の為、一万巻の寿命経《じゆみようきよう》を転読させたことを奏上《そうじよう》した。天皇がおっしゃって云ったことには、「汝（行成）の申したことと同じように、その石山寺の祈願の際、私も夢を見たことが有った。石山寺から僧が来て、如意輪観音経《によいりんかんのんきよう》を持って来た」と云うことだ。この綸命《りんめい》を承ったところ、感悦《かんえつ》は極まり無かった。すぐに中宮（彰子）の御在所《ございしよ》に参った。左大臣がいらっしゃった。

帰京した行成が、二十日に、十二日に見た夢想のことを一条に奏上すると、何と一条の方も、同じ日に石山寺から僧が如意輪観音経を持って来た夢を見ていたのであった。敦康関係の祈願を行なったということで、一条と行成の願いが一致していたのであろう。信頼し合う君臣関係が、よく表われている。

「感悦、極まり無し」という状態になった行成は、さっそく彰子の許に参り、これを伝えようとすると（彰子は敦康立太子に賛成していた）、そこに道長がいた。一条の延命のみならいざ知らず、敦康立太子に関する祈願となると、道長に知られるわけにはいかず、行成は驚いたことであろう。

一条天皇崩御

寛弘八年（一〇一一）七月十二日条（伏見宮本）

夏の末に夢を見た。天は大雪であった。その時、はなはだ寒かった。その雪は天から降って、板敷《いたじき》に満ちた。よく考えてみると、天から降ったのは、一条天皇の御崩御に遇うという予兆だったのである。堂上に満ちて足で踏んだというのは、私みずからこの夜の事を行なうということであった。俗に夏の雪の夢を穢徴《わいちょう》とするのである。ある者はまた、「検非違使が多数、天から降ってくるのを夢に見た。床子《しょうじ》を鳥辺野《とりべの》に立て、共にこれに坐《すわ》り、山陵《さんりょう》を卜占《ぼくせん》した」と云うことだ。その時は、故院（一条天皇）の御病悩《びょうのう》の頃であった。崩御に当たって、夢徴《むちょう》とした。ところが、吉方《えほう》を選んだので、この地を卜さなかった。その後、冷泉院上皇《れいぜいいんじょうこう》が九月朔日《さくじつ》から病悩され、十月二十四日、遂《つい》に崩御した。来月十六日、御葬送が行なわれる。「その所はこの野となるであろう」と云うことだ。およそ夢想には、また別説が有る。また、信じることはできないけれども、松桑《しょうそう》（不思議なことの意か）には験《しるし》が有る。また凡夫《ぼんぷ》の通信と謂《い》うものか。

寛弘八年の五月二十二日、一条は病に倒れたが、この後、六月に行成は夢を見ている。六月二十二日に崩御した一条の大葬《たいそう》が終わった七月十二日条に記しているその夢は、夏なのに大雪が降り、板敷に積もったというもので、一条崩御の前兆としたものである。一条の病状に対する不安によって見たものであろう。

もう一つ、ある人の見た夢というのは、天から検非違使が多数降ってきて、鳥辺野において一条の山陵を造営する地を卜占していたというものである。鳥辺野が定子の陵がある場所であることを想起すると、興味深い。定子の葬られている鳥辺野に葬られたいであろうという行成の忖度《そんたく》であるが、さすがに一条の存命中にこれを書くのは憚《はばか》られたのであろう（倉本一宏『一条天皇』）。

これらに続けて、この条には夢に対する行成の考えが語られている。「別説も有る」「信じることはできない」「験が有る」「凡夫の通信」など、様々に揺れ動く彼の思いは、平安時代における人々の夢に対する考えの集大成と言うべきであろうか。

一条側近の争論

寛弘八年（一〇一一）十一月十四日条裏書（伏見宮本）

夜の夢に、故一条院の御忌《ぎょき》の頃、左京大夫《さきょうだいぶ》（高階《たかしなの》）明理《あきまさ》朝臣、また（藤原）章信《あきのぶ》、及び他の旧臣たち四、五人の間で、いささか相論《そうろん》する事が有った。また、故冷泉院の事とも思われる。これらの中で、（藤原）近信《ちかのぶ》朝臣が同じく事を論じていた際、その詞《ことば》は極めてけしからぬものであった。そこで私は、燈台《とうだい》を執って近信の顔を打った。すると近信は憤怒《ふんぬ》した。けれども、近信ははなはだ愚かであった。その時、（藤原）重通《しげみち》と（藤原）時頼《ときより》〈時頼はつまり重通の父で、すでに死んでいた者である。〉など、二、三人の男たちが、そこにいた。私は、それらの男たちに命じて近信を凌轢《りょうれき》させようとした。ところがその事は、つまらないことであった。そこで私は、急に燈をうち棄《す》てた。

偽りに虚夢《きょむ》を説いて云ったことには、「夢の中に僧がいた。その顔は菩薩、その体は観音や地蔵などの菩薩のようであった。僧が説いて云ったことには、『この近信朝臣を凌轢してはならない。世の中には大事が有る。また、世ははなはだ無常である。ここは帝の居室でもある。まさに情義《じょうぎ》が有るべきである』〈夢の中の心情に、『情義が有る』と云ったのは、つまりたばかり（嘘）である。〉という夢を見た」と云うことだ。その時、世尊寺僧明鎮《みょうちん》たちが、そこにいた。すぐにこの夢を明鎮に語った。その時、近信が云ったことには、「この事は、まったく私の事ではありません」と。十六日に大事が有る。故冷泉院の御葬送は延引すべきである。この夢は今夜の二寝《にしん》（二度寝）の際に見た。そこで忘れないように、燈に臨んで、これを書いたのである。その時、すでに鶏鳴《けいめい》（夜明けごろ）であった。

一条崩御の後、一条を誹謗《ひぼう》・嘲弄《ちょうろう》する者がいたことは、『小右記《しょうゆうき》』寛弘八年七月十八日条（前田本甲《まえだほんこう》）にも見えるが、そのような状況の中、側近同士の忠義争いの夢でも見たのであろう。一条第一の側近であった行成ならではと言えよう。

注目すべきは、喧嘩《けんか》を収めるため、近信を凌轢することをやめた行成が、夢中に虚偽の夢を設定しているうえに、その夢を謀り（「たばかり」）と注記しているという点である。夢の中でその夢のことを虚夢だと言うなど、まさに左脳の発達した行成ならではと言うべきであろう。

ちなみに行成は、その夢を忘れないために、起き出して燈火の下でこの記事を書いたことを明記している。夢というものが、すぐに文章化しないと忘れてしまうものであることを、行成は自覚していたのであろう。

（4）家族や個人

最後に、行成の家族や行成自身など、私的な側面に関する夢を考えてみよう。これらが案外に少ないのは、古記録というものの本質に基づくものであろう。

妻、行成と明月を見る

長保四年（一〇〇二）二月九日条（伏見宮本）

……今夜、室女《しつじょ》（源泰清《やすきよ》女）は、私とともに明月を見る夢を見た。

これは行成室の、行成に対する愛情に基づく夢想であろうか。行成嫡妻《ちゃくさい》の源泰清女は、この頃、すでに懐妊していた。十月十四日、女児を産むものの、十月十六日に二十七歳で死去している（女児もこの日、死去）。あるいはこの二月にも、すでに自己の生命に対する不安を抱えており、それを踏まえて、出産後も行成とともに月が見たいという願望の現われた夢だったのであろうか。

淫事を行なう

長保四年（一〇〇二）九月二十六日条（伏見宮本）

……前夜の夢想で、淫事《いんじ》を行なったことは、はなはだ不浄であった。これは先日、桃薗《ももぞの》（世尊寺）において祈り申したものである。今、この夢は最も感応《かんのう》が有った。

行成には珍しい性夢である。しかもそれは、世尊寺において祈願したことだという。淫事の相手は当然のこと妻であり、これは妻のお産、病悩に関する夢と考えるのが妥当なところであろう。これも妻への愛情と健康不安に基づく夢想ということになる。なお、十月十六日に妻の死を看取った行成は、十八日、浄土信仰の散骨《さんこつ》思想に基づいて、その骨粉を鴨川《かも》に流した。

小野道風に逢う

長保五年（一〇〇三）十一月二十五日条（伏見宮本）

……この夜の夢に、小野道風に逢った。おっしゃって云ったことには、「書法《しょほう》を授けよう」と。雑事《ぞうじ》を言談した。

能書《のうしょ》としての行成の自覚と自信が、その道の大先達《だいせんだつ》である道風からの書法授与、および書についての言談という夢に結び付いたのであろう。この年、行成は七月三日に新造内裏の紫宸殿・承明門《じょうめいもん》の額を書き、十月四日にそれを一条に奏覧している。

紅雪を飲む

寛弘六年（一〇〇九）九月九日条（伏見宮本）

……この夜の夢に、故典薬頭《てんやくのかみ》（清原《きよはらの》）滋秀真人《しげひでまひと》が、紅雪《こうせつ》を私に服用させた。厚朴《こうぼく》の汁に入れて飲んだ。

前日の八日に、本草書《ほんぞう》（医療に関する植物・動物・鉱物に関する書）を読んだという記憶が、この夢を見させたのであろう。薬に関する知識が脳に記憶され、それが長寿を祈る重陽節会《ちょうようのせちえ》の夜、夢の中で蘇《よみがえ》ったということになる。

なお、『小右記』では紅雪は三条天皇《さんじょう》のみが服用したことからもうかがえるように貴重な薬であったらしく、これを飲みたいという行成の願望が、この夢を見させたとも考えられる。

(5) 他の古記録に見える行成の夢

その他、行成の見た夢に関しては、『権記』の写本が残っていない長和《ちょうわ》年間におけるものが、藤原実資《さねすけ》の『小右記』に記録されている。

斎宮の事の夢想

まず、長和二年(一〇一三)八月十八日条(前田本甲)では、行成は三条から斎宮《さいくう》御禊《ごけい》の事を執り行なうことを命じられたのであるが、道長は三条の命に従おうとしない。それに対して行成は、実資の養子の資平に、次のように語ったのである。

侍従(藤原資平《すけひら》)が内裏から退出して云ったことには、「……拾遺納言《しゅういなごん》(行成)が云ったことには、『斎宮の事は、敢えて行なうわけにはいかない。公家《くげ》(三条天皇)が懇切に命じられるのは、日を逐《お》って特に甚しい。ところが、左大臣(道長)が一切、承従《しょうじゅう》しない。これを考えると、神の怒りが有るのではないか。頻《しき》りに夢想が有った。ところが、大臣に申さなかった』ということでした。……公事の陵夷《りょうい》は、現在のようなことはありません」ということだ。

三条と道長の険悪な関係の中、その狭間に立ってしまった行成の苦悩が読み取れよう。それにしても、かつて行成が自身の昇進に関する夢を道長に語っていたことと考え併せると、お互いの立場の変遷によるとはいえ、隔世の感がある。

豊楽院の顚倒

次に長和五年（一〇一六）五月十一日条（前田本甲）では、

……今日、陣座に於いて、中納言行成卿が、秘《ひそ》かに云ったことには、「昨夜、豊《ぶ》楽院《らくいん》が顚倒することを夢に見ました。心に思うに、大嘗会《だいじょうえ》は行なってはなりません。もしかしたら何の夢想なのでしょうか」ということだ。頗《すこぶ》る宜《よろ》しくはないのではないか。

と見える。道長外孫《がいそん》の後一条《ごいちじょう》天皇が即位した後の大嘗祭《おおにえのまつり》（天皇即位の後、はじめて新穀を天照大神《あまてらすおおみかみ》はじめ天神地祇《てんしんちぎ》に奉る儀式）に関する夢想である。定子所生の敦康に対する思いも残っていたであろう行成としては、後一条の即位に対する様々な思いが募り、このような夢を見させたのであろう。

これらの例は、それこそ「夢語り共同体」のサンプルとも言えようが、道長への反発の思いでこれを記している実資と、王権と道長との狭間で苦悩している行成の思いとは、おのずと距離を隔てるものである。

なお、院政期《いんせいき》に藤原頼長《よりなが》の記録した『台記《たいき》』康治《こうじ》元年（一一四二）五月十五日条によると、行成は「屋が崩れるのを夢に見て、幾程《いくほど》も経ること無く薨じた」と伝承されていたことを付け加えておく。

（6）能吏の夢

以上、行成の『権記』に登場する夢を眺めてきた。いずれの夢についても、必ずしも「神仏からのメッセージ」を受けたと行成が認識していたわけではないことは明白である。夢というものが、行成自身が無意識のうちに、あるいは意識的に前頭葉《ぜんとうよう》に蓄積した記憶や情報が脳を刺激し、見させたものであるということは、自分でも気付いていたのである。自分の死に関する夢ですら、冷静な分析を行なうという点、この能吏の面目躍如といったところであろう。

見た夢に対して、宗教的な措置を施している例も多々見られるが、自身の幼い頃からの信仰に基づくものを除けば、多分に儀式や政務を円滑に執行するための儀礼的な側面が強い。諷誦などの措置さえ講じておけば、後は日常的な生活に復帰できるといった行動様式を想定できるのである。

そして、『権記』において特徴的なのは、行成が夢のメカニズムを冷静に認識していたということである。最初の夢を左脳に伝えて言語化した後、再び眠りに入り、朝に目覚めた後に二つの夢記事を記したり、夢を見た理由をみずから記述したり、夢の中でその夢のことを虚夢だと言ったり、夢を忘れないために起き出して記事を書いたりと、彼は夢というものがどういう構造で現われるものであるかということを、その優秀な左脳で見通していたのであろう。

2　藤原道長と『御堂関白記』

二番目に、藤原道長の記録した『御堂関白記《みどうかんぱくき》』に見える夢を考えていくことにしよう。

藤原道長

道長は、兼家の五男として康保《こうほう》三年（九六六）に生まれた。母は藤原中正《なかまさ》女《のむすめ》の時姫《ときひめ》。父の摂政就任後に急速に昇進し、長徳元年（九九五）、同母兄である道隆《みちたか》・道兼《みちかね》の薨去により一条天皇の内覧《ないらん》（太政官《だいじょうかん》から天皇に奏上《そうじょう》したり、天皇から宣下したりする文書を、あらかじめ内見する職）となって政権の座に着いた。右大臣、次いで左大臣にも任じられ、内覧と一上《いちのかみ》の地位を長く維持した。

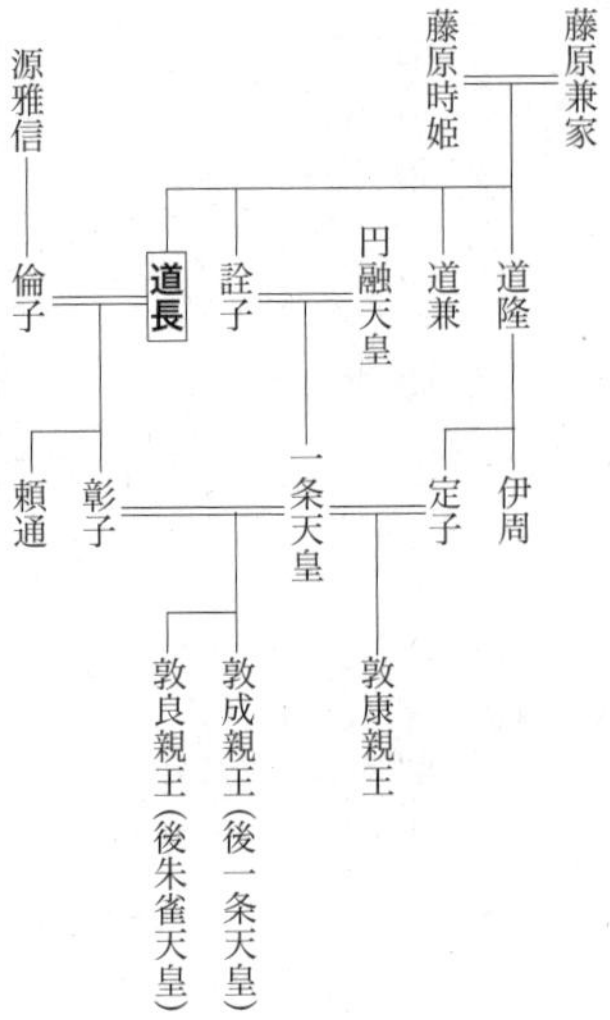

藤原道長関連系図

道隆嫡男の伊周《これちか》が自滅した後は政敵もなく、三条天皇とは確執も生じたが、女の彰子・妍子《けんし》・威子《いし》を一条・三条・後一条天皇の中宮として「一家三后」を実現するなど、摂関政治の最盛期を現出させた。長和五年（一〇一六）には後一条天皇の摂政となり、翌寛仁《かんにん》元年（一〇一七）にはこれを嫡男の頼通《よりみち》に譲り、太政大臣《だいじょうだいじん》となった。その後も「大殿《おおとの》」「太閤《たいこう》」と呼ばれて権力を振るったが、寛仁三年（一〇一九）に出家（法名 行《ぎょう》観《かん》、後に行覚《ぎょうかく》）、法成寺《ほうじょうじ》を建立し、その阿弥陀堂《あみだどう》において万寿四年（一〇二七）、六十二歳で薨去した。

道長の日記である『御堂関白記』は、『法成寺摂政記《ほうじょうじせっしょうき》』『御堂御記《みどうぎょき》』などとも称される。道長は、政権を獲得した長徳元年から日記を記し始め（『御堂御記抄《みどうぎょきしょう》』）、寛弘元年（一〇〇四）からは継続的に書き続けている。現存するものは、長徳四年（九九八）から治安《じあん》元年（一〇二一）の間の記事である。摂関政治の全盛期を、豪放磊落《ごうほうらいらく》な筆致と独自の文法で描いている。

元々は半年分を一巻とした具注暦《ぐちゅうれき》に記した暦記《れきき》が三十六巻あったと考えられる（『旧記目録《きゅうきもくろく》』『御堂御暦記目録《みどうごりゃくきもくろく》』）。京都の陽明文庫《ようめいぶんこ》に、自筆本十四巻、孫の師実《もろざね》の時代に書写された古写本十二巻が伝わっているが、その伝来の経緯により、散逸してしまった年もある。

『御堂関白記』の夢

次に『御堂関白記』の記事が残存する年と、夢記事の存在する年を表示してみよう。

表10　『御堂関白記』の夢

年次	西暦	年齢	主な官職	夢記事	記主の夢	口実の夢	その他の夢
長徳四	九九八	三三	左大臣兼内覧	0	0	0	0

長保元	九九九	三四	2	2	2	0
二	一〇〇〇	三五	1	1	0	1
三	一〇〇一	三六	–	–	–	–
四	一〇〇二	三七	–	–	–	–
五	一〇〇三	三八	–	–	–	–
寛弘元	一〇〇四	三九	5	1	4	1
二	一〇〇五	四〇	0	0	0	0
三	一〇〇六	四一	0	0	0	0
四	一〇〇七	四二	1	1	1	0
五	一〇〇八	四三	0	0	0	0
六	一〇〇九	四四	1	1	1	0
七	一〇一〇	四五	0	0	0	0
八	一〇一一	四六	1	0	1	0
長和元	一〇一二	四七	1	0	0	1
二	一〇一三	四八	2	2	0	2

三	一〇一四	四九		−	−	−	−
四	一〇一五	五〇		0	0	0	0
五	一〇一六	五一	摂政	2	2	1	1
寛仁元	一〇一七	五二	太政大臣	1	1	0	1
二	一〇一八	五三		0	0	0	0
三	一〇一九	五四	（出家）	0	0	0	0
四	一〇二〇	五五		0	0	0	0
治安元	一〇二一	五六		0	0	0	0
合計				17	11	10	7

夢に関する記事が見られるのは、一七回。そのうちで記《き》主《しゅ》である道長自身の見た夢は一一回である。これらの夢を見たという記事が何月に多いかを調べると、正月一回、二月三回、三月三回、四月なし、五月なし、六月二回、七月なし、八月一回、九月なし、十月一回、十一月なし、十二月なし、という結果となった。道長の場合も、特に季節による変化はなかったようである。

それでは以下に、これらの夢記事を見ていくこととしよう。現代語訳（倉本一宏訳

『藤原道長「御堂関白記」全現代語訳』）の基になった本文は、自筆本（陽明文庫蔵）、古写本（陽明文庫蔵）、および平松本《ひらまつ》（京都大学附属図書館蔵）を底本とした東京大学史料編纂所・陽明文庫編纂『大日本古記録　御堂関白記』によるものとする。『陽明叢書　御堂関白記』所載の自筆本・古写本の写真版、および自分で撮影した高精度の写真、また平松本の写真版も入手し、それらも参照した。

驚くべきことに、と言うか、『御堂関白記』を日常的に読んで道長に接している立場としては別に驚くことはないのであるが、『御堂関白記』における道長の夢というのは、そのほとんどがどこかに外出、あるいは参列することを回避するための根拠としての夢なのである。具体的に夢の内容を記述することもなく、本当に見たかどうかが怪しいものも多い。

道長が、夢見が悪いことに対して極度の恐怖を感じていた可能性も、まったく考えられないわけではないが、もしかしたら、言わばサボりの口実として夢を使っている可能性も考えなければならないということになる。

また、当然と言えば当然なのであるが、『御堂関白記』には昇進に関する夢がまったく見られない。道長にとって、現実の公卿社会における昇進などは、もはや夢の世界の話ではないということなのであろう。

（1）　口実としての夢

それでは、まずはサボりのための口実の可能性のある夢を考えていこう。

諸社奉幣に不参

長保元年（九九九）二月二十日条（古写本〈平定家《さだいえ》筆〉）

天が晴れた。諸社に祈年穀奉幣使《きねんこくほうべいし》の発遣を行なうことになっていた。ところが夢想が宜しくなかったので、参入しなかった。この日、土御門第《つちみかどてい》の新しい馬場《ばば》に、初めて馬を馳《は》せた。公卿たちが多く来た。これは春日祭の競馬《くらべうま》に参るからである。

諸社に奉幣使を発遣する儀式というのは、大極殿《だいごくでん》で執り行なわれるのであるが、道長はこれに対し、「夢想」がよくなかったという理由で参入しなかったのである。よほど夢見が悪かったのであろうか、それとも道長というのはこういった夢の啓示を信じやすい人だったのであろうか、はたまた神事に関わることなので、よほど不浄を避けたのだろうか、などと思いたくなるところであるが、こういったことが何度も続くとなると、また話は別である。

土御門第故地（京都仙洞御所北池）

しかもこの日、道長は自邸において、新築の馬場に馬を走らせ、多くの公卿たちを招いているのである（土御門第を南北二町に拡張したのは、この馬場を作るためだったと指摘されている）。彼の馬好きは有名であるが、こうなると行きたくない所には夢想を口実にして行かず、やりたいことだけはそれにもかかわらずやるといった行動様式を想定したくもなるというものである。

道長が案外に小心翼々と物忌《ものいみ》などの禁忌に従っていたことは、すでに指摘されているところである（加納重文「藤原道長の禁忌生活」）。道長が夢想に起因する物忌を怖れていたことも確かであろうが、しかしその内実は、どうしてもやりたいこと、やらなければならないことは、それにもかかわらず敢行したのであるし、それほどやりたくないこと、やらなくても済みそうなことに関しては、夢想を口実にしてサボっていたのである。これは多かれ少なかれ、夢に対して平安貴族全般に見られる行動様式だったのではあるまいか。

仁和寺僧正の法事に不参

長保元年（九九九）六月三日条（古写本〈平定家筆〉）

仁和寺《にんなじ》の故大僧正《だいそうじょう》（寛朝《かんちょう》）の周忌法事《しゅうきほうじ》である。そこで僧の食事を送った。夢想がよくなかったので外出しなかった。（源）道方《みちかた》朝臣を介して、御馬交易使《こうえきし》右馬允《うまのじょう》（橘）公憲《きみのり》の申文《もうしぶみ》を奏上させた。

「仁和寺の故大僧正」というのは寛朝のことで、宇多《うだ》天皇の孫で源雅信《まさのぶ》の同母兄、ということは道長の嫡妻である源倫子の伯父《おじ》にあたる。その周忌法要がゆかりの仁和寺で行なわれたのであるが、道長はこれも「夢想」がよくなかったという理由で参入しなかった。どうも道長は仁和寺と倫子の関わりに関して含むところがあるように思えるのであるが、それについてはいずれ考えることにしよう。

この例は、宗教行事に際して、夢想の良し悪しを重要視したものとも考えられる。

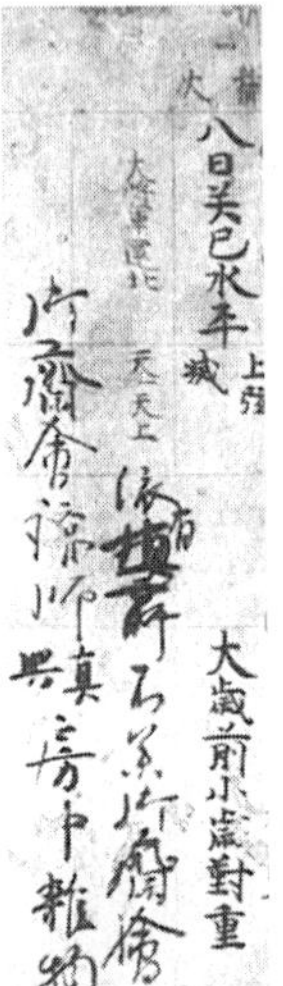
八日癸巳 水平
大歳前小歳對重

『御堂関白記』寛弘元年正月八日条(自筆本, 陽明文庫蔵)

しかしその一方で、陸奥《むつ》御馬交易使（陸奥国から交易によって馬を進上《しんじょう》させる使）の解文《げぶみ》を一条に奏上させているのである。一見すると公務に励む姿がうかがえそうであるが、実はそうとばかりは言えない。交易御馬御覧《ごらん》が行なわれると、道長クラスの大臣になると、朝廷の馬寮《めりょう》に入る馬とは別に、馬が牽《ひ》き分けられるのである。その馬のリストを道長があらかじめ内覧するというのは、めぼしい馬に唾を付けておいたものとも考えられよう。やはり馬に関することについては、やる気を見せる道長であった。

御斎会に不参

寛弘元年（一〇〇四）正月八日条（自筆本）

慎むことが有ったので、御斎会《ごさいえ》にご参らなかった。人の夢想があっただけである。修理《しゅり》職《しき》に命じて、御斎会講師《こうじ》〈真興《しんこう》。〉の房中《ぼうちゅう》に雑物《ぞうもつ》を送らせた。

御斎会も大極殿で大規模に行なわれる法会《ほうえ》であるが、どうも道長は大極殿には行きたがらない傾向があるのであろうか。『大鏡《おおかがみ》』（人「太政大臣道長」）に見える、夜中に肝試《きもだめ》しをして大極殿高御座《たかみくら》の柱を削ってきたという説話《せつわ》と考え併せると、興味深い。

この条は自筆本が残っており、道長の記述の順番がわかる。彼はまず「依物忌」と書き、物忌によって御斎会に不参することを書こうとした後、「物忌」の上に重ねて「慎所」と、「依」と「慎」の間に「有」と書き、「不参御斎会」の次に「人夢相耳」と記しているのである。それはあたかも、記述の最中に誰かの夢想を思い付いたかのようである。

ましてや、「人の夢相」があっただけと言っておきながら、いったい誰の夢想なのか、はっきりと記していない。触穢《しょくえ》（死・産などの穢《けが》れに触れること。一定期間、神事を行なったり参内したりすることができなかった）とは違って、夢想には証拠が残らないし、まして他人の夢ともなると、はなはだ漠たるものである。こうなると、道長の口実を作る「共同体」といったものが道長の周囲には存在したのかとも思えてしまう。

これも宗教行事に関わるものであるから、土御門第全体が夢想にまで気を遣ったものとも考えられるが、やはり不参の口実としての夢想の可能性も捨てきれない。

なお、「夢相」という語を夢合わせの意で考えることも可能であるが、基本的には古記録に見える「夢相」は「夢想」を略したものと考えておく。

観修の見舞いをせず

寛弘元年（一〇〇四）六月五日条（自筆本）

……前僧正《さきのそうじょう》（観修《かんしゅう》）の許から、円観《えんかん》を遣わして書状がきた。「只今、参上しようとしておりましたところ、一条橋《いちじょうばし》の下で車を覆しました。顔の所々が損傷してしまいました」と。未だ到着しなかったので、不審に思っていたことは少なくなかったのである。

夢想が閑《しず》かではなかったので、みずから見舞いに参ることはできなかった。明日、参って情況を聞かねばならない。

「前僧正」というのは、道長が深く帰依している長谷解脱寺《ながたにげだつじ》の観修のことである。道長邸に向かう途中で事故に遭ったのであるから、見舞いに行けばよさそうなものであるが、「夢相、閑かならず」という理由で出かけていない。

この条も自筆本が残っていて、記述の順番がわかる。彼はまず「不能」と書いて（「不能参〈参ること能はず〉」と書こうとしたか）、理由を書かねばならないと思い、「不能」の上に「依夢」を書き、「依夢相不閑」と続けている。この例もまた、「能」という字を書いた後に「夢相」を思い付いたかのようである。本当にこの夢想があったかどうか、これでは怪しまれても仕方があるまい。

なお、翌六日には、道長は世尊寺に治療中の観修を見舞い、「顔の所々に傷が有った。見て嘆くことは極まり無かった。恐れに思うことは少なくなかった」と記している。

彰子大原野行啓の延期

寛弘元年（一〇〇四）八月二十二日条（古写本〈平定家筆〉）

右衛門督《えもんのかみ》（藤原斉信《ただのぶ》）が云うことには、「中宮が大原野《おおはらの》社《しゃ》に参詣なさる事は、如何なものでしょうか。『ある者に夢想の告げが有った』ということです。それに今年は旱魃《かんばつ》が有ります。参詣なさるのは大変な事なのであります。それでこれまで、中宮は停められていたのです。占筮《せんぜい》させて決定すべきでしょう」と。すぐに（安倍《あべの》）晴明《はるあきら》と（賀茂《かもの》）光栄《みつよし》を召して占筮させたところ、「事情を申されて、延期なさるのが吉《よ》いでしょう」ということであった。そこで延期した。

道長の長女で一条の中宮である彰子が大原野社に参詣するのは、実は四年前に彰子を中宮に立てる際に一条を説得した際の根拠だったのであって、とても大事なことなのである（倉本一宏『摂関政治と王朝貴族』）。

ところが、いざ中宮に立ってみると、一向に彰子は大原野社に参詣しようとしない（大原野社は長岡京《ながおかきよう》時代に春日《かすが》社を勧請《かんじよう》した藤原氏の氏神《うじがみ》で、平安京《へいあんきよう》からは少し遠い）。この寛弘元年になって、いよいよ行啓《ぎようけい》が行なわれることになったのであるが、八月に入ってから、彰子の健康は優れなかったようで、前日にも「御悩《ごのう》有り」という報告が届いている。この彰子こそ、道長家に栄華をもたらしてくれる頼みの綱なのであり、万一のことがあっては大変である。というわけで、道長周辺では、行啓を思い留《とど》まらせようという空気があったのであろう。

この「ある者に有った夢想の告げ」というのも、道長周辺の空気を忖度した者の意識が見させたものと思われる（本当に見たとしたら、の話であるが）。道長は、すぐさま陰陽師《おんみようじ》を召して占いを行なわせ、当然のこと延期が決定されたのである（陰陽師は依頼者の意思どおりの占いを行なうことが多い）。

結局、彰子が「行幸《ぎようこう》の例によって行なう」といった仰々しさで大原野社に行啓したのは、翌寛弘二年（一〇〇五）三月八日のことであった。

参内せず

寛弘元年（一〇〇四）十月六日条（古写本〈平定家筆〉）

……内裏に参ろうとしている時、「人の夢想が宜しくなかった」ということなので、参らなかった。

こんな理由で欠勤できたらいいなあと、いつも思うのであるが（「……先生は家族の夢見が悪かったので休講」なんていう掲示があったら素敵である）、これも道長の雰囲気を察した周囲の「配慮」なのであろう。しかし考えてみれば、これで通ってしまうほどの道長の人徳、というか人間性なのであろう。

脩子内親王慶賀に不参

寛弘四年（一〇〇七）正月二十三日条（平松本〈古写本系〉）

帥《そち》（藤原伊周）の許に告げ送ったことには、「今日、一品宮《いっぽんのみや》（脩子《しゅうし》内親王）の御慶《けい》賀《が》を天皇に奏上する予定になっているということを、昨日、聞きました。ところが、私は今夜の夢想が宜しくありませんでした。物忌のうえにまた、この事が有りました。汝《なれ》（伊周）は早く内裏に参って奏上なさりなさい」と。他の人々は、みずから誘い合わせて参るであろうか。

左頭中将《さとうのちゅうじょう》（源）頼定《よりさだ》が来て、天皇の仰せを伝えたことには、「天皇がおっしゃって云われたことには、『女叙位《おんなじょい》（女官の叙位《にょうかん》）は汝（道長）が参内しないので行なわない。除目《じもく》（諸官、特に春の県召除目《あがためし》は受領《ずりょう》を任命する儀式）は何日の頃に行なうべきであろうか』ということでした」と。私が奏上して云ったことには、「二十六日が宜しくございましょうか。二十七日は天皇の御衰日《すいにち》（生年月の干支や年齢により、万事に忌み慎むべき凶日）です。ただし、私は病悩《びょうのう》していて、内裏に参れるかどうかは、わかりません」と。先日、このことを奏上しておいたのである。次々の序列の人に、除目も命じられるべきものである。

まずは、この月の二十日に一品に叙された脩子内親王の御慶奏上に関するものである。二十三日、道長は脩子の外舅《がいきゅう》である伊周とともに参内して一条に慶《よろこ》びを奏上する予定であったが、物忌の上に夢想が宜しくなかったという理由で参内せず、伊周一人に行かせようとしている。

定子所生の長女（ということは一条の第一子）である脩子の存在がクローズアップされることは、いまだ女の彰子に懐妊の気配が見られない道長にとっては、あまり喜ばしいことではなかったはずである。同じく定子が産んだ第一皇子である敦康親王の存在をも、宮廷社会に再認識させることにつながるからである。

　ということで、自分がこの慶事にあまり乗り気ではないことを、皆に知らせる必要があった道長は、またもや「労《いたつ》く所（＝夢想＋物忌）」を発生させて、これを欠席した。「大臣の下、大納言の上」という席次で公卿社会に復帰していた伊周一人でこれを行なった場合、はたして「他の人々」は一緒に参内するであろうか、道長は情報のアンテナを張りめぐらせて、公卿たちの動静を見つめていたはずである。

　それに対して、若い頃ならいざ知らず、すでに辛酸を嘗《な》めきってきて、一条と道長の恩顧にすがるしかない伊周は、この日の参内を取りやめた。道長の不興《ふきよう》を買うことがわかっていながら、伊《い》周に付き従って参内する公卿がいたとも思えない。結局、伊周は二十六日に道長を先頭とした藤原氏の公卿・殿上人《てんじようびと》とともに御慶を奏上している。

　もう一つは、一条から蔵人頭《くろうどのとう》を遣わしてもたらされた執筆《しゆひつ》（除目の上卿《しようけい》）を奉仕することとの要請への回答である。道長はこれも「労く所」を理由に辞退しているが、実はこれはこの数年の「年中行事」なのであった。長保《ちようほう》二年（一〇〇〇）八月に病気の道長の要請を容《い》れて右大臣の顕光《あきみつ》に除目を奉仕させたことに対するわだかまりが、道長には残っていたのであろう（倉本一宏『一条天皇』）。このやりとりは、結局一条が崩御する寛弘八年（一〇一一）まで続くことになるのであるが、辞退の言い訳として、母時姫の忌日《きにち》や病悩に加えて、「夢想」が使われているのは、興味深い。

陣定に不参

寛弘六年（一〇〇九）九月五日条（自筆本）

……陣定《じんのさだめ》を行なおうとしたところ、雨が降ったうえに、人の夢想が閑かではなかったので、内裏に参らなかった。来たる八日に議定《ぎじょう》するということを伝えた。

この日に開かれるはずの陣定では、宇佐八幡宮宝蔵焼亡《ほうぞうじょうもう》の事、宇佐八幡宮宮司《ぐうじ》と講師との間の争論の事、宋《そう》人来着の事、大宰府《だざいふ》非法《ひほう》の事など、面倒な議題が目白押しであった。なぜか雨を嫌う道長としては、あまり気乗りのしない議定であったはずである。

加えて、前日の四日には三女の寛子《かんし》が病悩、この五日には彰子のための御修善《みしゅぜん》と続き、頭がそちらに向いていたことも考えられる。方便としての「人の夢相」が発生するのも、当然の成り行きであった。ちなみに陣定は、「天晴る」という天候の下、八日に行なわれている。

冷泉院法事に不参

寛弘八年（一〇一一）十一月七日条（古写本〈藤原師実筆〉）

人の夢想が有ったので、物忌に籠居していた。皇太后宮大夫《こうたいごうぐうだいぶ》（藤原公任《きんとう》）が、故冷泉院《れいぜいいん》の七七日の御斎会の準備を始めた。御斎会の行事《ぎょうじ》は、参議は大蔵卿《おおくらきょう》（藤原正光《まさみつ》）と左宰相《さきいしょう》中将《ちゅうじょう》（源経房《つねふさ》）、弁は（藤原）経通《つねみち》であった。五七日《ごしちにち》の御法事《ほうじ》は、故冷泉院の院司《いんじ》たちが奉仕すべきである。法服《ほうふく》・袈裟《けさ》・綾《あや》の衣を調達し始めた。

この年の十月二十四日に崩御した冷泉院の法要が、この日、定められた。ところが道長は、「人の夢相」を口実に、その議定に参加しなかったのである。六月十三日に一条の譲位《じょうい》を承けて三条天皇の受禅《じゅぜん》と彰子所生の敦成《あつひら》親王の立太子が実現し、新時代に立ち向かおうとする道長にとっては、四代も前の冷泉の法要定などは、意識の外にあったのであろう。

三条院を見舞わず

長和五年（一〇一六）八月二十七日条（古写本〈平定家筆〉）

夢想によって、外出しなかった。三条院から、御心地《ここち》が悩《や》んでおられるという知らせがきた。

この年の正月に退位させた三条院から、病悩のことを知らせてきたのであるが、道長は「夢想」によって見舞いに行くことはなかった。この「夢想」が本当にこの日の明け方にあったものなのか、はたまた三条からの知らせを受けてから発生したものなのかは、知る由もないが（『御堂関白記』は記述の順番と実際の時間軸とが一致しない場合が多い）、少なくとも道長が見舞いに出かけたくはなかったであろうことは確かである。

（2）その他の夢

次に、道長が口実として使った以外の夢について考えていこう。これは主に宗教的なものが多い。

夢想によって講師宣旨を下す
長保二年（一〇〇〇）三月二十日条（自筆本）

……今朝、定好《じょうこう》を興福寺《こうふくじ》維摩会《ゆいまえ》講師《こうじ》とするという宣旨《せんじ》を下した。これは夢想によるものである。

道長の「夢相」によって、興福寺維摩会の講師（勅会に際し講経の任にあたる者）が決定したというものである。大極殿の御斎会、興福寺の維摩会、薬師寺《やくしじ》の最勝会《さいしょうえ》の講師を務めると已講《いこう》と称することになり、僧綱《そうごう》（僧正《そうじょう》・僧都《そうず》・律師《りつし》からなる僧位）への階梯《かいてい》となるのであるが、このような重要な地位を夢想で決めていいものなのだろうかと考えてしまう。

しかし、興福寺僧の定好はすでに五十二歳、年﨟《ねんろう》三十九年と、講師にふさわしいベテランであった。加えて、前年の十月に次の維摩会講師の候補に挙がっていたとなると（『権記』長保元年十月十六日条〈伏見宮本《ふしみのみや》〉）、当然ながら道長の脳裡にも記憶されていたわけであり、それが夢で蘇ってきただけのことであろう。

飲酒御覧の夢

寛弘元年（一〇〇四）七月十一日条（古写本〈平定家筆〉）

今朝、天皇は御夢を見られた。「酒を飲む夢を御覧になられた」ということだ。

すぐに奏上して云ったことには、「雨が降るのでしょうか」と。酉刻《とり》（午後五時―七時）の頃、奏上した。天気（天皇のご機嫌）は宜しかった。退出した後、午《うま》の後刻《ごこく》（正午―午後一時）に小雨が降った。天が事に感じることが有ったのだろう。雷声が有った。

この年の夏は炎旱《えんかん》が続いていたが、七月十日、ついに一条は清涼殿の庭中において雨を祈るという挙に出た。そして翌十一日の朝、一条はこの夢を見たのである。これを聞いた道長は、すぐさま「雨が降るのでしょうか」と奏上（酉刻に奏上したというのは間違いであろう）、それを承けた一条は上機嫌であったとある。民を思う一条の心情と、道長との円満な君臣関係がうかがえる例である。

なお、「事、感ずる」ことがあったらしく、午の後刻、雷声とともに小雨が降り、十二日から十四日までは雨が続いている。ただ、その後はまた炎旱が続き、七月二十日、寛弘と改元された。

これは天皇の聖性に関わる問題であり、その国家史的意義は別に考えなければならないが、十日の祈雨《きう》の記憶が十一日の朝の夢に影響を与えたことは、言うまでもない。飲酒と雨と関係があるのかわからないが、俗に酒も菓子も好む人のことを「雨風《あめかぜ》」と言うらしいから、何か関係はあるのであろう（雨を降らせる竜神《りゅうじん》の好物は酒ともいう）。

賀茂祭開催の夢

長和元年（一〇一二）五月一日条裏書（自筆本）

右大将《うだいしょう》（藤原実資）が語って云ったことには、「賀茂祭《かものまつり》は、触穢が有ったのではありますが、神の御心としては、やはり祭を行なうということだったのでしょう。これはつまり、『賀茂斎院《かもさいいん》の下部《しもべ》と斎院（選子内親王《せんし》）の御夢に、祭の開催を催す事を度々見られたのである』ということです。これによって考えますと、先年の小野太政大臣《おののだいじょうだいじん》（藤原実頼《さねより》）の夢想も、これと同じでした。畏《おそ》れ多く思うことは少なくなかったのです。また、祭の間に特別な事は無かったのですから、祭を行なったのは吉《よ》かったのでしょう」ということだ。

この年の賀茂祭の直前、三月二十四日に内裏で下女《しもおんな》が死ぬという事件があったものの、四月二十四日から予定どおり賀茂祭は行なわれていた。四月二十六日に後に述べる賀茂斎院（斎院司）下部の者（雑役）の夢想があったのであるが、結局は賀茂祭行事の実資は祭を続け、この五月一日、道長に賀茂祭続行の事情を説明したのである。賀茂祭続行の根拠として実資が語ったことは、「神の御心」であった。そしてその具体的な現われとして、「斎院（斎院司）の下部と斎院（斎王）の御夢」に「祭の開催を催す事」があったと述べている（「先年〈天暦《てんりゃく》四年（九五〇）〉の太政大臣〈実頼〉の夢相」は、具体的には不明）。

このうち、「斎院の御夢」というのは、『小右記』長和元年四月四日条（前田《まえだ》本甲《こう》）に斎院選子内親王が「祭を止めてはならないという神感《しんかん》があった」と語ったことを指すのであろうが、夢を見たとは書かれていない。さらに「斎院の下部」の夢となると、『小右記』長和元年四月二十六日条（前田本甲）に見える次のものを指しているはずである。

……また、（斎院長官《さいいんのかみ》源為理《ためまさ》朝臣が）云ったことには、「斎院の下部の夢に、車に乗った人が東門の外に来て、車を留め、院司を召し出しました。長官以下が、すべて参列しました。車に乗った人が云ったことには、『「祭を停めることになった」と云うことでした。如何《いかが》でしょうか、事実でしょうか』と。私（為理）が申して云ったことには、『そうであってはならない事です。行なわれるべきです』と。感心した様子が有って、その人は帰り去りました」と。

これを見る限り、夢の中で語られているのは、祭の停止《ちょうじ》であったはずであり、実資が道長に語ったのは、斎院長官の源為理が申した意見である。賀茂祭を円滑に執行したい実資としては、「夢想」の内容を改竄《かいざん》して、道長に語っていることになる。いや、もしかすると、道長もそれを知っていて納得した（ことにした）可能性もある。

ここでは、夢を「神の啓示」と考えるわけではなく、人間の現実的な意志を優先させ、夢を都合のいいように利用している姿が現われているのである。

なお、この日の『御堂関白記』の記事は、具注暦の表に記されたのは、「内裏に参った。候宿《こうしゅく》した」というもののみであり、夢に関するこの部分は、すべて裏書《うらがき》である。道長には、このような秘事は裏に記すべきであるとの思いがあったのであろうか。

道長重厄の夢想

長和二年（一〇一三）二月二十六日条（平松本〈自筆本系〉）

夜通し、雨が降った。暁方、二度の夢想が有った。一日中、雨が降った。申刻《さる》（午後三時―五時）に、我が家の請印《しょういん》を始めた。（藤原）知章《ともあきら》朝臣が、文書《もんじょ》三枚の請印を行なった。

「明救《めいきゅう》・頼命《らいめい》。丑時《うし》。」「八月。寅時《とら》。」

「一」に入っているのは、道長が記した頭書《とうしょ》である。元々自筆本にあったものを、平松本が写したものである。本文だけを見ると、道長に二度の夢想があったこととしかわからないのであるが、この頭書と『小右記』を併せると、道長に大変なことが起こっていることがわかるのである。まず、『小右記』長和二年三月一日条（前田本甲）には、次のように記録されている。

……近江守《おうみのかみ》（知章）が来て、語った次いでに云ったことには、「去月二十六日の夜、左大臣（道長）は、重く慎まれなければならないという夢を見ました。夢から醒めて仏前に詣で、祈請《きしょう》を致されました。夜中、重ねて八月に重厄《じゅうやく》があるということを示されました。恐怖の様子が有りました」ということだ。この事は、先日、太皇太后宮大夫《たいこうたいごうぐうだいぶ》（公任）が、同じく談説したところである。

ここに見える知章というのは、『御堂関白記』で道長家の請印を行なったと記録されている道長の家司《けいし》である。彼は、二十六日に道長から夢想のことを聞いたのであろうが、それを三月一日に至り、実資に告げたのである。最初の夢は、重く慎まねばならないというもので、道長は起きて仏前に詣で、祈請を行なったとある。そして再び眠った際、八月に重い厄があるという夢を重ねて見て恐怖していたというのである

（最初の夢を見た際に起き出さずに眠り続けていれば、道長のこと、それも忘れ、一度目の夢も見ないですんだであろうに）。

これなどは、道長の「両度の夢想」を正確に記述しており、「夢語り共同体」どころか、「夢の内容を言い触らす共同体」みたいなものであるが、道長の動静というのは、宮廷社会全体にとっても、高い関心を呼んだものであったであろうから、当然話題となるのである。ちなみに知章の女は実資の養子である資平《すけひら》の妻となり、『春記《しゅんき》』の記主である資房《すけふさ》を産んでいる。

それはさておき、この『小右記』の記事を見ると、『御堂関白記』の頭書は、この二つの夢に関わるメモであったことがわかる。この年は、『御堂関白記』は自筆本が残っていないのであるが、自筆本を転写した平松本が残っている。この頭書は、はじめのものが、丑刻（午前一時―三時）に夢を見たこと、明救・頼命に祈請を行なわせることを語っており（二十五日条の上部に記されているが、二十六日条の頭書であることは明らかである）、後のものが、寅刻（午前三時―五時）に二度目の夢を見たこと、八月に厄があるということを語っているのである。

一般に、道長は『御堂関白記』には自分に都合の悪いことは書かないことが多い。夢に関しても、その具体的な内容を記さないのは、書くとそのことが確定してしまうとでも考えていたのであろうか。ところが、この頭書によって、はからずも夢の内容

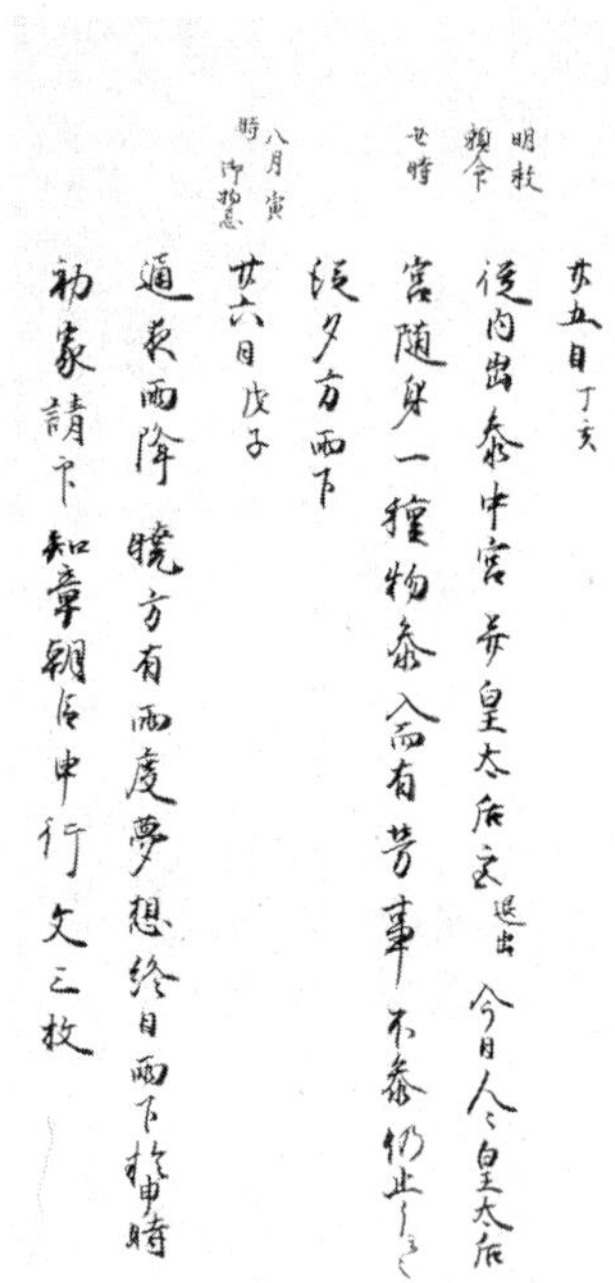

『御堂殿御記』長和二年二月二十五，二十六日条（平松本〈自筆本系〉．京都大学附属図書館蔵）

が明らかになってしまったのである。この年に限って、平松本が古写本ではなく自筆本を写したことの有り難さを思わずにはいられない（古写本は自筆本の頭書を写さないことが多い）。

なお、『小右記』長和二年三月四日条（前田本甲）には、

……「左大臣は上表《じょうひょう》することになった」と云うことだ。夢想の告げによって、急に思い企てられたものか。これは近江守知章の説である。

と、三月七日条（前田本甲）には、

資平が内裏から退出して云ったことには、「……左大臣は、あの夢想の後、来たる八月まで精進《しょうじ》を行ないます。毎夜、念誦堂《ねんじゅどう》に於いて額を突いています」と云うことだ。左大臣が上表するであろうということは、一、二の卿相が告げた。「その次いでに秘計《ひけい》が有るようだ」と云うことだ。もしも事実であれば、攘災《じょうさい》・延寿《えんじゅ》の思いではないか。

とあり、道長は辞職すら念頭に置いて、一心不乱に精進や祈禱《きとう》を行なっていることがわかる。

東宮の修善

長和二年（一〇一三）三月三日条（古写本〈平定家筆〉）

早朝、東宮《とうぐう》（敦成親王《あつひら》）の許《ぎょうかしゃ》（凝華舎）に参った。「この夜、少し病悩の様子がございました」ということだ。ところが、大した事は無くいらっしゃった。そこで退出した。今日、東宮の御燈の由《よし》の御禊《ごけい》を奉仕させなかった。これは、去年、御服喪によって停止としたもので、今年、行なうべきものであった。ところが、触穢が有ったので、初めての御禊ということで中止した。皇太后宮に還り参って、その情況を申させた。今夜から、明救僧都《みようぐそうず》を招請して、土御門第において修善《しゆぜん》を行なわせた。これは前月の夢想によるものである。仏堂に籠《こも》った。

最後の部分の、「夢想」による「修善」が、先ほどの二月二十六日の夢想に関わるものであるが、それでもなお、外孫《がいそん》敦成の病悩に際しては、何を措《お》いても見舞いに駆けつけている。「夢想」に対する恐怖と、現実の政治的要請への対処とを、巧みに使い分ける道長であった。

夢想により諷誦を修す

・長和五年（一〇一六）十月十二日条（古写本〈平定家筆〉）

昨日と今日は、内（後一条天皇）の御物忌である。私の夢想が静かではなかった。そこで御諷誦を修させた。

・寛仁元年（一〇一七）三月二十五日条（古写本〈藤原師実筆〉）

夢想が静かではなかったので、諷誦を修させた。

ともに「夢想が静かではなかった」という理由で、僧に経を読ませている。一見すると、宗教的な怖れに動かされているかのようであるが、逆に言えば、僧に経を読ませる程度のことで、安心して通常の生活を行なっているのである。彼らの宗教的建前と世俗的本音の実体というものであろう。

『御堂関白記』に見える宗教的な「夢想」は以上のとおりであるが、他に突然の「物忌」が発生している場合が結構ある。自筆本頭書の「物忌」という記載のうち、暦を作成した暦博士《こよみはかせ》や陰陽師が前年の内に記したもの以外に、道長の筆による「物忌」というのがそれにあたるのであろうし、同じく道長の筆による「慎」というのもそうかもしれない。また、古写本頭書の「御物忌」「物忌」のうちにも、それにあたるものも存在したであろう。これらは、『小右記』の言う「夢想物忌」「夢想慎」の可能性がある。夢見が悪かったので、その日は慎んでいたという可能性も考えるべきであろう。

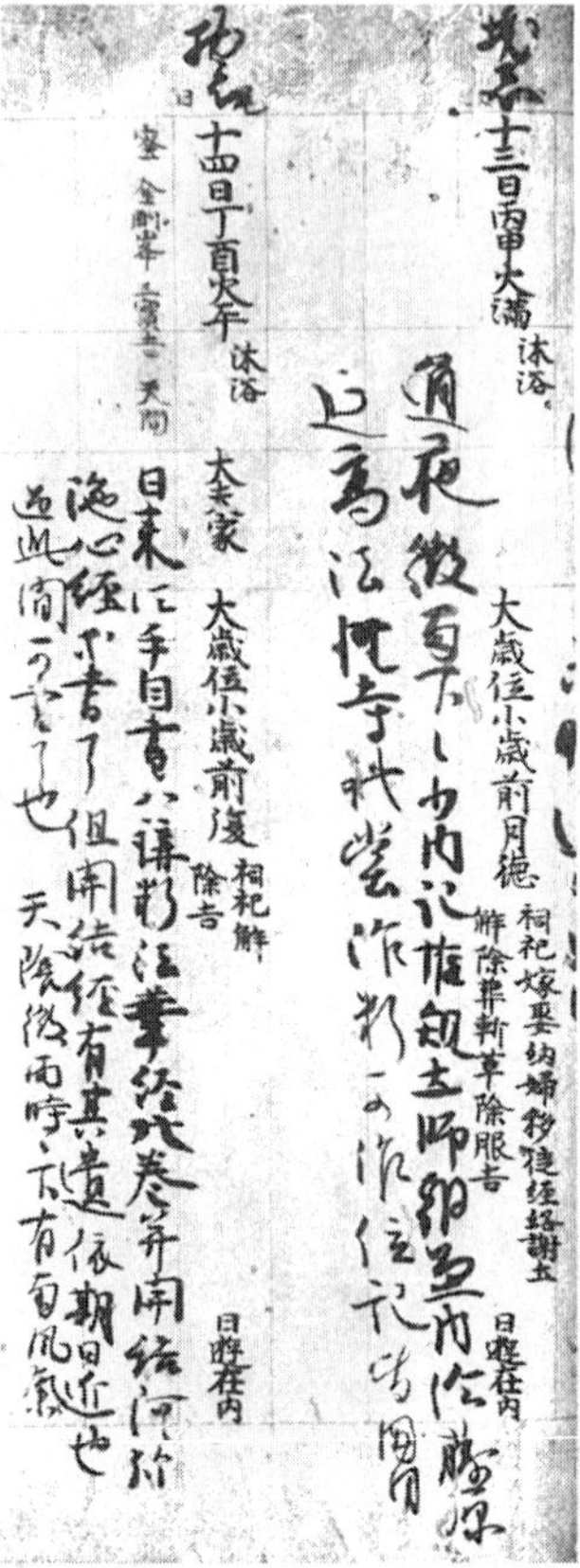

『御堂関白記』寛弘元年五月十三，十四日条
（自筆本．陽明文庫蔵）

ただし、その際も、どうしてもやらなければならない（あるいは、やりたい）俗事は行なっていたのであり、別に道長がむやみやたらに宗教的な怖れに縛られていたと考える必要はあるまい。本音と建前を適宜使い分けるという態度は、物忌や触穢に対しても、また何より日常の政務に関しても、彼らに共通して見られる傾向であるが、夢はそれが最もよく現われた例と言えるのであろう。

（3）他の古記録に見える道長の夢

最後に、他の人の記録した古記録の中で、道長に関わる夢を考えてみよう。『権記』長保二年九月六日条（伏見宮本）は、行成の昇進に関するもので、先に述べた。『小右記』の長和元年四月四日条、長和元年四月二十六日条、長和二年三月一日条、長和二年三月七日条（いずれも前田本甲）は、触穢と賀茂祭に関するもので、これもすでに述べている。その他、次のようなものもある。

道長の寿限

『小右記』長和五年（一〇一六）五月十八日条（前田本甲）

……（公任が）密かに談って云ったことには、「……心誉《しんよ》律師が云ったことには、『近頃の夢で、故大僧正観修及び上臈《じょうろう》の僧たちが云ったことには、「摂政（道長）は、今年は特別な事は無いであろう。明年は、必ず死ぬ」と。私（心誉）が問うて云ったことには、「どういうことでしょう」と。答えて云ったことには、「種々の善事《ぜんじ》によって、無理に今年に及んだ。明年に至っては、必ず死ぬ」ということである。夢は虚実に通じる。ところが御祈禱を奉仕しても、未だこのような夢を見たことがない。また、あの病悩を考えると、夢想が合うのであろうか』と云うことであった」と。

道長の寿命について、実資の周辺が云々しているのである。このようなことが取り沙汰される背景としては、この部分の前に、次のような記述があることによって推察される。

夜に入って、大納言（公任）が光臨した。長斎《ちょうさい》であったので、立ったまま清談《せいだん》した。深夜、帰られた。密かに談って云ったことには、「今夕、摂政に拝謁し奉った。おっしゃって云ったことには、『心神《しんしん》は通例に復した。水を飲むことは、すでに留めた。ところが、枯槁《ここう》した身体は、未だ尋常ではないようだ』と。……」と。

摂政である道長の死去という事態は、良かれ悪しかれ公卿社会に大きな影響を及ぼすものであった（特に道長の下位にある有力公卿にとっては）。このように他の公卿の関心を引くということは、それだけ道長が大物である証拠になるのであるが、彼の生き死にの根拠として、ここでは夢想が使われている。

もっとも、実資が「夢、虚実に通ふ」という言葉を記しているように、夢の神性《しんせい》について疑念を持っていることも、また確かなことである。このあたり、冷静な実資の面目躍如といったところであろうか。

実資のための吉夢

『小右記』寛仁二年（一〇一八）正月二十四日条（東山御文庫本《ひがしやまごぶんこ》）

早朝、宰相《さいしょう》（資平）が来て云ったことには、「昨日、終日、太相府（道長）に伺候《しこう》しました。密談されて云ったことには、『我（道長）は右将軍（実資）の為に吉夢《きちむ》を見た。この事は、披露《ひろう》したならば、人は必ず思うところが有るであろう。但し、やはり将軍に告げるように。今夜は告げてはならない。明日、告げるように』ということでした。恐悦したということを申させました。この御夢の様子を、大略、記し出したことには、『節会を行なわれた。左大臣（藤原顕光）が宣命《せんみょう》を奏上した。宣命は立文《たてぶみ》の文体であった。通例の文のようではなかった。書杖《ふづえ》に挿んだ。我は御後《ごご》に伺候して、そのことを伝えた。御屏風の上からこれを見ると、大臣（顕光）の烏帽子《えぼし》が非例であることを伝えて、退下させた。殿上《てんじょう》・階下《かいか》の諸人は、雷同して退出した。急に内弁《ないべん》はいなかった。右将軍に行なわせようと思った時、将軍（実資）は近くにいた。事情を伝えて、左大臣の座に着させた。ここに思いがけない吉想《きっそう》は、秘蔵しなければならない。但し将軍に告げるように。今夜は告げてはならない。明朝、告げるように』ということでした。そこでその命を守り、今日、来て、告げたところです」と。

二年前に自分の寿命を夢で云々されていたことなど、夢にも知らない道長は、実資のために「吉夢」を見たことを、資平を介して実資に告げている。公卿社会を円滑に運用するため、また、特に実資には配慮を欠かさない道長としては、こういった情報操作によって、人心を掌握しようとしていたのであろう。

「吉夢」というのは、もちろん、実資の昇進に関することである。無能な顕光の左大臣の座に実資を坐らせるというものであるが、昇進を決定するのは、他ならぬ道長なのである。この「吉夢」自体、本当に見たものかどうか怪しいことは、言うまでもない。

(4) サボりの口実の夢

以上、道長の『御堂関白記』に登場する夢を眺めてきた。行成の『権記』や、次に述べる実資の『小右記』とは異なり、『御堂関白記』には、道長自身の見た夢の具体的な様子が記録されているものはない。これは道長が夢の内容を覚えていなかったのか、夢の内容にはあまり関心がなかったのか、はたまた怖ろしくて書けなかったのであろうか。

道長の性格（と『御堂関白記』の記述）から考えるに、彼は右脳《うのう》で見た夢を素早く左《さ》脳《のう》に移し替え、それを漢文で記述するということは、苦手であったに違いない。また、案外に恐がりな彼の性格から考えると、怖ろしい内容の夢を日記に記してしまうと、それが実際に起こってしまうとでも考えたのであろうか。あるいは、自分に都合の悪いことは書かないという『御堂関白記』の特色から考えると、故意に記さなかった可能性も高い。

しかし何よりも、『御堂関白記』に見える夢は、そのほとんどが道長が儀式や見舞いをサボるための確信犯的な口実のために存在するのである。本当に道長、あるいは誰かがその夢を見たのかどうかが怪しい例があることは、言うまでもない（行きたくないと思っていると、本当に悪い夢を見ることもあったであろうが）。

これだけいつも口実に使われると、周囲も暗黙の了解があったかとも考えてしまう。実際に道長が何を見たかを考えるよりも、夢を言い訳にしてサボるという道長を認知してくれる社会の状況を考えた方がよかろう。

最初に述べたように、夢に関する対応は個々に異なるのであり、『御堂関白記』に見える道長の対応もまた、道長の個性と言うべきであろう。

それは道長の性格や政治権力もさることながら、サボりの口実として夢が持ち出された場合、それを認定してしまうという、当時の宗教観の問題である。

もちろん、当時の社会としても、道長が云々した夢想について、まったく疑念を持っていなかったわけではあるまい。それどころか、多かれ少なかれ、他の貴族たちも、夢を口実にして種々の政務や儀式をサボっていたこともあったのである。暗黙の了解としての夢の神性というものを、現実の生活や人間関係を優先させるために共有していた社会、それが平安貴族の世界であったということになろうか。

3 藤原実資と『小右記』

藤原実資

三番目に、藤原実資の記録した『小右記』に見える夢を考えていくことにしよう。

実資は、藤原斉敏《ただとし》の子として天徳《てんとく》元年（九五七）に生まれ、祖父実頼《さねより》の養子となった。円融《えんゆう》・花山《かざん》・一条と三代の天皇の蔵人頭《くろうどのとう》に補されるなど、若くから有能ぶりを発揮し、永祚《えいそ》元年（九八九）に参議、長徳元年（九九五）に権中納言、長徳二年（九九六）に中納言、長保三年（一〇〇一）に権大納言兼右大将、寛弘《かんこう》六年（一〇〇九）に大納言と進んだ。

小野宮《おののみや》流の継承者として朝廷儀式や政務に精通、その博学と見識は藤原道長にも一目置かれた。治安元年（一〇二一）、ついに右大臣に上り、以後、大臣在任二十六年に及んだ。関白《かんぱく》藤原頼通の信任を受け、「賢人右府《けんじんうふ》」と称された。永承《えいしょう》元年（一〇四六）、九十歳で薨去《こうきょ》した。

　実資の日記である『小右記』は、『野府記《やふき》』などとも称される。逸文を含めると貞《じょう》元《げん》二年（九七七）から長久《ちょうきゅう》元年（一〇四〇）までの六十三年間に及ぶ詳細な記事が残っており、摂関期の最重要史料である。当時の政務や儀式運営の様子が、詳細かつ精確に記録されている。この他、『小記目録《しょうきもくろく》』も作られた。

　なお、『小右記』には藤原兼家や道隆、道長など、政権担当者に対する批判的な記事が多いが、それは日記の中だけでの話であり、実資自身は現実には彼らと良好な関係を続けていたものと思われる点に留意しなければならない。

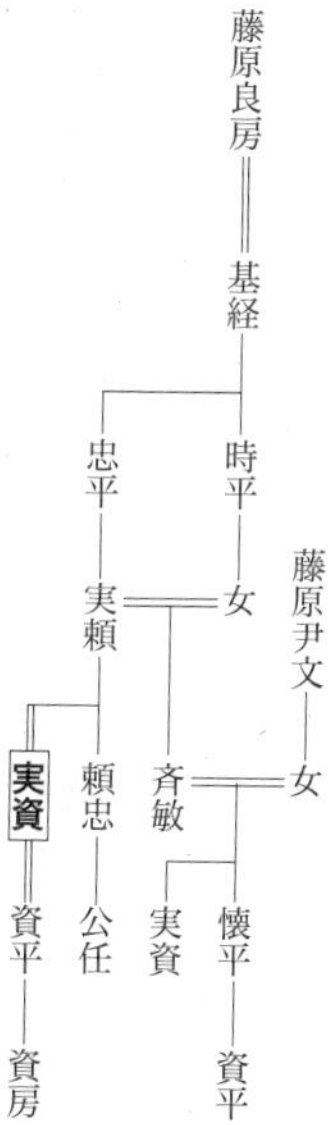

藤原実資関連系図

『小右記』の夢

次に『小右記』の記事が残存する年と、夢記事の存在する年を表示しよう。

表11 『小右記』の夢

年次	西暦	年齢	主な官職	夢記事	記主の夢	宗教の夢	人事の夢	政事の夢	王権の夢	個人的夢
貞元二	九七七	二一	右少将	0	0	0	0	0	0	0
天元元	九七八	二二		0	0	0	0	0	0	0
二	九七九	二三		0	0	0	0	0	0	0
三	九八〇	二四		0	0	0	0	0	0	0
四	九八一	二五	蔵人頭	1	1	0	0	1	0	0
五	九八二	二六		0	0	0	0	0	0	0
永観元	九八三	二七		0	0	0	0	0	0	0
二	九八四	二八		0	0	0	0	0	0	0
寛和元	九八五	二九		1	1	1	0	0	0	0
二	九八六	三〇	中宮大夫	0	0	0	0	0	0	0
永延元	九八七	三一	蔵人頭	1	1	1	0	0	0	0

二	九八八	三二		1	0	1	0	0	0	0
永祚元	九八九	三三	参議	14	7	3	1	2	8	0
正暦元	九九〇	三四		5	3	4	0	0	0	1
二	九九一	三五		0	0	0	0	0	0	0
三	九九二	三六		0	0	0	0	0	0	0
四	九九三	三七		7	3	4	1	0	0	2
五	九九四	三八		1	0	0	1	0	0	0
長徳元	九九五	三九	権中納言	1	0	0	0	0	1	0
二	九九六	四〇	中納言	0	0	0	0	0	0	0
三	九九七	四一		0	0	0	0	0	0	0
四	九九八	四二		0	0	0	0	0	0	0
長保元	九九九	四三		3	3	3	0	0	0	0
二	一〇〇〇	四四		0	0	0	0	0	0	0
三	一〇〇一	四五	権大納言	0	0	0	0	0	0	0
四	一〇〇二	四六		0	0	0	0	0	0	0

五	一〇〇三	四七		0	0	0	0	0	0	0
寛弘元	一〇〇四	四八		0	0	0	0	0	0	0
二	一〇〇五	四九		3	2	3	0	0	0	0
三	一〇〇六	五〇		0	0	0	0	0	0	0
四	一〇〇七	五一		0	0	0	0	0	0	0
五	一〇〇八	五二		0	0	0	0	0	0	0
六	一〇〇九	五三	大納言	1	1	0	0	0	1	0
七	一〇一〇	五四		0	0	0	0	0	0	0
八	一〇一一	五五		3	1	1	2	0	0	0
長和元	一〇一二	五六		3	0	1	0	0	2	0
二	一〇一三	五七		8	2	4	2	0	2	0
三	一〇一四	五八		1	0	1	0	0	0	0
四	一〇一五	五九		11	5	7	0	0	4	0
五	一〇一六	六〇		7	1	5	1	0	1	0
寛仁元	一〇一七	六一		3	0	0	1	0	1	1

二	一〇一八	六二		6	3	4	1	0	0	1
三	一〇一九	六三		3	2	3	0	0	0	0
四	一〇二〇	六四		1	1	1	0	0	0	0
治安元	一〇二一	六五	右大臣	0	0	0	0	0	0	0
二	一〇二二	六六		0	0	0	0	0	0	0
三	一〇二三	六七		29	26	19	1	0	0	8
万寿元	一〇二四	六八		3	3	3	0	0	0	0
二	一〇二五	六九		10	5	4	1	0	2	1
三	一〇二六	七〇		0	0	0	0	0	0	0
四	一〇二七	七一		6	5	5	1	0	0	0
長元元	一〇二八	七二		3	2	2	0	0	0	0
二	一〇二九	七三		2	2	1	1	0	0	0
三	一〇三〇	七四		1	1	1	0	0	0	0
四	一〇三一	七五		6	4	3	1	1	0	0
五	一〇三二	七六		2	1	1	0	0	0	0

六	一〇三三	七七	0	0	0	0	0	0	0
七	一〇三四	七八	−	−	−	−	−	−	−
八	一〇三五	七九	0	0	0	0	0	0	0
九	一〇三六	八〇	0	0	0	0	0	0	0
長暦元	一〇三七	八一	0	0	0	0	0	0	0
二	一〇三八	八二	−	−	−	−	−	−	−
三	一〇三九	八三	−	−	−	−	−	−	−
長久元	一〇四〇	八四	0	0	0	0	0	0	0
合計			147	86	86	15	4	22	14

夢に関する記事が見られるのは、何と一四七回。そのうちで記主である実資自身の見た夢は八六回である。月毎に数えてみると、正月二回、二月五回、三月四回、四月三回、五月六回、六月八回、七月一一回、八月四回、九月一三回、閏九月九回、十月六回、十一月一〇回、十二月五回、という結果となった。実資の場合も、特に季節による変化はなかった。

それでは以下に、これらの夢をいくつかに分類し、それぞれ代表的なものを見ていくこととしよう。現代語訳（倉本一宏編『現代語訳　小右記』）の基になった本文は、前田本《まえだ》（甲乙二種、尊経閣文庫《そんけいかくぶんこ》蔵）、九条家旧蔵本（宮内庁書陵部蔵）、伏見宮家旧蔵本（宮内庁書陵部蔵）など様々な写本を底本とした東京大学史料編纂所編纂『大日本古記録　小右記』によるものとする。『尊経閣善本影印集成　小右記』所載の前田本の写真、および九条家本・伏見宮本・東山御文庫本の写真版も入手し、秘閣本《ひかく》（国立公文書館蔵）は自分で撮影して、それらも参照した。

(1)　宗教的な夢

まずは、八六例にものぼる宗教的な夢から考えていこう。次に挙げる例などは、実資が夢想のために物忌《ものいみ》となり、様々な宗教的措置を執っているというものである。

夢想不静

・正暦元年（九九〇）九月十六日条（九条家本）

今日から四箇日、物忌である。特に今朝の夢想は静かではなかった。そこで門を閉じただけであった。

・正暦四年（九九三）六月二日条（九条家本）

百寺で金鼓《こんぐ》を打たせた。夢想が不吉だったからである。

・万寿二年（一〇二五）三月五日条（伏見宮本）

夢想が静かではなかった。諷誦を広隆寺《こうりゅうじ》・清水寺《きよみずでら》・祇園《ぎおん》社に修した。

・長元二年（一〇二九）八月一日条（九条家本）

諷誦を修した。夢告《むこく》があったので、これを修した〈清水寺・広隆寺・東寺《とうじ》・祇園社・賀茂上下神宮寺《かものかみしもじんぐうじ》・北野《きたの》社。〉。

その他にも、このような例は枚挙に遑《いとま》がない。一見すると実資が夢想によって宗教的な怖れを抱いていたかのような観があるが（最初の例などは、物忌が始まるという意識が見させたものであろうが）、逆に言えば、これらの措置を講じることによって、日常的な生活に戻っていったのであり、必ずしも実資が宗教的な怖れのみに包まれていたわけでもないと考えるべきであろう。

夢想により参内せず

長保元年（九九九）九月五日条（前田本甲）

召使《めしつかい》（宮中・太政官で雑用に当たった微官《びかん》）が重ねて来て、云ったことには、「今日、参入してください」ということだ。病悩が有って参入することができないということを伝えた。今朝の夢で、今日と明日は内裏に参ってはならないということを示した。そこで障るということを称した。

『御堂関白記』にも頻出するパターンであるが、さすがに実資は、「所労」の中身を具体的に記している。それは参内《さんだい》してはならないという夢想の示しがあったというのである（具体的にはどんな啓示というのだろうか）。

道長よりも夢想を怖れているかとも考えられるが、よく考えれば、実資も行きたくない時には行きたくないのであり、そういえば道長よりも不参は多かったなあ、などと思い当たるのである。

慶祚の極楽往生

寛仁三年（一〇一九）十二月五日条（前田本甲）

……大納言（藤原公任）が云ったことには、「……左大将《さだいしょう》（藤原教通《のりみち》）が云ったことには、『今朝、慶祚《きょうそ》阿闍梨が極楽に参る想を夢に見ました。「子の日に入滅《にゅうめつ》することになる」ということでした。明日でしょうか。その夢の様子は、極めて貴いものでした。大体、色々な雲の内に、天人《てんにん》が音唱《おんしょう》していました。空中に船が有りました。船中に棺を載せていました。これは、慶祚阿闍梨を極楽に迎えるものです』と云うことであった」と。

すでに慶祚は病悩していたのであろう。そして、慶祚ほどの僧ならば、極楽往生《おうじょう》するだろうとの予測は、当時の社会に拡がっていたものと考えられる。彼らが日常的に目や耳に親しんでいる極楽や地獄の具体的な状況の記憶が、夢に蘇ってくるというの

『餓鬼草紙』（曹源寺本）「目蓮尊者、亡母供養」（京都国立博物館蔵）

は、あり得る話である。なお、実際には慶祚は二十二日に遷化《せんげ》している。

施餓鬼法「あなうれし、うれし」

・長元五年（一〇三二）十二月九日条（九条家本）

……今朝の夢に、前右衛門督《さきのえもんのかみ》（藤原懐平《かねひら》）が来て云ったことには、「（藤原）公業《きんなり》朝臣は、食事も無く、悲嘆は極まりない。功徳《くどく》の物を与えるように」ということだ。夢から覚めて、憐れみ思った。もしかしたら餓鬼道《がきどう》に堕《お》ちたのか。そこで今夜から智照《ちしょう》を招請して、七箇日を限り、施餓鬼法《せがきほう》を行なわせる。また、（藤原）経季《つねすえ》を呼んで、末子《ばっし》の蔵人《くろうど》（藤原）経衡《つねひら》に告げるよう、伝え示した。また、阿闍梨頼寿《らいじゅ》は公業の姻戚《いんせき》である。久しく山に籠っている。遣わし告げるよう、指示しておいた。

藤原公業は、長元《ちょうげん》元年（一〇二八）に死去しているが、生前は実資に種々の物を献上しているなど、関係の深い人物であった。死去から四年経って、実資の夢に懐平（実資のすぐ上の兄で、すでに寛仁元年〈一〇一七〉に薨去している）が出てきて、公業が餓鬼道に堕ちて苦しんでいることを告げたのである。

実際には、公業が今頃は餓鬼道に堕ちているのではないかという懸念から、実資が見たものであろう。それを懐平に語らせているのは、無意識のうちに自分の夢をもっともらしく演出していることになる。

夢から覚めた実資は、すぐに施餓鬼法を行なわせるとともに、公業の縁者に知らせを出している。事が事だけに、「夢語り共同体」も、最大限に機能したと言えようか。

・長元五年十二月二十日条（九条家本）

……（藤原）為資《ためすけ》朝臣が云ったことには、「昨夜の夢想に、故公業が束帯を着して笏《しゃく》を把《と》り、途中に逢いました。容顔《ようがん》は枯槁《ここう》し、すでに気力はありませんでした。

私（為資）が云ったことには、『右大殿《みぎのおとど》（実資）が、あなたの御為に施餓鬼法を行なわれた』と。公業は跪《ひざまず》き、手を磨《す》って云ったことには、『ああ嬉しい、嬉しい』と。喜悦《きえつ》の様子は、敢《あ》えて言うこともできません」と。先日の夢想は、既に合っている。世間の人は、後生《ごしょう》を恐れなければならない。餓鬼の報いは、誰が逃れることができようか。悲しまなければならない、悲しまなければならない。嘆かなければならない、嘆かなければならない。

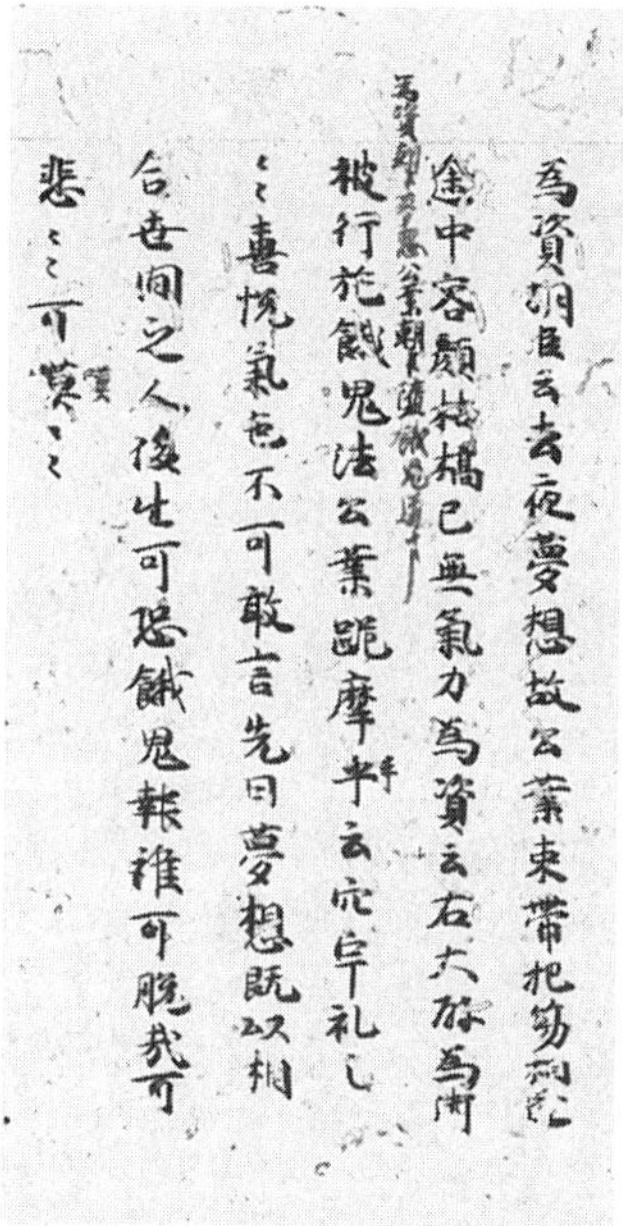
為資朝臣云去夜夢想故公業束帯把笏
途中容顔枯槁已無氣力為資云右大殿為御
被行施餓鬼法公業跪摩手云
々々喜悦氣色不可敢言先日夢想既以相
合世間之人後生可恐餓鬼報誰可脱哉可
悲々々可嘆々々

『小右記』長元五年十二月二十日条（九条家本. 宮内庁書陵部蔵）

実資が公業のために施餓鬼法を行なわせ、それが十六日に結願《けちがん》を迎えたという情報は、おそらくは貴族社会に広まっていたのであろう。藤原為資と実資、および公業との関係は明らかではないが、たとえ関係の薄い者であったとしても、施餓鬼法の情報が記憶として脳に残り、それが夢の中で蘇ってきたのであろう。もちろん、餓鬼道において公業が喜んでいるであろうという観測とともにである。

むしろ、その夢を為資が実資に語ったことによって、施餓鬼法の功徳がまた貴族社会に広まることになり、人々の記憶に残るという、二次的な効用の方が重要であろう。なお、現在、写本の形で残っている『小右記』は、この長元五年までであり、年末に記されたこの記事が、『小右記』の最末尾に近い記事であることを申し添えておく。

以上、『小右記』に見える宗教的な夢を考えてきた。宗教的な夢を見た場合、実資は諷誦を修させたり、金鼓を打たせたりと、それなりの措置を執ってはいるものの、その後は日常的な生活に復帰していることが多い（そのままサボることもあるが）。

夢見が悪い時には何らかの宗教的措置を執らなければならないという感覚を持っていることも確かではあるが、必ずしも夢を「神仏からのメッセージ」と考えたり、それをむやみやたらに怖れたりしているわけではないのである。

また、宗教的な夢に関しては、ほとんどの場合、その具体的な内容を日記に記してはいない。『小右記』全体で一四回ほど見える、「夢想紛紜《むそうふんうん》」という表現がこれにあたるのかもしれない。さすがにその詳細を記すことは、実資にとっては憚《はばか》られることだったのであろう（覚醒時の頭の混乱で、さすがの実資も本当に「紛紜〈物事が入り乱れていること〉」していた可能性もあるが）。

その他、関寺《せきでら》の仏牛の夢に関する記事が興味深いが、それについては『左経記《さけいき》』の節で併せて述べることにしよう。

（2）人事の夢

次に、人事に関する夢を考えてみよう。小野宮家嫡流の実資ではあったが、その昇進は、思うに任せないものであった。政権の帰趨《きすう》はすでに九条流に移ってしまっていたのである。それにもかかわらず、みずからの昇進に関する夢は、『小右記』を見る限りでは、案外に少ないというのが実感である。

慶賀の夢想

永祚元年（九八九）七月十三日条（九条家本）

「今日、小除目《こじもく》（臨時に行なわれる小規模の除目）が行なわれた」と云うことだ。

……円照《えんしょう》が来た。昨夜、夢想が有った。吉凶を知り難い。円照已講《いこう》が、□□「慶賀が有るのであろうか。今日以後二十五日の内、及び明年□九月の節中《せっちゅう》の戊《ぼ》・己《き》日を期すのであろうか」と。詞に云ったことには、「慶賀が有るようです。但しこれは、武官《ぶかん》のことを指しているのでしょう」ということだ。

実資はこの年の二月、円融院と摂政兼家との数次にわたる交渉の末、やっとのことで参議に上った。この七月十三日の小除目では、実資に関する人事は行なわれなかったが、十二日の夜、「もしかしたら」という願望からか、夢を見た。その吉凶が判断できなかった実資は、たまたま訪れた円照に夢を占わせた。この日、小除目が行なわれることを知っていたであろう円照は、実資の思うところを察知し、その昇進を予測したのである。

「武官であろう」などと言っているが、参議に上ったばかりの実資が、すぐに中納言などといった文官《ぶんかん》として昇進するはずはなく、当たり前の結果を出している。ちなみに実資は、武官としては二年後の正暦《しょうりゃく》二年（九九一）九月二十一日（丁巳《ていし》）に左兵衛督《さひょうえのかみ》に任じられている。

道真の贈太政大臣

正暦四年（九九三）閏十月六日条（伏見宮本）

内大臣（藤原道兼）の許に参った。対面の次いでにおっしゃって云ったことには、「一昨夜の夢に、菅丞相《かんじょうしょう》（菅原道真）に太政大臣を贈るべきであるという夢想が有った。昨日と一昨日は、物忌であった。そこで今朝、関白（藤原道隆）に参って、このことを申したところ、『早く太政大臣を贈り奉るように』とのことであった」ということだ。私が思慮するに、（藤原）時平《ときひら》左大臣に太政大臣を贈った。今、あの人と同じとなることを欲しているのか。この意を内大臣に談ったところ、深く感銘を受けている様子が有った。すぐに皇后宮《こうごうぐう》（藤原遵子《のぶこ》）の御読経《みどきょう》に参った。式部大輔《しきぶのたいふ》（菅原輔正《すけまさ》）が参入した。輔正がこの夢告を語って云ったことには、「はなはだ恐怖している」と。また、私が思い得た事を語ると、感嘆は極まり無かった。「託宣《たくせん》の趣旨は、懇切に太政大臣に昇ろうと欲しているのである。今、その□を思うと、私が思っていたとおりである。いよいよ神異《しんい》を知った」ということだ。

「天神《てんじん》」菅原道真は、この年の五月二十日に託宣によって正一位左大臣を贈られたばかりであった。ところが、閏十月四日、藤原道兼に夢想があり、道真を大宰府に追いやった藤原時平と同じ太政大臣が贈られることになったのである。

一見すると、夢のお告げを信用する社会であるかのようにも読めるが、摂関家の主導による道真の復権というのは、当時の宮廷社会では暗黙の了解であったはずである。そうすると、道兼はこの夢（本当に見たかどうかは疑問であるが）を政治利用して、関白後継者としての存在を主張しようとしたものかとも考えられよう。

その一方で、菅原輔正が夢の内容に恐懼《きょうく》しているのは、さすがに道真の曾孫故のことであろう。

御物伝領の吉夢

寛弘八年（一〇一一）二月十九日条（秘閣本）

今朝、優吉《ゆうきち》の夢想が有った。忠仁公《ちゅうじんこう》（藤原良房《よしふさ》）の御物《ぎょぶつ》を伝領《でんりょう》できた事である。事は多く記さないばかりである。また、先年の夢に忠仁公の御事を見たことは、すでに二度に及ぶ。また、前年の夢に貞信公《ていしんこう》（藤原忠平《ただひら》）累代の巡方《じゅんぽう》の玉の御帯を下給されることを見た。

みずからの昇進の夢をあまり多く記さなかった実資であったが、さすがに良房や忠平の御物を伝領するとなると、これは政権獲得につながる夢想と感じられたのであろう。この頃、そろそろ一条の譲位が政治日程に上っていたと思われるが、道長と折り合いが悪く、実資を頼りにしている東宮居貞《おきさだ》親王が即位する日も遠くないと踏んでいたはずである。
この夢には、実資の過剰な摂関家嫡流意識が具体的に現われていると言えよう。

顕光死去の夢

寛弘八年（一〇一一）三月二十二日条（秘閣本）

……大炊頭《おおいのかみ》（賀茂）光栄朝臣が語った次いでに云ったことには、「ある女が、『右大臣（藤原顕光）が今年十一月七日に必ず死ぬ』という夢を見ました」ということだ。まことに、談じたところは、その期に臨んで虚実を知るべきか。

当時、左大臣道長、右大臣顕光、内大臣公季《きんすえ》という序列が、長く続いていた。

左大臣・内覧　藤原道長　四十六歳
右大臣　藤原顕光　六十八歳
内大臣　藤原公季　五十五歳

大納言　藤原道綱《みちつな》　五十七歳
　　　　藤原実資　五十五歳
権大納言　藤原斉信《ただのぶ》　四十五歳
　　　　藤原公任　四十六歳

このような状況の中、顕光が死ねば、当然自分が大臣に上るだろうと、実資は思っていたはずである。実資は第二位の大納言で、上席には道綱がいたのであるが、実資は道綱を大臣にふさわしくない無能者と認識していた（倉本一宏『摂関政治と王朝貴族』）。

ただし、実資はこれを喜ぶかというと、いたって冷静な感想を記している（有名な陰陽師から聞いたのだから、もう少し喜んでもよさそうなものであるが）。夢というものに対する実資の対応を、この記事は如実に示しているのである。

斉信、大臣を望む

治安三年（一〇二三）九月十七日条（伏見宮本）

尹覚《いんかく》師が云ったことには、「去る七月の朔日から、百箇日を限って、中宮大夫斉信が、子息の僧永慶《えいきょう》を招請して、安禅寺《あんぜんじ》に於いて、如意輪法《にょいりんほう》を行なわせています。これは丞相《じょうしょう》（大臣）を望む祈禱です。あの大納言（斉信）は永慶に書を送って、夢想の告げを云ったのです」と。ただ今、欠員は無い。祈禱は怖れ多い。大臣の職に当たっている人々は、用心を致さなければならない。特に薄運《はくうん》の人は、いよいよ恐怖しなければならない。但し、不善《ふぜん》の人（斉信）については、天道《てんどう》は何と謂うであろう。

治安元年に顕光が薨去し、ようやく右大臣に任じられた「僕《ぼく》」こと実資であったが、すでに六十五歳。次の世代から追われる立場になっていた。その二年後、ただ一人の大納言である斉信が、夢想の告げに触発されて大臣を望む祈禱を始めたという情報が寄せられた。当時の公卿《くぎょう》序列と年齢は、

太政大臣	藤原公季	六十七歳
関白・左大臣	藤原頼通	三十二歳
右大臣	**藤原実資**	六十七歳
内大臣	藤原教通	二十八歳
大納言	藤原斉信	五十七歳

権大納言　藤原公任　五十八歳
　　　　　藤原行成　五十二歳

というものであり、普通に考えれば、「用心（覚悟）を致さなければならない」大臣というのは、公季と実資であったはずである。

ところが、実資本人は、この情報に対して、少なくとも『小右記』の記述に現われた限りにおいては、あまり怖れていないのである。後に触れる腫物《はれもの》治療の最中だったのに、である。自分だけは「薄運の人」ではないと思っているのであろうか（実際、実資はこの後も二十三年も生き、九十歳の長寿に恵まれるのであるが）、あるいは祈禱が現実のものになるのを畏れて、ことさらに怖れていないかのように記したのであろうか。

なお、万寿二年（一〇二五）八月十四日条（伏見宮本）には、頰を負傷した斉信に対し、「斉信は先年、私が面に疵《きず》を作った際、盛んに悦《よろこ》んで百箇日の祈禱を行なった。直心《ひたごころ》の人（実資）の為に不善の祈りを成すことは、宜しくない。天が自《おの》ずから答えたのであろう」とあり、この時のことを根に持っていたことがわかる。

頼通と懐抱する

清涼殿東廂（京都御所）

長元二年（一〇二九）九月二十四日条（九条家本）

今朝、夢想があった。清涼殿の東《ひがし》廂《びさし》に、関白（頼通）が下官（実資）とともに、烏帽子を着さずに懐抱《かいほう》して臥していた際、私の玉茎《ぎょっけい》は木のようであった。着していた白綿の衣は、はなはだ凡卑《ぼんぴ》であった。恥ずかしいと思っていたうちに、夢から覚めた。もしかしたら、私に大慶《たいけい》が有るのであろうか。

この夢は、男色《だんしょく》の史料として解釈されるのが常であった。しかし、実資が抱き合っていた相手と場を考えると、これは「大慶」つまり昇進を予想した人事に関する夢と解するべきなのである。つまり、抱き合った相手は関白頼通、人事権を握る職である。また、その場は清涼殿東廂、除目を行なう場である。大臣召《だいじんめし》は除目とは違うが、夢の中で混同していたのであろう。

この年の京官《きょうかん》除目は十一月四日に始まるのであるが、その場において人事権を握る人物と抱き合っていたというのは、目前の出世の願望、あるいは予測の現われであろう。当時の公卿序列と年齢は、

太政大臣	藤原公季	七十三歳
関白・左大臣	藤原頼通	三十八歳
右大臣	藤原実資	七十三歳
内大臣	藤原教通	三十四歳
大納言	藤原斉信	六十三歳

というものであったが、太政大臣公季は、この年の十月十七日に薨去することからもわかるように、すでに病悩していたと思われる。また、関白兼左大臣頼通は、九月十六日に上表し、この夢のあった翌二十五日に再び上表していた。

すでに九月十四日、実資が太政大臣を望んでいるとの風聞があることを、資平から

伝えられていた。実資が頼通の後任の関白に補されると自任していたとは考えにくいとしても（案外そうだったかもしれないが）、公季の後任の太政大臣（当時は宿老《しゅくろう》の大臣が任じられる名誉職となっていた）に任じられるであろうと予測していた可能性は高い。

実際には、太政大臣は欠員のまとされ、実資はその後、十七年も右大臣を続けることになるのであるが、七十歳を越えてこれだけの上昇志向を保ち続けることが、長寿の秘訣《ひけつ》なのであろうか。

なお、実資が夢の中で「恥ずかしい」と思ったというのは、頼通と抱き合って「玉茎」が「木のよう」に怒張《どちょう》したことが恥ずかしいのではなく（それはむしろ当時としては喜ばしいことだったであろう）、除目の場（天皇の御前）において、烏帽子も被《かぶ》らず凡卑な装束《しょうぞく》を着していたことに対して、恥ずかしいと思ったのであろう。

以上、人事に関する夢を考えてきた。よほどの慶事でない限り、みずからの昇進に関する夢が少なかったということが確認できた。それは行成の切実さと比べると対照的である。誇り高い実資のこと、昇進の願望が現われた夢を記すことは、プライドが許さなかったのであろうか。

（3）政務と儀式

三つ目に、実資が最も得意とする、政務や儀式に関する夢を考えてみたい。ところが、『小右記』には、これらの夢は非常に少ないという印象を受ける。特に儀式についてはほとんど見られないのである。

馬に乗って扈従すべし

永祚元年（九八九）三月二十三日条（九条家本）

……「右大臣（藤原為光《ためみつ》）は昨日、七条《しちじょう》大路の辺りから車に乗って供奉《ぐぶ》した。車中に於いて夢に云ったことには、『馬に乗って扈従《こしょう》するように』ということだ。そこで驚いて、馬に騎って供奉した」と云うことだ。

後に詳しく述べる永祚元年の一条天皇の春日行幸に際しての夢である。牛車《ぎっしゃ》に乗って行幸に扈従していた藤原為光が、「馬に乗って来い」という夢を見たというのである。

車に乗って春日社に向かっていることに対する心の後ろめたさが、彼をしてこのような夢を見させたのであろう。普段なら異なる対応をしたのかもしれないが、時が時だけに、宗教的な怖れを抱き、それに従ったということになる。

春日明神の感応

永祚元年（九八九）四月十四日条（九条家本）

……今朝の夢想の内に、春日明神《かすがみようじん》の感応《かんのう》の告げが有った。今日、初めて神事に就いたのである。

これは同じ春日行幸から帰った後に、実資が見た夢である。蔵人頭として数々の折衝にあたった末に行幸が行なわれ、それを無事終えたことに対する自覚と自信、そしてその結果として参議に昇進したことの喜びが、春日明神の感応という形で夢に現われたのであろう。

実資の生涯の中でも、おそらくは最も嬉しい出来事の直後なればこそ、このように彼としては珍しい夢想を見たものと思われる。

政務や儀式に関する夢は、これくらいしか見当たらない。膨大な『小右記』の分量、そして夢記事の数を考えれば、これはきわめて特徴的なことではないだろうか。摂関家嫡流を自認する実資は、実務官人である行成とは、おのずと意識が異なるのであろうか。

ただ、行成も実資も、政務に関する夢を記述しているのが、激職である蔵人頭から参議に昇進して公卿の仲間入りをするあたりの時期に集中しているということは、逆に平安貴族の仕事量と心理状態を考えるうえで、興味深い一致である（蔵人頭も参議も経験せずに政権の座に就いてしまった道長に、政務に関する夢の記述がないことと対照的である）。

また、儀式についての夢記事がほとんどないということも、特筆すべきであろう。自分の得意分野である、というよりも自己とその家の存在基盤としての儀式については、夢を見る機会も多かったはずであるが、それを夢といった曖昧《あいまい》な形で日記に記録することはしなかったのであろう。

（4） 天皇と王権

四つ目に、天皇や王権に関する夢を考えてみよう。まずは七歳という史上最年少で即位した一条天皇についてである。

一条天皇慎みの夢想

永祚元年（九八九）正月十八日条（九条家本）

……院がおっしゃって云ったことには、「『公家《くげ》（一条天皇）は、今春、慎まれるようにと、夢想の告げが有った』と云うことだ。そこでそのことを祈る為に、密々に石清水《いわしみず》宮に参る。この事を摂政（兼家）に告げるように」ということだ。

円融院が、一条の身辺（たぶん健康状態）に関する夢を見たので、蔵人頭である実資に告げて、密《ひそ》かに石清水八幡宮に参詣すると言い出したのである。円融には一条以外に皇子女はなく、自己の皇統《こうとう》の存続を図りたいという円融の立場としては、病弱な幼帝《ようてい》の健康に常に留意する必要があったのである。

ところが、しばらくすると、その円融の心配を増幅させる事態が出来した。こちらは自己の権力を確立したいという、一条の外祖父で摂政の藤原兼家が、藤原氏の氏神《うじがみ》である春日社への一条の行幸を計画したのである。

多くの廷臣《ていしん》を従え、女《むすめ》で国母《こくも》の詮子《せんし》に抱かせて一条を奈良まで連れ出したいと思い立った兼家は、二月五日、春日行幸を三月二十三日に行なうことを、「人々の夢想」を根拠に円融に奏した。以下、一条の春日行幸をめぐる動きをたどってみよう（詳しくは倉本一宏『一条天皇』を参照していただきたい）。

一条天皇春日行幸の夢想

・永祚元年（九八九）二月五日条（九条家本）

……摂政が院に奏上されて云ったことには、「……また、来月二十三日に春日行幸を行ないます。前年の御願《ごがん》によるものです。人々の夢想は、早く遂げられるよう、頻りにその告げが有ります。そこで果たされなければなりません。……」ということだ。

一条の春日行幸遂行の根拠を、「人々の夢想」の中の「お告げ」に求めて、円融を説得し始めた兼家であったが、もちろん、実際にそのような夢想があったかどうかは、定かではない。たとえ実際に誰かがそのような夢を見たとしても、それは兼家周辺の、行幸推進派の人の見たものであろうことは、言うまでもない。

・永祚元年二月十日条（九条家本）

……召しによって、院に参った。「尊勝御修法《そんしようみしほ》・焔魔天供《えんまでんぐ》・代厄御祭《だいやくおんさい》を、事情を奏上して、奉仕させるように」ということだ。「この何日か、公家（一条天皇）の御為に、自他の夢想が宜しくない。そこで命じるものである」ということだ。

兼家の要求に対して円融は、実資に命じ、天台座主《てんだいざす》尋禅《じんぜん》と陰陽師安倍晴明《はるあきら》を招請して一条のための御修法（密教による祈願）や陰陽道祭を行なわせた。その根拠もまた、一条に関する「夢想が宜しくない」ということであった。円融やその周辺の人々の、一条の健康に対する憂慮が見させたものであろう（本当に見たのだとしたら）。なお、円融は、二月十三日、陰陽師賀茂光栄に「不快の由《よし》」を示した勘文《かんもん》を出させている。

・永祚元年三月十二日条（九条家本）

院に参った。長い時間、御前に伺候した。おっしゃって云ったことには、「春日行幸の日は、一条天皇の御物忌が重畳《ちようじよう》である。やはり不快な事である。特に、二度の夢想が宜しくはない。そこであの日を延べられるよう、摂政の許に伝え送った」ということだ。

一箇月後、円融は、御物忌が重なっていることと、二度にわたって夢想がよくなかったことを理由に、行幸延引を兼家に指示した。こうして翌三月十三日、いったん行幸延引の宣旨《せんじ》が下ったのである。この場合の「夢想」というのも、行幸反対派、もしかしたら円融の見た夢だったのであろう。

ところが、この頃から、事態は違った方向に動き出す。兼家は嫡男道隆の内大臣任命を要求するようになり、対して円融は側近の実資の参議昇進を要求するのである。この両者の要求を間に立って連絡した蔵人頭が当の実資であったのは、笑えない話であるが、こうなるともう、一条の健康問題などはどこへ行ってしまったのであろうかと考えてしまう。

・永祚元年三月十五日条（九条家本）

……摂政がおっしゃって云ったことには、「春日行幸は、御物忌が重なったので、停止するよう、院の仰せ事が有った。そこで宣旨を下した。ところが不快の夢想が有った。また、怪異《かいい》を示現《じげん》するような事が有った。やはり行幸は行なうべきであろうか。事の疑いが有ったので、陰陽師に問うた。申したところは、あれこれである。又々、問わせて、院に奏上させるべきである」ということだ。公卿は決定を申されなかった。

兼家も反撃に出た。行幸停止の宣旨を出したとたんに、「不快の夢想」や「怪異」が出現したというのである。この夢もまた、再び行幸推進派から出たものであろう。

このように両者の折衝が続いたのであるが、この折衝の結末に決定打となったのは、三月十九日の北野天満天神《てんまん》（菅原道真）の詮子への託宣であった。それは「行幸を庶《こ》い幾《ねが》うに似る」というもので、行幸を行なうならば、近々起こる内裏火災に護助《ごじょ》を加えようというものであった（逆に言えば、行幸を行なわないと内裏を焼くぞ、の謂《いい》）。

病弱な一条に対する円融の心配もさることながら、詮子に「託宣」まで行なわせて円融を脅した兼家の強烈な意志もまた、注目に値しよう。

ただ、実資自身は、この間の折衝に対して、いたって冷静なのである。数々の「夢想」に関しても、ただ淡々と夢想があったという両者の「主張」を記すのみであり、彼はその政治的意味を窺知《きち》していたとも考えられる。いずれにせよ、夢はそれぞれの心に思っていることを見るものなのであるし、あるいは、夢想自体が虚偽の可能性があったことを、実資は見抜いていたのではなかろうか。

結局、当初の予定どおりの三月二十二日、詮子とともに葱花輦《そうかれん》に乗って内裏を出た一条は、春日社に着いた。これが、一条が山城《やましろ》国を出た生涯ただ一度の経験ということになる。

兼通大苦悩の御夢想

永祚元年(九八九)十二月二十六日条(九条家本)

院に参った。急に一部法華経《ほけきよう》を書写《しよしや》させた。忠義公《ちゆうぎこう》(藤原兼通《かねみち》)の為、今日、供養を行なった〈請僧《しようそう》は七箇口。〉。昼に読経《どきよう》を行ない、夜に懺法《せんぼう》を行なった。御夢想の中で大苦悩を受けているという告げが有った。そこで急に始められたものである。

話は変わって、今度は兼家の同母兄で、最大のライバルであった兼通に関する夢である。円融が地獄で苦しむ兼通の夢を見、その苦しみを除こうとして、にわかに法華経の書写を始めたというものである。

以前に述べたところであるが(倉本一宏『摂関期古記録の研究』)、かつて兼家を退けて兼通を関白とした円融にとっては、兼通との関係は、その薨後にも追憶の対象となるべきものだったのである。

ただ、円融が兼通の夢を見たのが、数々の折衝の果てに兼家によって我が子一条が奈良まで連れ出された後のことであるというのは、まったくの偶然であるとは思えない。

一条天皇の御寿限

寛弘六年（一〇〇九）十月五日条（『百練抄《ひやくれんしょう》』による）
主上《しゅじょう》（一条天皇）の御年は、今年で三十歳である。御寿命が尽きるという夢が有った。ところが今、内裏の火事が有った。すでに禍《わざわい》を転じられたようなものである。

成人しても相変わらず病弱な一条であったが、一条が三十歳に達した頃、覚運僧都《かくうんそうず》に、今年で一条の寿命が尽きるとの夢想があった（この夢想が覚運のものであったことは、『小記目録』による）。内裏焼亡《じょうもう》によって、その寿命が延びたというのが、実資の認識である。

実際に、一条は二年後に崩御するのであるが、この頃から、その健康に対する不安が宮廷社会に拡がっていたのであろう。

御目のまじない上京

長和四年（一〇一五）七月二十四日条（前田本甲）

……蔵人（藤原）登任《なりとう》が云ったことには、「侍従内侍《じじゅうないし》の夢想に云ったことには、『蔵人（源）懐信《かねのぶ》が昼御座《ひのおまし》に参りました。その装束を見ると、表衣《うえのきぬ》の上に浄衣《じょうえ》を着していました。奏上して云ったことには、「伊勢から御目のまじないに、人が参った。勅に随って召すように」ということでした。すぐに召すよう命じられました。しばらくして、貴女一人が日華門《にっかもん》から御所に参りました。御目をまじないたてまつりました。この貴女の装束は、裙帯《くんたい》を着していました』と云うことです」と。

すでに三条朝も末期、眼病を患って聴政《ちょうせい》もままならない三条天皇は、道長から退位を迫られていた。三条は伊勢奉幣使《ほうべいし》発遣《はっけん》に最後の望みを託し、実資を頼りにしていたのであるが、実資はそれに感謝しながらも三条とは一線を置いていた。道長の方は、明らかにこの奉幣使発遣に不快の念を示していたが、それを察した宮廷社会では数々の「穢《え》」や「所労」が発生し、奉幣使発遣は幾度となく延期されていたのである。そのような折、女官《にょうかん》の夢に、他でもない伊勢から三条の目の祈禱にやって来た女がいるとあった。夢の中で三条は、その女を召し、祈禱を行なわせたことになっている。三条の眼病に対する同情の思い、また道長に対する反感が、宮廷社会に広く存在していたため、このような夢を見る人が現われたのであろう。この夢が、侍従内侍→藤原登任→実資と伝わった経路は、道長に対する思いの共通した人々だったのであろうが、はたして三条にまで伝わったのであろうか。なお、長和四年七月二十七日条（前田本甲）には、「主上（三条天皇）の御目は、昨日は御覧になれた」とある。

女数千人、宮中乱入の御夢

万寿二年（一〇二五）九月八日条（伏見宮本）

夜に入って、右中将《うちゅうじょう》（源）顕基《あきもと》が宣旨二枚〈下総国司《しもうさこくし》が申請した事。〉を下給した。その次いでに密かに語って云ったことには、「主上（後一条天皇）の御夢は、異様《ことよう》です。『女数千人が宮中に入り乱れて、制止することはできなかった。人が云ったことには、「これは邪気《じゃけ》の行なったものである。何事で止めることができようか。最勝王経《さいしょうおうきょう》を講説《こうぜち》する以外には、制止する方策は無い」と。このような時、心《しん》神不覚《しんふかく》でいらっしゃった』ということでした。覚めた後、すぐに関白（頼通）におっしゃられました。触穢《しょくえ》の間は、すぐには行なわれることは難しいのです」と。正下僕《げぼく》（実資）が思慮を廻《めぐ》らすと、必ずしも講説するのではないのではないか。正法《しょうぼう》で政事《まつりごと》を行なわれるということは、最勝王経に見える。特に道理で政務を行なわれれば、災禍は消えるのではないか。顕基が云ったことには、「その事は、もしかしたら夢に託して告げ奉ったのでしょうか。この御夢は、未だ思い得ることはできませんでした。今、この言葉を聞くと、最も肝胆《かんたん》に染みました。邪気を調《ちょう》伏《ぶく》するのでしたら、御修法の御夢が有ったでしょう。ところがひとえにまた、最勝王経を講説されるという御夢が有りました。汝（実資）の考えによって、深く覚悟しました。返す返す感嘆しました」ということだ。

道長は、長く待望した外孫の即位を強行するや（後一条天皇）、四女の威子《いし》を後宮《こうきゅう》に入れ、中宮とした（その時の饗宴《きょうえん》における歌が「この世をば」である）。しかしながら、九歳年長で後一条の叔母にあたる威子との関係は、道長の期待どおりとはいかなかった。嫉妬深いとされる威子は、自分以外の女性を後一条の後宮に入れさせなかった一方で、自分はなかなか懐妊しないといった状況だったのである（これは結婚当時十一歳だった後一条の方に原因がある）。

威子は、この夢があった翌万寿三年（一〇二六）十二月と、その三年後の長元二年に出産するが、いずれも皇女しか儲《もう》けられなかった。後一条がこの夢を見た万寿二年九月の段階では、いまだ懐妊の兆候も見られないという段階であった。

さて、この夢であるが、数千人の女が宮中に入り乱れて来て止められないというのは、明らかに性的な欲求不満か、さもなければ女性に対する恐怖心から見たものであろう。もちろん、心理学の説く深層心理などといったものではなく、もっと直接的な感情、もしくは欲望によるものであろう。

あるいはこの夢を語ることによって、後一条は自己の窮状と要求を、暗に頼通をはじめとする周囲に訴えているのかもしれない。

この夢のことを聞いた人々は、邪気だの正法だの、様々な解釈を施しているが（実資の天皇観は興味深い問題ではあるけれども）、皆、後一条と威子の関係は知っていたはずである。しかし、「本物の女性を宮中に入れれば解決する」などとは、道長や彰子《しようし》、それに威子を憚ってとても言い出せるものではない。結局、通例の加持《かじ》祈禱《きとう》による邪気調伏や御修法ではなく、護国経典《ごこくきようてん》である最勝王経（金光明経《こんこうみようきよう》）の講説で済まそうとしているのであろう。

結局、後一条は皇子を残すことができず、皇統は同母弟の敦良《あつなが》親王（後の後朱雀《ごすざく》天皇）が伝えることになるのである。

道長子女の死去

万寿二年(一〇二五)十月二十日条(伏見宮本)

……或いは云ったことには、「前日、院(敦明《あつあきら》親王)の女房《にょうぼう》の夢に、『入道殿《にゅうどうどの》(道長)の男子や女子は、死ぬであろう』ということであった。尚侍《ないしのかみ》(藤原嬉子《きし》)は夢想に合ってしまった。『その後、関白以下は恐懼した』と云うことだ。ところが、この怪異が有ったのは、如何であろう」と云うことだ。

この年、道長の望月《もちづき》は、翳《かげ》りを見せ始めた。七月に小一条院《こいちじょういん》(敦明親王)の妃とした寛子《かんし》が死去したのに続き、八月には東宮《とうぐう》敦良のキサキとなった嬉子が、親仁《ちかひと》親王(後の後冷泉《ごれいぜい》天皇)を産んで薨去したのである。

この夢は十月のことであるが、嬉子の死去の記憶によって夢想があったものと思われる。道長家の「栄華」の行く末に対する様々な思いが、こういう夢を見る人を出現させたのであろうが、注目すべきは、この夢が頼通をはじめとする道長家の人々に語られているという点である。これは仲のいい人同士による「夢語り共同体」どころか、政治的作為すら感じさせるのである。

以上の夢は、天皇や王権に関する奥底をあからさまに語っており、まさに子孫に対する秘事の伝承といった観がある。これらを子孫に伝えることによって、将来、何らかの政治的利益をもたらすと考えたのであろうが、実資は自分の日記が子孫以外の人々にも見られるであろうことを、十分に意識していたはずであろうから、これらの夢を記す意味とは、いったい何だったのだろうかと、考えてしまう。

(5)　家族と個人

最後に、実資の家族や実資個人に関する夢を考えてみたい。これらに関する夢は、本来はあまり多くはなかったのであるが、治安三年に至り、突如として集中して登場することになる。

子を授かる

正暦元年（九九〇）九月八日条（九条家本）

……丑《うし》刻（午前一時—三時）の頃、房に帰った後、子を給わるという夢想が有った。詳しく記すことはできない。

平安時代の上級貴族は、家の存続のためには、政治的地位を継ぐ男子と、入内《じゅだい》を予定する女子（「后がね」）とが必要であった。ところが実資の場合、男子にも女子にも恵まれなかったのである（妻も次々と死去している）。男子の方は資平をはじめとする四人の養子を迎えてしのいだのであるが、女子の方はなかなか成長した者はおらず、小野宮家が政権から遠ざかるという事態を加速させた（入内しても皇子を産むことはなかったであろうが）。

この日の夢は、実資三十四歳、前年に参議に昇進したばかりの頃のものである。円融の命を承け、石清水八幡宮・春日社・興福寺《こうふくじ》・大安寺《だいあんじ》・元興寺《がんごうじ》に参詣した後、長谷《はせ》寺《でら》に参籠した夜に、この夢を見たのである。この間、実資は円融の御願（言うまでもなく、一条の健康である）とは別に、五日に石清水において「女児の大願」を立てている。その思いが、八日に長谷寺においてこの夢を見させたのであろう。

「子を授かる」ということが、自己の家の政治的上昇に直接つながっていた当時にあっては、これは小野宮家の浮沈に直結する夢想であったことになる。実資がその詳細を日《ひ》次《なみ》記《き》の本文に記さなかったのは、夢の内容を秘すことによって、その実現を期したものであろうか。夢の具体的内容は別記《べっき》に記載するといったことも考えられるが、いずれにしても、本文に記して子孫や他者に見せることは望まなかったのである。

夢解き僧

・正暦四年（九九三）三月十八日条（九条家本）

……前日、来た法師が、今日、重ねて来た。その名を問うと、「円賢《えんけん》」ということだ。逢わなかった。人を介して云ったことには、「夢想の告げを申す為に、参入したものです」ということだ。人々が云ったことには、「あの者は虚夢《きょむ》を処々に来たり告げます。その事を生活の便りとする者です」と云うことだ。

この円賢というのは延暦寺僧で、有名な元三大師良源《がんさんだいしりょうげん》の弟子であるが、他には見えず、実資以外の所にも行っていたのかどうかは不明である。いずれにせよ、「虚夢」の夢解《ゆめと》きをして世間を渡っている者のようである。

僧がこんな事を言ってきたら興味を持ちそうなものであるが、実資はいたって冷静な対応をしている。なお、当時、夢解き僧などといった専門家の存在はほとんど確認できず、解夢書《かいむしょ》の類が普及していたとは考えられないとのことである（藤本勝義《ふじもとかつよし》「平安朝の解夢法」）。

・正暦四年（九九三）三月二十二日条（九条家本）

今日と明日は、物忌である。修理大夫《しゅりだいぶ》（懐平）の御許から、夢想が紛々していたということを告げられた。そこで金鼓《こんぐ》を打たせた。藤三位《とうさんみ》〈(藤原)有国《ありくに》。〉が告げ送って云ったことには、「去る十八日の卯刻（午前五時―七時）、汝（実資）の為に吉想《きっそう》が有った。そこで子細を遣わし、詳しく記して送る。誠に吉想と称すべきである」と。別紙にある。円賢法師が重ねて来た。平誉《へいよ》師を介して夢の様子を問わせた。告げたところは、虚偽のようなものである。信用してはならない。

四日後、兄の懐平のところから、実資に関する夢想が紛々（入り乱れてまとまりのないさま）としているという知らせが来た。金鼓を打たせてそれに対処した実資であったが、今度は藤原有国から、実資に関する吉想を見たという消息《しょうそく》がもたらされた。両者から別個の夢想が来たわけであるが、実資は有国の夢想を別紙（日記の別記に有国から来た消息を貼り継いだ、もしくは書き写したものか）に残すのみで、それほど強い関心を示しているわけではない。やはりこれは、実資の特質と言うべきなのであろう。

実資が二人から夢告げを知らされたという噂を聞きつけたのか、再びやって来たのが、あの円賢である。このようなことがあった直後だったからか、実資は円賢の話も聞こうとする。やはり気になったのかもしれないが、その内容はやはり虚偽であり、ますます不信感を強めた実資であった。この後、円賢は史料に登場することはなかった。

これらの例は、夢に対する実資の認識をよく示すものである。この後、『小右記』から個人に関わる夢の記事はほとんど消えるが、三十年後、突然事態が変わることになる。

腫物治療の夢想

・治安三年（一〇二三）九月十四日条（伏見宮本）

去る夕方から、頬《ほお》が腫れた。悪血《おけつ》の致すところか。（和気《わけの》）相成《すけなり》朝臣は、蓮の葉の湯を用いて療治した。また、夢想の告げによって、支子《くちなし》の汁を付けた。宰相が云ったことには、「算賀《さんが》によって、禅室《ぜんしつ》（道長）は高野《こうや》（金剛峯寺《こんごうぶじ》）に参られる事を延引しました」ということだ。

（中原）恒盛《つねもり》を招請して、占わせたところ、勘申して云ったことには、「祟《たた》りはありません。血気《けつき》が相剋《そうこく》して、致し奉ったところでしょう」ということだ。何日か、蓮の葉の湯は、頗る温かかった。それで頰を洗って、熱気が発《おこ》ったということについて、夢想が有った。そこで支子を付けた。また、蓮の葉の汁を冷やして、面を洗った。最もその効験《こうげん》が有った。

六十七歳になった実資が、頰に腫物を患ったのである。実際には九月三日に転倒して頰を長押《なげし》（柱から柱へと水平に打ち付けた材）に突いてできた一寸（約三センチメートル）ほどの傷であり、現代の医学的見地から見ると、別に命に別状のあるような物ではなかったのであるが、当時は腫物で死亡することも多かったのである（その場合は本当に深刻な腫瘍《しゆよう》なのだが、当時はその区別が付かない）。この年は、実資はたまたま重厄《じゆうやく》にあたっていたのであり、その恐怖は想像に余りある。

さっそく次の日から祈禱や仏供養を始めた一方で、地菘《じすずな》・桑・蓮葉で湯洗《ゆせん》し、地菘の葉を付け、八日からは柳《やなぎ》湯も交えて洗っていた。

ちなみに、菘はアブラナ科の越年草《えつねんそう》で、漢方《かんぽう》では消化促進を促し、しもやけにも用いられる。桑はクワ科の落葉中高木《らくようちゆうこうぼく》で、葉は高血圧の予防に用いられる。蓮はハス科の水生多年草《すいせいたねんそう》で、下痢止め・健胃・強壮・精神安定の作用があるとされる（以上、久保《く ぼ》道徳《みちのり》・吉川雅之《よしかわまさゆき》編『医療における漢方・生薬学』、鈴木昶《すずきあきら》『身近な漢方薬材事典』による）。

ところが、十三日の夕方になり、傷が腫れてきたのである。そして夢想があり、支子（梔子《くちなし》）の汁を付けている。支子とはアカネ科の常緑低木《じょうりょくていぼく》で、漢方では山梔子《さんしし》とい い消炎・利尿剤などに用いるものである。この支子による治療というのも、実資の医学知識が夢となって現われてきたものであろう。

何人もの医師を呼んだうえでのことではあるが、当時の貴族が豊富な医学知識を有していたことを示している。また、これら種々の薬をすぐに調達できたということも、驚くべきことである。実資が恐怖を感じながらも、夢想を鵜呑《うの》みにしているのではなく、医師の助言の下、豊富な知識でもって冷静に対処している姿は、印象的である。

・治安三年九月十六日条（伏見宮本）

……私が病んでいる面の疵は、癒えて塞がったようなものである。物の葉を付けるとはいっても、肉合《ししあい》に付けないのか。疵痕《きずあと》は無いであろうということは、医師および人々が申すところである。何日か、柳・地菘・蓮の葉の湯で洗っている。ところが、夢想の告げによって、支子を付けた。また、蓮の葉を煮て冷やし、面を洗った。面の腫れは、頗る赤色が減じたので、また宜しく冷治しなければならない。すでにその効験が有る。種々の湯治《とうじ》によって、熱が発ったのか。

二日後、様々な治療によって、傷跡は、かなりよくなったようである。夢想の告げに基づく治療が、全体のごく一部に過ぎないことがわかる。

・治安三年閏九月一日条(伏見宮本)

丑刻(午前一時―三時)、夢を見たところ、皇太后宮大夫(懐平)が来て云ったことには、「面の疵は、(但波《たんばの》)忠明《ただあきら》に問うたところ、『平癒しました』と。また云ったことには、『柘榴《ざくろ》の皮を焼いて、付けますように。次いで桃の種核《しゅかく》の汁を付けますように』ということであった」と。今、思ったところは、薬師如来《やくしにょらい》に帰依《きえ》し奉っているので、告げられたものである。随喜《ずいき》の心は、喩《たと》えようもない。今、また、虚実を占わせなければならない。必ずしも占わなければならないわけではないとはいっても、魔障《ましょう》の怖れによって、神の告げを得る為である。

本来ならば明朝、忠明宿禰《すくね》を召して、この両種の功能《こうのう》を問わなければならない。

半月ほど経った頃、実資は新たな夢想を得た。兄の故懐平が医師の但波忠明に問うたところとして、柘榴の皮と桃核の汁を付けよと言ったというのである。

柘榴はザクロ科の落葉小高木で、樹皮に強い条虫《じょうちゅう》駆除《くじょ》作用、果皮に収斂《しゅうれん》作用があり、漢方では下痢止めに使用される。桃はバラ科の落葉高木で、その種子を基原《きげん》とし、別名を桃核仁《とうかくじん》という。効能は、瘀血《おけつ》を除き、血行を促進する。また腸の津液《しんえき》を潤し、便通をなめらかにするという。瘀血による発熱・腹痛、関節リウマチ痛、マラリア、打撲傷に用いられる。

この二種が夢に出てきたということを、実資は薬師如来の功徳と記しているが、季節的に考えて、直前に見ていた（食べていた）可能性も考えられる。また、喜びながらも、その効能を疑っており、医師（当の忠明）に問い、また占いも行なわせて虚実を問うている。実際に自分の治療となると、夢のお告げに対する態度も、このように慎重になるのであろう。

・治安三年閏九月二日条（伏見宮本）

早朝、忠明宿禰を召し遣わして、夢告の二種の薬について問うた。云ったことには、「桃の種核の汁を付けることは、極めて優れた事です。肉を満たして、皮をゆるめ、元のように還復《かんぷく》するでしょう。また、柘榴の治療は、未だ知りません。必ず良いのではないでしょうか。文書《もんじょ》を引いて、注進することにします」ということだ。夢想を信じるかどうかを、恒盛に占わせた。占って云ったことには、「今月一日、壬辰。時は丑刻〈夢を見た日時。〉に加えます。伝送《でんそう》は午《うま》に臨んで、用とします。将は青竜《せいりゅう》。中伝《ちゅうでん》は河魁《かかい》と白虎《びゃっこ》。終伝《しゅうでん》は神后《しんこう》と玄武《げんぶ》。御行年《ぎょうねん》は申《さる》の上にあり、河魁と白虎。卦遇《けぐう》は聯茹《れんじょ》です。これを推すに、信じられるべきです。何を以《もっ》て言うのかというと、『天医《てんい》の神徳《しんとく》は青竜で、これは医師の本主《ほんしゅ》である。また、大神孟《だいしんもう》は、中伝は加臨《かりん》である。告げたところは、信じなければならない。加《か》季《き》は信じてはならない』と云うことです。これを以てこれを考えると、大神の加《か》孟《もう》は、これは信じられるべきでしょう」と。

忠明宿禰が勘申《かんじん》して云ったことには、「桃の種核〈味は苦くて甘い。平らかで毒はありません。瘀血を司ります。また、早く暴暫《ぼうざん》の血を除きます。また、痛みを止めます。また、人を好色《こうしょく》にさせます。また、人の顔を悦沢《えったく》します。〉。この物は、付けられるべきでしょう。皮《ひ》肉《にく》を炒め去り、鉄臼《てつうす》でよく舂《つ》き、泥にして付けなされよ」ということだ。「柘榴は、もしかしたら仏法《ぶっぽう》に見えるところが有るでしょうか。この御疵については、これを用いてはなりません」と。桃の種核は、勘文《かんもん》のとおりであれば、面の疵に用いることは、最も勝る。夢想の告げは、仰いで信じることができる。仏神もまた、敬慎《けいしん》の誠を致せば、必ず感応の効験を得る。

翌二日、実資は医師の忠明に夢告げに出てきた二種の薬の効能を問い、陰陽師の中原恒盛に占わせた。医師の見立てによると、桃核の汁は顔の疵に付けなさい、柘榴は用いてはならない、ということであった。「夢想の告げを信じよ」などと言う医師も医師であるが、きちんと医書を調べたうえでのことであろう。

一方、陰陽師の方は、「告げたところは信じるべきである」ということであった。とりあえず、医師の見立てと陰陽師の占いの結果、実資は桃核の汁は効能があると思ったことであろう。さっそくこの日の夕方、桃核の汁を付け始めた。

・治安三年閏九月三日条（伏見宮本）

去る夕方、桃の種核の汁に効験が有った。今朝、見てみると、ようやく満合《まんごう》した。相成朝臣が参って来て云ったことには、「昨日と一昨日は、固い身の慎みによって、参入しませんでした」と。二種の夢の薬について語った。感嘆は限り無かった。「桃の種核の汁は、極めて良い事です」ということだ。「あれを常に付けなされよ」ということだ。そこで相成に柘榴の皮を焼いて磨《す》らせた。「白昼に面に付けると、黒くなるでしょう。夜に臨んで付けるのが宜しいでしょう」ということだ。夜に入って、柘榴の皮を付けた〈焼いて磨ったことは、炭のようであった。〉。

桃核の汁を付けた結果、翌三日の朝には疵が満合していた。そこにもう一人呼んでいたのであろう、医師の和気相成がやって来た。

相成は、桃核の汁についてはもちろん、柘榴の皮についても勧めたようで、実資はこれも試している。自分がやりたいことであっても、ある人から反対されると尻込みしてしまい、誰かに「後押し」されると思い切ってやってみるということは、誰しもあることであるが、実資は結局は夢に出てきた二種の治療法を、両方とも試してみたかったのであろう。夜、すりつぶして炭のようになった柘榴の皮を顔に塗っている六十七歳の実資を想像すると、何だか微笑ましいが。

・治安三年閏九月四日条（伏見宮本）

面の疵は、ようやく減じた。夢の薬の効験であろうか。桃の種核の療治《りょうじ》は、日を逐って効験を得る。三宝《さんぼう》の冥助《みょうじょ》は、感涙《かんるい》が禁じ難い。

翌四日、ようやく顔の疵は治癒したようであり、実資は「夢の薬の効験」を示してくれた「三宝の冥助」に感謝している。おそらくは、この頃には治りかけていたのであろうが、夢そのものも、実資の医学知識が見させたものだったのであろう。

・治安三年閏九月六日条（伏見宮本）

……宰相（資平）が来た。夢想が二種の事を告げたところを、皇基師《こうきし》を選んで、入道侍従《にゅうどうじじゅう》（藤原相任《すけとう》）に問い遣わした。報じて云ったことには、「この事は、詳細を知りません。但し柘榴の皮は、古い血を散らすでしょうか。古伝《こでん》に少し聞いたものです。但し処方を知りません。また、桃の種核は、同じく悪血を散らします。顔の皮を和《なご》まし、肉を満たすのでしょう。二薬を共に用いるのが、最も良いでしょう。特に夢想の告げたところは、疑慮《ぎりょ》の無いところでしょう。両種の薬で療治されたのですから、平癒するでしょう。今、伝承のように、きっと疵は無くなるのではないでしょうか」と。この間、事が多く、詳しく記すことができない。

ようやく治癒した頃になっても、実資は夢想の告げた二種の薬について、藤原相任に聞いている。しかも、相任というのは、医師でもなければ陰陽師でもない、言わば普通の出家者である。やはり実資は、夢想について、十全の信頼を置いているわけではなく、誰でもいいから安心させてほしいという思いがあったのであろう。

・治安三年閏九月八日条（伏見宮本）

夜に臨んで、柘榴の皮を付けた〈焼いて粉を作り、付けた。〉。医家《いか》が申したのではない。夢告によって、治療したものである。前記に見える。

八日になっても、柘榴の皮の治療を続けているが、いちいち日記に夢想によると記していることは、いかなる思いによるものであろうか。

なお、この頃には完全に治癒したようで、閏九月十六日、負傷後はじめての参内の日を勘申させている。なお、閏九月二十八日の夢想に東寺の老僧上覚《じょうかく》が登場し、実資は面の疵が癒えたのは薬師如来の冥助であると記していることを付言しておく。

これまでの顚末《てんまつ》を見ればわかるように、重大な怪我と本人が認識していた場合においてでも、得た夢想についても、それを鵜呑みにするのではなく、当時考えられる様々な手立てを講じたうえで対処していたのである。

(6) 秘事伝承の夢

以上、実資の『小右記』に登場する夢を眺めてきた。夢の宗教性を認識し、数々の宗教的措置を講じながらも、必ずしも実資は宗教的な怖れにのみ包まれていたわけではなく、また夢想を冷静に自己の都合のよいように利用もしていることがうかがえよう。

一方、みずからの昇進に関する夢や、政務・儀式に関する夢を記述することは少なかったが、それはむしろ、実資の日記に対する態度によるものであろう。逆に天皇や王権に関する夢は詳しく語っているのは、子孫や後世の人々に対する秘事の伝承という意味があったのであろうか。

四　後期摂関期貴族の古記録と夢

1　源経頼と『左経記』

源経頼

時代は降り、「後期摂関期《こうきせっかんき》」と仮称するが、頼通《よりみち》以降の時代における古記録《こきろく》に見える夢を考えてみよう。まずはじめに、源経頼《つねより》の記録した『左経記《さけいき》』に見える夢記事を見ていくことにする。

経頼は、宇多源氏《うだげんじ》として寛和《かんな》元年（九八五）に生まれた。祖父は左大臣源雅信《まさのぶ》。ということは、道長《みちなが》嫡妻である源倫子《りんし》の甥《おい》にあたる。とはいえ、彼の門流はすでに実務官人を歴任する家柄となっていた。経頼も長徳《ちょうとく》四年（九九八）に従五位下に叙されて以来、少納言《しょうなごん》・蔵人《くろうど》・弁官《べんかん》などを歴任した。長元《ちょうげん》二年（一〇二九）に四十五歳で後《ご》一《いち》条《じょう》天皇の蔵人頭《くろうどのとう》に補され、翌長元三年（一〇三〇）に参議に上った。長暦《ちょうりゃく》三年（一〇三九）、正三位参議兼左大弁《さだいべん》として五十五歳で薨去《こうきょ》した。

経頼の日記である『左経記』は、名の偏をとって『糸束記《しそくき》』とも称される。散逸した年が多く、長和《ちょうわ》五年（一〇一六）から長元八年（一〇三五）までの日次記《ひなみき》と、凶事の部類記である『類聚雑例《るいじゅうざつれい》』が長元二年から長元九年（一〇三六）まで残る。寛弘六年（一〇〇九）から長暦三年までの逸文も存在する。摂関政治全盛期の実務官人の活動を知るための重要史料である。

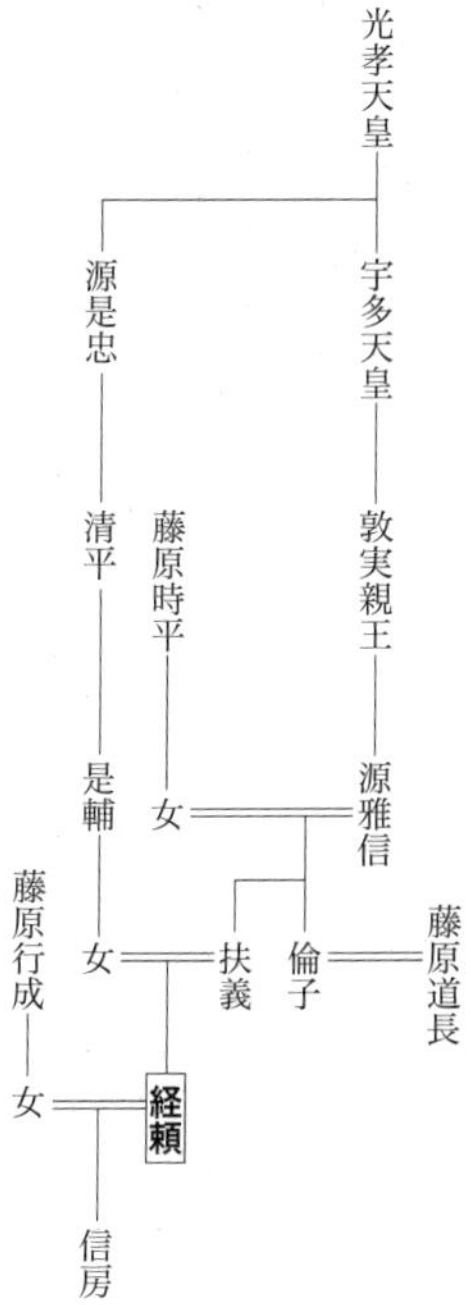

源経頼関連系図

『左経記』の夢

次に『左経記』の記事が残存する年と、夢記事の存在する年を表示してみる。

表12 『左経記』の夢

年次	西暦	年齢	主な官職	夢記事	記主の夢
寛弘六	一〇〇九	二五	玄蕃頭	0	0

七	一〇一〇	二六	少納言	0	0
八	一〇一一	二七		-	-
長和元	一〇一二	二八		-	-
二	一〇一三	二九		0	0
三	一〇一四	三〇	左少弁	0	0
四	一〇一五	三一		0	0
五	一〇一六	三二	蔵人	0	0
寛仁元	一〇一七	三三		0	0
二	一〇一八	三四		0	0
三	一〇一九	三五	権右中弁	0	0
四	一〇二〇	三六	権左中弁	0	0
治安元	一〇二一	三七		0	0
二	一〇二二	三八		-	-
三	一〇二三	三九	左中弁	0	0
万寿元	一〇二四	四〇		0	0
二	一〇二五	四一		1	0

三	一〇二六	四二		1	0
四	一〇二七	四三		0	0
長元元	一〇二八	四四		0	0
二	一〇二九	四五	蔵人頭兼右大弁	0	0
三	一〇三〇	四六	参議兼右大弁	0	0
四	一〇三一	四七		1	0
五	一〇三二	四八		1	0
六	一〇三三	四九		0	0
七	一〇三四	五〇		0	0
八	一〇三五	五一		1	0
九	一〇三六	五二		0	0
長暦元	一〇三七	五三		0	0
二	一〇三八	五四		0	0
三	一〇三九	五五		0	0
合計				5	0

五つの日の記事に一〇回の夢が見られるが、記主《きしゅ》である経頼自身の見た夢は、一つもない。やはり実務官人としての経頼と、その日記の特質なのであろうか。考えてみれば、ほとんどの貴族は自己の日記に夢の記事を記さないのであるから、これも当然と言えば当然ではある。

それではいくつかを見ていこう。現代語訳の基になった本文は、東京大学史料編纂《しりょうへんさん》所《じょ》編纂『大日本史料』の該当記事によるものとするが、秘閣本（国立公文書館蔵）を底本とした増補「史料大成」刊行会編『増補史料大成　左経記』も参照した。九条家本（宮内庁書陵部蔵）の写真版も入手し、秘閣本は自分で撮影して、それらも参照した。

まずきわめて印象的な、関寺《せきでら》の仏牛をめぐる夢から眺めていくこととしよう。

(1) 関寺の仏牛をめぐって

関寺というのは、逢坂関《おうさかのせき》の手前の東海道沿いにあった古寺で、創建年次は不詳である。貞元《じょうげん》元年（九七六）に大地震で倒壊したものの、恵心僧都《えしんそうず》源信《げんしん》が弟子延鏡《えんきょう》に復興を命じ、万寿《まんじゅ》二年（一〇二五）に再興させた。この間、寛仁《かんにん》四年（一〇二〇）十二月には、菅原孝標女《たかすえのむすめ》が、上総《かずさ》からの上京の途上で、「丈六《じょうろく》の仏の、いまだ荒造りにおはする」を横目で眺めている（『更級日記《さらしなにっき》』。実際には寛仁元年の上総下向時）。

そして再興が成った時に、檮葉仏《かしようぶつ》（迦葉仏）の化現《けげん》との夢告《むこく》のあった霊牛《れいぎゆう》が出現したのである。道長をはじめ多くが参詣して霊牛に結縁《けちえん》（人が仏法に触れることによって未来の成仏《じようぶつ》・得道《とくどう》の可能性を得ること）したが、霊牛は夢告のあった日時に入滅《にゆうめつ》した（平林盛得「関寺牛仏の出現と説話・縁起・日記」）。

その直後に菅原師長《もろなが》は『関寺縁起《せきでらえんぎ》』を書いた。霊牛の供養塔《くようとう》は、関寺跡とされる長《ちよう》安寺《あんじ》に今も残る。また、老衰落魄《ろうすいらくはく》した小野小町《おののこまち》が関寺のかたわらの庵《いおり》に住んでいたとする伝説（謡曲《ようきよく》「関寺小町」）も作られた。

関寺の仏牛

・万寿二年（一〇二五）五月十六日条（九条家本）

……「関寺に牛がいて、何年もの間、堂を造るための材木を運んでいた。ところが近ごろ、大津《おおつ》の住人たちに夢想《むそう》があり、この牛が迦葉仏《かしようぶつ》の化身《けしん》であるということであった。その夢が京都《きようと》中に広まり、大相国禅閤《だいしようこくぜんこう》（道長）、関白《かんぱく》左大臣（頼通）をはじめ、下人《げにん》に至るまで、その牛との結縁を求めて関寺へやって来た」ということだ。この関寺の堂と仏像は、源信僧都が生前に語ったことによって、僧延《えん》

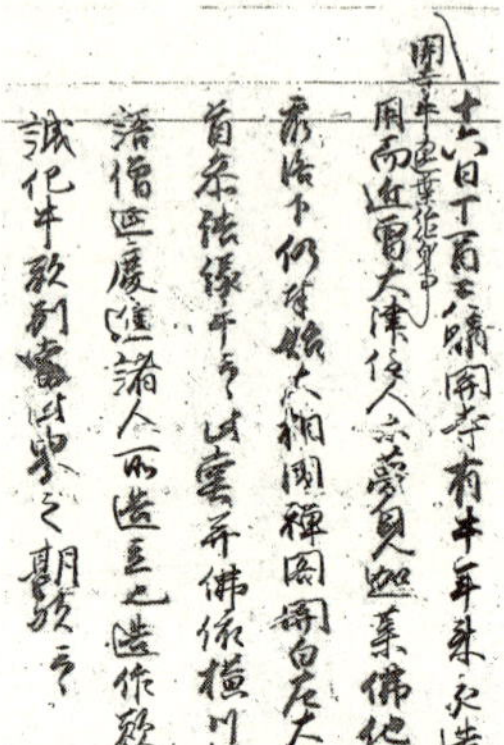

『経頼卿記』万寿二年五月十六日条（九条家本.宮内庁書陵部蔵）

慶《きよう》（延鏡）が諸人に勧めて造立《ぞうりゆう》したものである。この造立工事が終わろうとする頃、この夢想があったのだ。「誠に迦葉仏がこの牛に化し、この世を去ろうとしている」とのことである。

霊牛の噂を聞いた経頼が記録したものであるが、この日の記事では、噂を記すにとどめている。まず、「大津の住人たち」の夢に迦葉仏の化身が現われたこと、それがどうも関寺で使役《しえき》されている牛であるらしいこと、道長をはじめ多くの人が関寺を訪れたということ、そして寺の造営が終わるとこの牛もこの世を去るであろうということ、である。

この夢であるが、どうもこれは誰かが実際に見た夢ではなく、おそらくは関寺復興のための宣伝として作られた「夢想」の疑いがある。実際に誰かが見たのだとすれば、この寺で使役されている牛を見た人が、その記憶と関寺復興の様子を重ね合わせて見たものであろう。

夢を見たのは、『小右記《しょうゆうき》』では「大津に住む者」、『関寺縁起』では息長正則《おきながのまさのり》と調時佐《つきのときすけ》、『栄花物語《えいがものがたり》』では「寺のあたりに住む人」、『今昔物語集《こんじゃくものがたりしゅう》』では「明尊《みょうそん》」とされている。

なお、「三条西家重書古文書《さんじょうにしけじゅうしょこもんじょ》」（東京大学史料編纂所蔵）一に収められている『小右記』逸文に、この牛のことが記録されているので、ここでまとめて述べておく。

・万寿二年五月十六日条

関白が関寺に参られた。近ごろ、上下の者が参詣している。その由緒を尋ねると、「その寺の材木を引く牛が、大津に住む者の夢では、迦葉仏である」ということである。

・万寿二年五月二十三日条

関寺に参って諷誦《ふじゅ》を修して、次に牛の方に向かった。繋《つな》がれずに閑《しず》かに立っていた。様子は柔弱《にゅうじゃく》であった。心底《しんてい》に祈念し、退帰した。

・万寿二年六月一日条

「関寺の牛の病は、はなはだ重い。入滅の時は近いのであろうか。その在所から出て、ゆっくり御堂《みどう》の前に歩み登り、御堂を廻《めぐ》ること二回。道俗《どうぞく》の者は涕泣《ていきゅう》した。その後、仏前に臥《ふ》した。僧たちは念仏を唱えた。また、更に扶《たす》け起こされて牛はまた、一回廻って元いた所に帰った。誠に化身と申すべきである。入滅は、もしかしたら今夜であろうか」ということだ。

・万寿二年六月四日条

ある者が云ったことには、「関寺の牛は、すぐに埋葬した。また、その像を画《か》いて堂中に懸けた。その牛を見なかった公卿《くぎょう》は、大納言（藤原）行成《ゆきなり》、参議（藤原）広業《ひろなり》〈病後の灸治《きゅうじ》。〉・（源）朝任《あさとう》〈妻の産穢《さんえ》。〉である」ということだ。

あの実資《さねすけ》までもが見に行ったのかと驚かされるが、次に『左経記』に見えるこの牛の顛末《てんまつ》を参考として挙げておく。六月二日に至り、経頼はようやく関寺を訪ねた。

仏牛の死

・万寿二年（一〇二五）六月二日条（九条家本）

……早朝、関寺に参り向かった。着くと、まず牛を見た。聖人《しょうにん》が云うことには、「牛は何日も病気だ。五月の晦日《みそか》に、この牛はようやく起き上がり、御堂の周りを三回廻って、元の所へ帰ってくる途中で倒れてしまった。起き上がれないので、人々が力を合わせて起《た》たせ、元の所に運んで臥させたが、この牛はもう起き上がれない。死のうとしているところなのだ」と。私はこの話を聞いて感祈の念を起こした。その牛は顔を二、三度挙げて私を見た。私はすこぶる涕泣した。酉刻《とり》（午後五時―七時）になり、この牛は頭を北面にし西向きで空《くう》に帰した。すぐに堂の後ろの山に埋めて、京に帰った。

・万寿二年六月三日条（九条家本）

……ある人が云ったことには、「関寺の迦葉仏の化身の牛は、すでに入滅した。堂の後ろの山を掘って埋葬された」とのことだ。三井《みい》僧都は、僧たちを率いて念仏した。

この万寿二年は、末法《まっぽう》の世が到来すると信じられた永承《えいしょう》七年（一〇五二）に近く、このような話に共感する人々は多かったことであろう。また、牛は『日本霊異記《にほんりょういき》』で、寺の資物を使い込んだ者が、牛に転生《てんしょう》してその寺で使役されるというパターンで多く登場するが、そのような「伝統」が影響していると考えられる。

この夢が造寺のための関寺の宣伝のために作られた可能性が高いことは、先に述べた。しかし、末世《まっせ》到来の直前という時期、そしてあまりにも劇的過ぎる宗教的な夢である故に、人々の関心を惹《ひ》いたのであろう。

また、経頼がこの騒ぎに対し、貴族層の中で最も乗り遅れていることは、謹厳な実務官人としての矜持《きょうじ》と言えようか。単に業務が忙しかっただけかもしれないが。

(2)　その他の夢

その他の夢について、時期を追って眺めてみよう。

金箔不足の夢想

万寿三年（一〇二六）九月二十一日条（秘閣本）

……御造仏料が足りないということを、覚空法橋《かくくうほっきょう》の許《もと》から夢想の告げとして知らせてきた。そこで仏師《ぶっし》（定朝《じょうちょう》）を呼んで問うたところ、「料物《りょうもつ》（資金）は心配ございません。但し仏像の箔《はく》にする金が足りません」ということだ。そこで銀三十一両を加えて下賜《かし》された〈仏像一体毎に二両。〉。また、染工《せんこう》から、料が頗《すこぶ》る不足しているという訴えが有った。そこで人毎に米二石を宛てた。

以前にも触れた後一条中宮《ちゅうぐう》の藤原威子《いし》がいよいよ懐妊し、出産のため大炊《おおい》御《み》門第《かどてい》に下った。

そして安産祈願の仏像二七体を仏師定朝に造らせて寝殿《しんでん》に安置することになり、八月十七日から造り始めた。八月二十七日には、仏像に箔を施すための金が箔師《はくし》に下賜されたが、九月二十一日に至り、覚空に「夢想の告げ」があったというのである。

覚空というのは延暦寺《えんりゃくじ》の僧で、この際の造仏とは直接の関係を持たない人物である。しかし、十月十日に完成した仏像の安置式には、天台座主《てんだいざす》院源《いんげん》以下、多くの延暦寺僧が参与しており、覚空の周辺でも、この造仏の情報は語られていたことであろう。

これほどの短時日に、しかも米千石、金百六十両、鉄百三十廷と、莫大《ばくだい》な資物を費やしての造仏事業となると、覚空にとっても、様々な心配の念を起こさせたのであろう。その思いが、このような夢を見させたことになるが、この報告を受け、さっそく仏師を呼んで対処し始めているということは、この造仏に対する宮廷の熱意の表われであろう。必ずしも仏からのお告げを信じたわけでもあるまい。

なお、威子は十二月九日、無事に章子《しょうし》内親王を出産している。

賀茂斎院出家の夢想

長元四年（一〇三一）九月二十日条（秘閣本）

……亥《い》刻（午後九時―十一時）に及んで、斎院長官（平）以康《もちやす》朝臣が来向して云ったことには、「斎院《さいいん》（選子《せんし》内親王）の御書状に云ったことには、『長年の本意《ほい》によって、二十五日の頃に出家《しゆつけ》したい』とのことでした。ところが関白がおっしゃられたことには、『その日は女院《にょういん》（藤原彰子《しょうし》）の御供に石清水八幡宮《いわしみずはちまんぐう》などに参詣する日である。もしもそのようなことが有ったら、はなはだよろしくないことではないか。そこで出家の日を早め、明後日に出家すべきである』とのことでした」と。私は「承った」ということを申させた。考えるに、この出家は留《とど》めるべきではない。人についての事というものは、皆、その運が有るのではなかろうか。特に、前日、『『今年、出家することが吉である』との夢想の告げが有った」と、斎院の仰せが有った。神慮《しんりよ》は知り難い。どうしてあれこれ申すことができようか。

斎院とあるのは、賀茂《かも》斎院の選子内親王である。村上《むらかみ》天皇の第十皇女として康保《こうほう》元年（九六四）に生まれ（母は中宮藤原安子《あんし》。ちなみに安子は選子を産んだ五日後に崩御している）、天延《てんえん》三年（九七五）に十二歳で賀茂斎王《さいおう》に卜定《ぼくじょう》され、以後五十六年にわたって斎院にあり、「大斎院《だいさいいん》」と称された。

その選子が、今年中に出家した方がよいとの夢を見たのである。彼女は翌朝、斎院長官に消息を送り、二十五日に出家するという意向を示した。その報を得た関白頼通以下の動きが始まるのである。頼通は、二十五日は上東門院《じようとうもんいん》彰子の石清水詣と重なるので、二十二日に出家すべきであるとの意を経頼に示している。

結局、選子は二十二日に密《ひそ》かに斎院を退下し、二十八日に出家するのであるが、この突然の出家に対して、誰も動揺することなく、淡々と選子の「本意」に協力しているかの観がある。五十六年も続いた選子の斎院について、宮廷社会の全員が、「もうそろそろ……」という考えを持っていたのではないかと想像される。

選子の夢想であるが、彼女にしても五代の天皇の斎院を務めており、六十八歳という年齢と病がちな日々を考えると、そろそろお役を免じられたいという希望を抱いていたであろうことは、十分に考えられるところである。出家に関する夢も、何度も見ていたのかもしれないが、この辺が潮時と考えた時点で、それを言い出し、皆がそれに従ったといったところであろう。

服喪女の伺候

長元五年（一〇三二）正月四日条（秘閣本）

……前甲斐守《さきのかいのかみ》（平）範国《のりくに》が東寺《とうじ》の御堂において密かに語って云ったことには、「去夕、頭中将《とうのちゆうじよう》（源隆国《たかくに》）の夢に、『服喪《ふくも》の者が、斎院に伺候している。風雨雷電が起こり、世間は閑かではない』とあった。夢から覚めて聞くと、風雷が加わり、ちょうど夢想のようであった。たちまちに恐怖心を起こし、蔵人（藤原）兼《かね》安《やす》を介して中宮（威子）に啓上《けいじょう》させた。今朝、中宮から斎院に報告された。すぐに院内と宮の内を捜索させたところ、『侍《さむらい》の曹司《そうし》に服喪の女がいる』と云うことであった。すぐに追い出させた。『御祓《はらえ》を行なうべきことを、宮主《みやじ》に召し仰せよ』とのことである」ということだ。しばらくして頭中将が参られた。夢の事を問うと、答えられて云ったことには、「昨日、（後一条天皇が）上東門院への朝覲《ちょうきん》行幸《ぎょうこう》（天皇が上皇・母后を拝覲する儀式）から還御《かんぎょ》された後、私は疲れが極まって宿所で休んでいる頃、この夢が有りました。その時、蔵人が呼びに来ました。驚いて起きたところ、雷雨が特に甚しい様を聞きました。天皇の御前に参って夢の趣旨を奏しました。そして兼安を遣わして中宮にも啓上させたのです」ということだ。私は答えて、「実際に服喪の者がいたのです。そこで退出させて御祓を行なうことになりました」と云った。その時、いよいよ恐れを感じた。神徳《しんとく》を感じるのは虚ではない。

頭中将源隆国（『宇治大納言物語《うじだいなごんものがたり》』の編者）の夢というのは、服喪の者が斎院に伺候しているということと、風雨雷電が起こるというものであった。目を覚ますと実際に風雷が激しかったので、恐怖心を起こし、後一条と中宮威子に報告した。

中宮から報告を受けた斎院が院内を捜索させたところ、実際に服喪の者がいたので、その者を追放し、祓（罪穢を除去するために中臣祓《なかとみのはらえ》を読むこと）を行なうことになったというのである。

このうち、風雨雷電が起こるという夢は、言うまでもなく、睡眠中に実際に風雨雷電が聞こえていたという聴覚的刺激によるものに違いない。当時の人々一般に見られる雷（天神《てんじん》）に対する恐怖心から、このような大げさな反応となったのであろう。

服喪の者の方は、このような者が斎院の中にいたら穢《え》に触れて大変なことになるという懸念によって見たものであろう。行幸を無事終えたという疲労感が、このような夢を見させたものと思われる。

総じて平安貴族は神事に際して穢を忌避《きひ》する観念が強く、このようなたわいない夢に対しても、きちんと対応している。他の俗事に関する夢であったならば、このような対応を見せることはなかったであろう。経頼の感慨も同様である。

前斎院の辛前祓

長元八年（一〇三五）四月二十五日条（秘閣本）

辛前

……午《うま》刻（午前十一時—午後一時）の頃、先の斎院の許に参った。女房《にょうぼう》が云ったことには、「斎院を去りなさった後、先例に任せて、辛前《からさき》に於いて御祓を行なわなければならないのである。ところがお考えが有って、その事を行なわれていない。この何日か、斎院は病悩されている。『このような祟《たた》りによって病がちになっておられる』との御卜《みうら》および夢想の告げが有った。これを如何《いかが》すればよいのか」と。私は申して、「延引するといっても、このような祟りがあるのならば、早く御祓を行なわれるべきであろう」と云った。

経頼が出家した前斎院選子の許に参っ

たところ、辛前の祓を行なうべしとの卜占《ぼくせん》の結果、および夢想の告げが知らされた。選子の病悩は祓を行なわないためであるというのである。

辛前というのは唐崎とも記し、現大津市北部の琵琶《びわ》湖に面した地で、古来祓の行なわれた場であった。このような夢想があった以上、経頼にこれを拒否する道理はなく、祓の執行が約されたのである。

ただ、この後も選子のための辛前の祓が行なわれたということはなく、六月十五日に病に倒れた選子は、六月二十二日に七十二歳で薨去している。

(3) 実務官人の夢

以上、『左経記』に記録された夢を考えてきた。夢記事の量が少ないこと、記主自身の見た夢が一つもないことが、その特徴である。これは先にも触れたように、実務官人である弁官が記録した日記であることによるものであろう。

元々が実直な印象を受ける古記録なのだが、夢記事に関しても、その感が強い。わずかに記録された夢記事も、関寺、造仏、それに斎院関係が三つと、特定の内容の、とりわけ印象深いものに限られる。しかもよく考えたら、関寺の牛を除けば、弁官としての職務上、否応《いやおう》なく関与せざるを得なかったものである。『左経記』の夢を眺めてみると、逆に『権記《ごんき》』や『小右記』の特異性が浮かび上がってくるのである。

2　藤原資房と『春記』

最後に、藤原資房《すけふさ》の記録した『春記《しゅんき》』に見える夢を考えていく。

藤原資房

資房は、実資の養子として実質上小野宮《おののみや》家の嫡流を継いだ大納言資平《すけひら》の嫡男として、寛弘《かんこう》四年（一〇〇七）に生まれた。ただ、小野宮家には往年のように九条流《くじょう》に対抗するだけの勢威はなく、故実《こじつ》を記録する家として生き残るしかなくなっていた。道長長女の彰子が一条《いちじょう》天皇の皇子を懐妊し、道長家の栄華が確立することになる寛弘四年に資房が生まれたというのも、まことに皮肉なことである。

資房も近衛府《このえふ》の次将《じしょう》（少将・中将）を歴任しながら長暦二年（一〇三八）に蔵人頭に補《ほ》され、長久《ちょうきゅう》三年（一〇四二）に参議に上ったものの、その後は頼通と対立する尊仁《たかひと》親王（後の後三条《ごさんじょう》天皇）の春宮権大夫《とうぐうごんのだいぶ》に任じられたこともあって参議のままで据え置かれ、天喜《てんぎ》五年（一〇五七）、正三位参議のまま、五十一歳で薨去した。

資房の日記である『春記』は、『野房記《やぼうき》』とも称される。『春記』の名は、資房が春宮権大夫を兼任していたことによる。散逸した部分が多く、万寿三年（一〇二六）から天喜二年（一〇五四）までのものが伝存している他、九条家本（宮内庁書陵部蔵）、

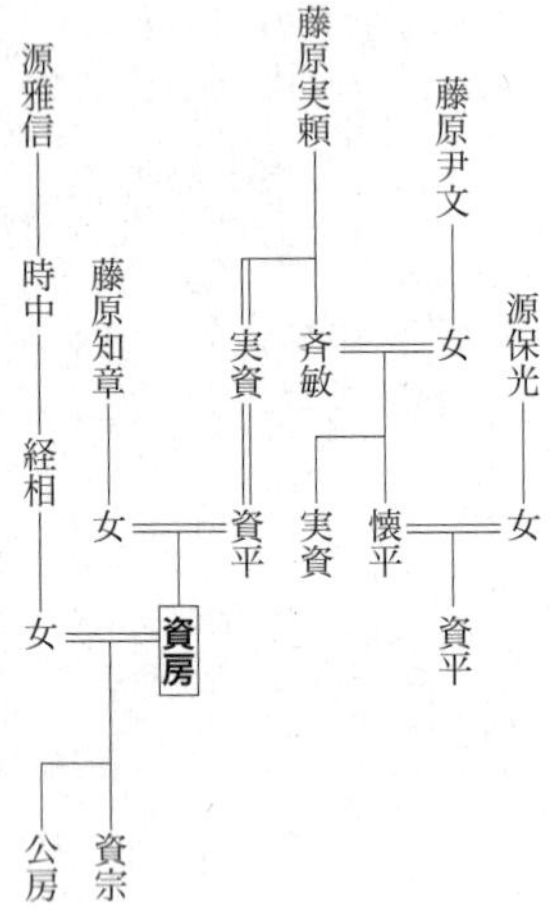

藤原資房関連系図

田中本（国立歴史民俗博物館蔵）、東寺《とうじ》旧蔵本（宮内庁書陵部・京都国立博物館・大谷大学蔵）などや、いくつかの逸文が知られている。蔵人頭としての後朱雀《ごすざく》天皇と関白頼通との折衝などが詳細に記録され、後期摂関政治を研究するうえでの重要史料である。また、狷介《けんかい》にして鬱屈《うつくつ》した性格の資房の個人的感情を吐露した箇所も多く、きわめて個性的な日記とも言える（赤木志津子「藤原資房とその時代」）。

『春記』の夢

次に『春記』の記事が残存する年と、夢記事の存在する年を表示してみるとしよう。

表13 『春記』の夢

年次	西暦	年齢	主な官職	夢記事	記主の夢	王権の夢	政事の夢	宗教の夢
万寿三	一〇二六	二〇	右少将	0	0	0	0	0
四	一〇二七	二一		−	−	−	−	−
長元元	一〇二八	二二		−	−	−	−	−
二	一〇二九	二三	左少将	−	−	−	−	−
三	一〇三〇	二四		−	−	−	−	−
四	一〇三一	二五		0	0	0	0	0
五	一〇三二	二六		−	−	−	−	−
六	一〇三三	二七		−	−	−	−	−
七	一〇三四	二八		0	0	0	0	0
八	一〇三五	二九	左近権中将	−	−	−	−	−
九	一〇三六	三〇		−	−	−	−	−
長暦元	一〇三七	三一		−	−	−	−	−

二	一〇三八	三二	蔵人頭	3	0	1	1	1
三	一〇三九	三三		4	0	0	4	0
長久元	一〇四〇	三四		6	2	3	1	2
二	一〇四一	三五		0	0	0	0	0
三	一〇四二	三六	参議	0	0	0	0	0
四	一〇四三	三七		–	–	–	–	–
寛徳元	一〇四四	三八		0	0	0	0	0
二	一〇四五	三九	兼春宮権大夫	0	0	0	0	0
永承元	一〇四六	四〇		0	0	0	0	0
二	一〇四七	四一		–	–	–	–	–
三	一〇四八	四二		0	0	0	0	0
四	一〇四九	四三		–	–	–	–	–
五	一〇五〇	四四		0	0	0	0	0
六	一〇五一	四五		0	0	0	0	0
七	一〇五二	四六		1	1	0	0	1

天喜元	一〇五三	四七	－	－	－	－	－
二	一〇五四	四八	0	0	0	0	0
合計			14	3	4	6	4

夢という語は一四の記事に登場し、そのうち、記主である資房自身の見た夢は三回であるが、そのほとんどは蔵人頭の時代に見られたものである。

それでは、三つに分けた分類毎に見ていくことにしよう。現代語訳の基になった本文は、丹鶴叢書《たんかくそうしょ》本を底本とした増補「史料大成」刊行会編『増補史料大成　春記』によるものとする。九条家本の複製版、田中本の写真版も入手し、内閣文庫本（国立公文書館蔵）は自分で撮影して、それらも参照した。

(1) 王権の夢

まずは、長久元年の内裏焼亡《じょうもう》を中心とした、王権に関する夢から考えていく。蔵人頭に補された長暦二年（一〇三八）のものからである。

後朱雀天皇の慎み

長暦二年（一〇三八）十月十一日条（丹鶴叢書本）

……夜になって、蔵人少納言（源）経成《つねなり》が来て談《かた》って云ったことには、「この晩方、召しが有って関白殿（頼通）の許に参ると、おっしゃって云ったことには、『女院《にょういん》（彰子）からおっしゃって云ったことには、「行幸《ぎょうこう》の日に（後朱雀天皇が）慎《つつし》みなさるべき夢が有った。陰陽師《おんみょうじ》に占わせたところ、『やはりよろしくない。行幸を行なえば天皇の病悩が有るに違いない』と云った。また、特にその日は、八八の卦《け》・御物忌《ものいみ》の両事に当たっている。これらが重なるのは、最も畏《おそ》れが有る。行幸を延期なさるのが宜《よろ》しいでしょう。物忌の日は神社に向かわないものだ。返返す返す恐れに思っているのである」ということだ。そこで行幸を延期すべきことを、天皇に奏聞《そうもん》してこい。また、行幸の上卿《しょうけい》にも言ってこい』とのことでした」と。

後朱雀天皇の春日《かすが》行幸について、生母である上東門院彰子に行幸を慎むべきだという夢想があり、よくない卦（易の結果）や御物忌も重なったことと併せ、行幸の延期を後朱雀に奏上《そうじょう》せよとの命を、関白頼通から蔵人の源経成が受けたという記事である。

この年、後朱雀はすでに三十歳になっており、かつての幼帝《ようてい》一条の場合とは同一視するわけにはいかないが、やはり子の健康を気遣う母親の心配が、このような夢を見させたのであろう。また、天皇の物忌というのは事前にわかっている場合が多く、それ故にこそ、彰子はこのような夢を見たのではないかとも思われる。

神事や王権に関わる場合、夢想に過敏に反応するのが当時の常であった。その日のうちに行幸延期が決まり、結局、行幸は十二月二十日に行なわれている。

神鏡本体の小蛇

長久元年（一〇四〇）九月十日条（丹鶴叢書本）

……午刻（午前十一時―午後一時）の頃、関白（頼通）がおっしゃって云ったことには、「『内侍所《ないしどころ》の女官《にょうかん》二人に夢想があった』と云っている。一人が夢に見て云ったことには、『神鏡《しんきょう》の本所に小蛇がいた。頗る病悩の様子が有った』と云うことだ。もう一人が夢に見て云ったことには、『神鏡の本所に人がいて云ったことには、「私は独りで身を離れてここにいる」と』とのことである。博士命婦《はかせみょうぶ》や他の女官たちが連れ立って神鏡の本所に向かった〈その所は昨日、関白の命によって、垣をその廻りに立てて籠めさせた。濫入《らんにゅう》を禁じる為である。〉。掘り求め奉ったところ、金玉《きんぎょく》のごときもの二粒を捜し出した。すぐに絹に入れ奉って持ってきた。ただ今は、あの御唐櫃《からびつ》の上に安置してある。未《いま》だ唐櫃の中に入れてはいない。この事には、すでに霊験《れいげん》が有る。感嘆すべきである、感嘆すべきである。汝《なれ》（資房）は早く内侍所に参り向かって玉を唐櫃の中に入れてこい。ただ、古老《ころう》の女官に入れ奉らせるように。典侍《ないしのすけ》と掌侍《ないしのじょう》〈典侍は藤原芳子《ほうし》、掌侍は三善□子。〉が、昨日からその所に伺候しているのである。しかし典侍たちに特に指示させてはならない。ただ女官を用いるように。これは主上《しゅじょう》（後朱雀天皇）の仰せである」とのことである。

九月九日の丑《うし》三つ刻（午前二時―二時半）に京極内裏《きょうごくだいり》（かつての道長の土御門第《つちみかどてい》）は焼亡し、それまで幾度かの内裏焼亡に際しても奇跡的に難を逃れた（ことになっている）神鏡が罹災《りさい》した。

これは日本古代王権にとっても、最重要の問題である。後朱雀は「御嘆息が極まり無く、悲泣《ひきゅう》が休むことはなかった」という状態となり、皆は神鏡を捜し求めたが、まだ誰も取り出すことはできなかった。資房は、父の資平から「汝の伺候していない時に火災が起こったのは幸いである。伺候していながら神鏡を取り出せなかったならば、深く非難を受けたところである」などと言われ、「自分一人が万事を行なわねばならないなんて、愚頑《ぐがん》な私は迷乱するばかりだ」と愚痴をこぼしている。

翌十日、関白頼通から、神鏡を扱う内侍所の女官二人の夢想が資房に告げられた。一人は小蛇、もう一人は人を見たというのである。小蛇の方は一条朝の寛弘二年（一〇〇五）の内裏焼亡で神鏡が焼損した際、神鏡改鋳《かいちゅう》の可否を定める御前定《ごぜんのさだめ》（寛弘三年〈一〇〇六〉七月三日）において、白蛇が御前から降りて内侍所の方向に向かい、諸卿がパニックになったという故実、およびこの年の八月二十七日に後朱雀が大蛇の夢を見たという記憶を踏まえたものであろう。人というのも、よく夢説話に出てくる神の化身としての老人を想起させる。いずれにせよ、神鏡を護《まも》る立場の女官にとっては、職務を果たせなかったことに対する負い目があり、このような夢を見たのであろう。

神鏡を安置してあった賢所《かしこどころ》を捜してみると、神鏡（の残骸）の一部である金玉二粒が見つかったというのも、元々そこにあったものなのであるから、当然と言えば当然である。

さて、この「神鏡」、十八日に付近の焦土《しょうど》を集め、二十八日に新造の唐櫃に収められた。安徳《あんとく》天皇とともに西海《さいかい》に沈んだのは、さらに百四十五年の後のことである。

後朱雀天皇病悩の御夢想

長久元年（一〇四〇）九月十六日条（丹鶴叢書本）

……召しによって（後朱雀天皇の）御前に参った。占形《うらかた》（占った結果を記した文書）をお下しになった。女院（彰子）の許から奉られたものである。女院の御夢想で、占方に天皇に病が有るであろうことが卜《ぼく》されていたのである。その御物忌は今朝に当たっている。天皇は、「このことを関白(頼通)に伝えなさい」とおっしゃった。すぐに蔵人の（藤原）公基《きんもと》を介して関白に申させた。関白が返奏されておっしゃるには、「今日、御誦経《みずきよう》を行なおう。明日になったら御物忌が有るであろう」と。

神鏡を完全に焼いてしまった後朱雀は、寝食も味を忘れ、万事に迷乱して悲嘆は尽きず、「不肖《ふしよう》の身でありながら尊位《そんい》（天皇位）を貪《むさぼ》った兆徴《ちようちよう》がこれである」などと嘆き暮らしていた。

そのような折、後朱雀の生母である彰子が、後朱雀が病に罹《かか》るという占いが出たとの夢を見た。その報が彰子から後朱雀、資房、頼通と伝わり、その日のうちに誦経が行なわれることになったのである。

この数日の後朱雀の状態を知れば、母親ならばこのような夢を見るというのも、十分にあり得る話である。頼通にとっても同様、ここで後朱雀にもしものことがあったら大変であり、一も二もなく誦経が始まったのである。

伊勢斎王の夢に内裏焼亡有り

長久元年（一〇四〇）九月二十四日条（丹鶴叢書本）

……（後朱雀天皇が）おっしゃって云ったことには、「（藤原）保家《やすいえ》が、今日、参上してきた〈先日、伊勢《いせ》に下し遣わし、今日、参上した。〉。内裏が焼亡した夜、伊勢斎王（良子内親王《りょうし》）が夢に見たことには、『諸卿が幄下《あくか》に群集した。皇后宮大夫《こうごうぐうだいぶ》（藤原能信《よしのぶ》）が云ったことには、「天皇の病については、大した事は無い。きっと平癒なさるであろう。但し内裏に火事が有るに違いない」ということであった』と。この夢が、本当のことになってしまった事は、はなはだ希有《けう》なことである」ということだ。父子の間に、この告げが有ったのであろうか。悲しむべし、悲しむべし。

斎宮《さいくう》として伊勢に下っていたのは、後朱雀の皇女である十一歳の良子であった。父が病気であるということを勅使《ちょくし》の藤原保家から聞き、これを心配する気持ちから、このような夢を見たのであろう。

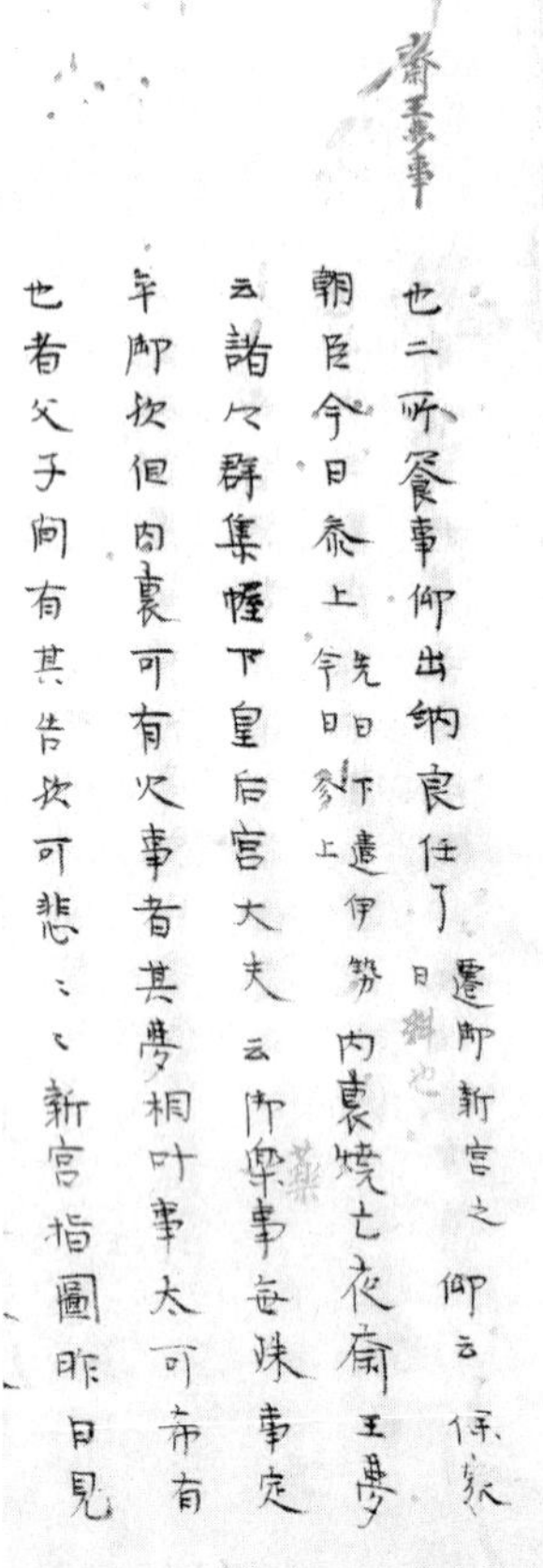

斎王夢事
也二所饗事御出納良任了　遷御新宮之御云々　保家
朝臣今日参上　先日下遣伊勢内裏焼亡夜斎王夢
云　諸々群集　陛下皇后宮大夫云　御薬事無殊事定
年御坐但内裏可有火事者　其夢相叶事太可希有
也者　父子向有其告　尤可悲々々　新宮指図昨日見

『春記』長久元年九月二十四日条(内閣文庫本〈甘露寺家旧蔵本〉,国立公文書館蔵)

内裏焼亡については、たまたま時期が合ってしまったのであるが、『小右記』に記録されている、一条の寿限《じゅげん》が内裏焼亡によって転じたという夢想の知識、あるいは記憶が、一条の皇子である後朱雀の病悩に際して、良子の脳裡《のうり》に蘇《よみがえ》ってきたものかもしれない。もしかしたら、内裏が焼亡したという事実を知った後に作られた、あるいは「そういえばあの時」といった形で思い付いた夢である可能性もある。

以上、王権に関わる夢を考えてきた。いずれも蔵人頭として、王権の中枢に関わる資房ならではのものであったが、特に内裏焼亡という非常時に際してのものが異彩を放っていると言えよう。末法の世の到来は、彼らにもひしひしと感じられていたことであろう。

(2) 人事の夢

次に人事や政務に関する夢を考えることとする。蔵人頭在任中の長暦三年のものからである。

藤原経任、左大弁を望む

長暦三年(一〇三九)十月二十八日条(丹鶴叢書本)

……昨夜、参議修理《しゅり》大夫《だいぶ》(藤原経任《つねとう》)が、訪ねてこられた。雑事を談られたついでに、左大弁を望むということをおっしゃった。「ついでが有ったならば(後朱雀天皇に)奏上なされよ」とのことであった。また、「左大弁を兼任させるよう、先日、そのような夢想が有った」ということである。夜更けになってお帰りになった。

すでに修理大夫と侍従《じじゅう》を兼任している参議の藤原経任が、左大弁をも兼ねたいという希望を後朱雀に奏上するよう、資房に申し入れに来た。その根拠として、夢想を持ち出したのである。

自分の昇進に夢想を利用しようとした例であるが、神事などとは異なり、いくらなんでも要職の左大弁をこのような理由で任命するわけはなく、左大弁に任じられたのは藤原隆家《たかいえ》嫡男の経輔《つねすけ》であった。なお、八月二十四日に薨去して左大弁の席を空けたのは、『左経記』の記主である源経頼である。

伊勢祭主の選任

・長暦三年（一〇三九）十二月六日条（丹鶴叢書本）

……申刻《さる》（午後三時—五時）の頃、右大臣（実資）の許に参った。おっしゃって云ったことには、「八日に祭主《さいしゅ》の事を定めることになっている。ところが内（後朱雀天皇）と関白が御物忌である。これでは不都合であろう。このことを関白に申してこい」ということだ。また、右衛門督《えもんのかみ》殿（資平）の許に参った。「祭主の選任は、最も恐れに思うところである。（姓不明）雅兼《まさかね》が、昨夜、夢に見たことには、『男と童《わらわ》たち四、五人ほどが、各々鉄鎚《てつつい》のような物を持って云ったことには、「祭主を定める議定《ぎじょう》において、よく道理を申すならば、この切懸《きりがけ》（御幣に似た武具の一種）は、まったく固まるであろう。もし非道《ひどう》を申すならば、打ち壊すであろう』とのことだ。この夢は、深く恐れに思うところである。但し先日の議定では、（大中臣《おおなかとみの》）輔宣《すけのぶ》を推挙した。何事を以《もっ》て今、変改できるだろうか。これをどうすればよいのであろう」とおっしゃった。

・長暦三年十二月十一日条（丹鶴叢書本）

……早朝、（後朱雀天皇の）御前に参り、右大臣が示されたことを奏上した。右大臣の消息《しょうそく》に云ったことには、「祭主の事は、必ず御卜《みうら》を行なうべきである。先例の有無をおっしゃられるべきではない。連夜、夢想が有る。恐懼《きょうく》の極みである」とあった。天皇がおっしゃって云ったことには、「最も当然の事である。但し、やはり諸卿の議定が有ってから卜筮《ぼくぜい》を行なうべき事である」ということだ。

・長暦三年十二月二十六日条（丹鶴叢書本）

……主上（後朱雀天皇）は、これより前に、御直衣《のうし》を着て昼御座《ひのおまし》において卜筮の結果を開覧された。すぐにまた、封をして下しなさった。……「不合《ふごう》」の結果が、同じくこの中に在った。おっしゃって云ったことには、「関白の許にこれを持って行って見せよ。この事は困った事である。今暁、夢想があって云ったことには、『ある人が云ったことには、「今日、祭主の卜定《ぼくじょう》が行なわれるであろう」とのことであった。また、云ったことには、「輔宣は怨《うら》みが有るであろうか」とのことである』ということだ。今、この卜筮が輔宣に当たらなかったのは、希有の事である」とのことである。

祭主というのは、特に伊勢神宮《じんぐう》の神官《しんかん》の主宰者を指し、神宮における一切の政務を掌《つかさど》った。神祇官《じんぎかん》に属する五位以上の中臣氏の中から選任された。この年の祭主任命においては、すでに公卿《くぎょう》が五十五歳の大中臣輔宣を推挙していた。ところが十二月五日に至って、雅兼に夢想があり、八日に行なわれるはずの公卿議定に対して圧力がかかった。今さらどうすればよいのであろう、というのが、六日までの状況である。

この夢は、輔宣を忌避する政治的勢力が存在したことが、背景にあると考えられるのであるが、事が神事に関わるとなると、とたんに夢を気にしだすというのが、当時の貴族の風潮であった。

議定が行なわれるはずであった八日になると、公卿たちは「故障《こしょう》」を称して誰も参入して来ず、議定は停止となった。資房は後朱雀、関白頼通、実資、資平の間を往復し、結局、卜定を行なうことで決着した。当時の卜定というのは、複数の候補者の中から誰か一人を選定するというものではなく、特定の候補者が神の意思に叶《かな》っているかどうかを占うというものである。この場合、輔宣が祭主にふさわしいかどうかが、占われるということになる。

卜定を行なうことが決まった十一日条によると、実資には連夜の夢想があり、恐怖の極みだと言っている。この案件に関わることにより、八十三歳の実資の脳裡に伊勢の神の記憶が深く刻印されてしまったのであろう。また、二十六日には後朱雀にも夢想があり、輔宣に不利な結果が出ることが示されている。後朱雀にとっても、そういう結果が予想されたのであろう。

卜定の結果、輔宣には、「不合」という、きわめて珍しい結果が出た（誰かがそういう結果を出した、と言うべきであろう）。そして神祇大祐《だいゆう》で四十歳の大中臣永輔《ながすけ》が祭主に選任されたのである。どうも宮廷を挙げて、輔宣を忌避する雰囲気が形成されていたような感があるが、それがこの件に関わる様々な人々の夢に出てきたのであろう。

蛇、口中に入る

長久元年（一〇四〇）九月二十一日条（丹鶴叢書本）

……昨夜の夢で、蛇がいて口中に入った。すぐに引き出した。今日、（陰陽師安倍）時親《ときちか》を介して、（陰陽師巨勢《こせの》）孝秀《たかひで》に卜させた。「病の事を慎みなさい。もしかしたらまた、慶賀《けいが》が有るのであろうか」ということであった。

これは資房が実際に見た夢で、蛇が口の中に入ってきたので、引き出したとのことである。おそらくは、この年の八月二十七日に後朱雀が大蛇の夢を見たという記憶、九月九日に女官が小蛇の夢を見たという記憶が、影響しているのであろう。自身の昇進については、長暦二年に蔵人頭に補されて以来、この年で二年、そろそろ参議に上ってもよい頃だという自意識が、存在していたものと思われる。実際に資房が参議に上ったのは、この二年後の長久三年のことであった。これが自身の極官《ごっかん》になろうとは、とても想像できなかったであろうが。

以上、人事や政務に関する夢を考えてきた。最後のものを除き、いずれも他人に関するものであることは特徴的である。また、神祇に関するものが多いのも同様である。普段は夢に対してさしたる関心を持たなかった資房であっても、さすがに神祇に関係するものについては、関わらざるを得なかったということであろう。

(3)　宗教的な夢

最後に、宗教に関する夢を眺めていこう。これも蔵人頭に補された長暦二年のものからである。

伊勢豊受宮の申文

長暦二年（一〇三八）十一月十七日条（丹鶴叢書本）

……豊受宮《とゆけのみや》の権禰宜《ごんのねぎ》（度会《わたらいの》）季頼《すえより》が参上して、申文《もうしぶみ》をもたらした。その中文は、伊勢の二宮（皇大神宮《こうたいじんぐう》と豊受宮）の禰宜が署名を加えたものである。状文は目録に在る。季頼が云ったことには、「常供田《じょうくでん》の蝗虫喰損《こうちゅうさんそん》（蝗《いなご》の害）の事は、禰宜が遅れて申したことによって、その責めを蒙《こうむ》らなければなりません。ところがすぐに宮司《ぐうじ》に報告してしまいました。この事によって御卜が行なわれました。その御卜の趣旨は、『禰宜たちの神事が懈《け》怠《たい》している。よって上の祓を科すべし』とい

豊受宮正殿現況

うものでした。ところが、その宣旨《せんじ》に云ったことには、『太神宮《だいじんぐう》常供田の預《あずかり》、および作丁《さくてい》、豊受宮の禰宜たち』とあります。この宣旨を考えますと、作丁、および預は、豊受宮の禰宜などと分別して有ります。この分別が無ければ、全員、その責めを蒙らなければなりません。そこで祓使《はらえし》卜部則政《うらべののりまさ》と中臣惟盛《なかとみのこれもり》が、離宮院《りきゅういん》に参着し、その祓を科そうとしました。やはり宣旨のとおり、この祓を科すべきでしょう。ところが禰宜たちは、その定員が決まっています。また、朝夕の神事は、皆が掌るところです。それなのに一度に皆にこの祓を科したならば、神事は誰が勤仕《ごんし》すればよいのでしょうか。そこでまず、この事を愁《うれ》える為に参上し、重ねて宣旨に随《したが》おうとしているのです」ということである。また、云ったことには、「大内人《おおうちひと》（姓不明）頼秀《よりひで》の夢想に云ったことには、『この中文は、頭中将（資房）に受け付けてもらいなさい』ということでした。この季頼は事情を知らない者です」ということだ。この夢想は、また恐れる事が有る。今日は関白の御物忌である。明日に申すということを、伝えておいた。

伊勢豊受宮（外宮《げくう》）の権禰宜度会季頼が中文を持って都へやって来た。また、伊勢の大内人頼秀に、中文は頭中将資房に付して提出せよとの夢想があった。

夢想の話を聞いた記主資房は、「恐るる事有るなり」と言っているが、頼秀の夢想というのも、実際にあったものではなく、資房に頼む理由として夢が作られた可能性が高い。たとえ実際に見た夢であったとしても、資房と知己《ちき》であり、資房に頼みたいといった意識があったために見たのであろう。いずれにせよ、それは一種の政治的選択であった。

延暦寺僧の騒動

長暦二年（一〇三八）十二月十六日条（丹鶴叢書本）

……三昧僧都《さんまいそうず》が、昨日、比叡山《ひえいざん》から下山した。これは右大臣の御修法《みしほ》に奉仕される為である。私が遇《あ》って密談して云ったことには、「先日、比叡山の僧が、下山する事を訴え申したところ、万人は承知しなかった。特に関白は、強くお怒りになった。『総じて山上の逆乱の事は、良円《りょうえん》が行なったものであることを、衆人が讒言《ざんげん》した』ということだ。これは比叡山に住む者の責任である。私は七歳から比叡山に住み、すでに四十余年に及んでいる。今、この時にあたって、この煩《わずら》いが有る。これもまた、そうなるべき運なのである。但し騒動の事は、人についての事ではない。ひとえに菩提《ぼだい》を思う老僧たちは皆、この事を聞いて下向している。或いは多くの人に夢想の告げが有った。良円は今、その告げが有ったので、一緒に下山した。もっぱら人についての事を憚《はばか》ってはならない。貧僧というものは、世に在る処は浮雲のようなものであり、衣食の事もまた、意に任せて乞食《こつじき》を以て自分の事とすべきものである。更に世の勘当《かんどう》を受けるとは、どうすればよいのであろうか。強《し》いて愁いとしないのみである」ということだ。

この頃、比叡山延暦寺では、騒動が持ち上がっていた。十一月二十七日、朝廷は明尊《みょうそん》を天台座主に補そうとしたが、延暦寺の僧はこれを不満とし、入京して奏状《そうじょう》を奉った。これに対し、朝廷はそれを受け入れず、特に関白頼通は強い怒りを表わした。天台座主未定によって、受戒《じゅかい》（出家者に仏の定めた戒律《かいりつ》を授けること）を停めるという措置に出たのである。それを承《う》けて諸僧が下山してきた、というのが、この日の状況である。

資房は、実資の修法を奉仕するために下山してきた「三昧僧都」と密談し、延暦寺の情勢を聞き出しているのである。その結果、多くの僧に夢想の告げがあったため、皆が下山してきたというのである。

同じ寺に属する僧たちが、同じ問題に直面した時、同じような夢を見るということは、いかにもありそうなことである。誰かに夢想があったという情報を聞いて、また他の誰かが夢想を得るという連鎖反応も、数々起こったことであろう。

なお、この騒動はなかなか決着せず、翌長暦三年二月十八日には、延暦寺僧が頼通の高倉第《たかくらてい》に迫り、座主のことについて嗷訴《ごうそ》した。頼通は武士を動員してこれを防がせた。三月十六日には延暦寺僧が高倉第に放火するという挙に出ている。もう中世は目の前にやってきているのである。

後朱雀天皇徴験の夢想

長久元年（一〇四〇）八月二十七日条（丹鶴叢書本）

……また、（後朱雀天皇が）密々におっしゃって云ったことには、「去る十五日から今日に及ぶまで信心を致し、少し心に祈念している。ところがいまだに徴験《ちようげん》を得ない。もしかしたらこれは信心が及ばない故に、その応《こた》えが無いのであろうか。愁いの心は無聊《ぶりよう》（心が楽しまず気が晴れないこと）である。但し昨夜の夢想に、紫《し》宸殿《しんでん》の上に大虵《へび》がいるのを見た。もしかしたらこれは少しばかりの徴《しるし》であろうか」ということだ。

この年の七月二十六日（ユリウス暦で九月五日）、台風で豊受大神宮の正殿が顚倒《てんとう》した。その後、伊勢で託宣《たくせん》があったようで、八月十五日からはそれへの対応を行なっている。それを承けての後朱雀の資房への言葉ということになる。

託宣を知って以来、祈念しているものの、いまだ徴験がないが、昨夜の夢で紫宸殿に大蛇を見た、これが徴験であろうか、というものである。

伊勢神宮を顚倒させてしまったことに対する過剰な責任感の表われと言えようが、十日以上も祈念を続けているという自覚が、このような夢を見させたのであろう。「祈願の感応《かんのう》としての夢告」（上野勝之『夢とモノノケの精神史』）というのは、あくまで自己の脳の中で起こることなのである。

なお、この十二日後の九月九日、京極内裏が焼亡したことは、先に述べたとおりである。大蛇は徴験どころか、神鏡の徴だったことになる（もちろん、この後朱雀の八月二十七日の夢の記憶から、女官は九月九日に神鏡の徴としての小蛇を夢に見たのである）。

夢想物忌

長久元年（一〇四〇）十月十六日条（九条家本）

……今朝は固い物忌である。そこで門を閉じて、外の人が入ってくることを禁じた。今夜の夢想が静かではなかった。そこでいよいよ慎むのである。

この場合、元々物忌で外部との接触を断っていたところに、起きる直前の夢がよくなかったことによる、いわゆる「夢想物忌」も加わり、慎みを増したのである。というよりも、固い物忌である、という意識が強かったので、その日の夢にも同じような内容が出てきたのであろう。

今宮社の創建

永承七年（一〇五二）五月二十八日条（丹鶴叢書本）

……近ごろ、西京《さいきょう》（右京《うきょう》）の住人の夢に、神人《じにん》と称する者が来て云うには、「吾《われ》はこれは唐《とう》朝の神である。住む所が無く、この国に流れて来たのだが、ここも居る所が無い。吾が到った所は、すべて疫病を発する。もし『吾を祭って、その住む所を作ろう』と言ったならば、病患《びょうかん》を止めておこう。但し吾は、瑞想《ずいそう》を表わして汝に示そう。その所を吾の社《やしろ》とするように」ということだ。「その人はまた、西京と寺の傍らに光が耀《かがや》いているのを見た。その様子は、鉤《かぎ》のようであった。その光は、この場所に下りて居る」ということだ。「この事は、広く郷里《ごうり》に告げた」ということだ。「東西の京の人々は、こぞってその場所に向かい、社屋を立てた。また、諸府の人たちも、□祭礼を行なった。近郷の人々は、雲のように集って響《きょう》応《おう》した」と云うことだ。この夢は、誰が見たのかを知らない。後の為に記しておく。「世にその社を今宮《いまみや》と称する」と云うことだ。

これは右京の住人の夢に出てきた、今宮社の縁起《えんぎ》譚《たん》である。「神人」なる者が出てきて言うには、中国渡来の疫病神《えきびょうしん》が祀《まつ》られるべき神社を、瑞想を示した場所に造営せよとのことである。

これが評判を呼び、人々はこぞって祭礼に参集したというのであるが、まるで『日本霊異記』の寺社縁起譚を見ているような感覚を覚える。どう見ても、これは神社創

花園今宮社現況

建のための作り話であろう。資房が、誰が見た夢かを知らないと記しているように、この夢自体が、実際に誰かが見たものとは思えないのである。

ただ、中国からもたらされた疫病が流行するという経験は、遣唐使《けんとうし》の時代以来、日本の人々にとって、恐るべき歴史経験として認識されていたはずであり、この夢に現実性を賦与しているのである。

現在、京都市右京区花園の双ヶ岡《ならびがおか》の東麓、法金剛院《ほうこんごういん》の東に鎮座している今宮神社は、『小右記』長和四年（一〇一五）六月二十五日条（秘閣本）によると、疫病流行に際して、「西洛《さいらく》人の夢想、あるいは疫神の託宣」によって創祀されたものである。この永承七年の「今宮社」は、疫病の再流行に際して、同じ場所に復興されたものとされる。疫病が流行するたびに、このような夢想や託宣が再現されたのであろう。

なお、京都市北区紫野《むらさきの》の船岡山《ふなおかやま》北麓に鎮座している、「夜須礼祭《やすらい》」（と〝あぶり餅〟）で有名な今宮神社は、正暦《しょうりゃく》五年（九九四）と長保《ちょうほう》三年（一〇〇一）に行なわれた御霊《ごりょう》会《え》に起源を持っており、この話の「今宮社」とは別のものであるが、こちらの今宮神社にも、本殿の西隣に疫神《えきしん》社が祀られている。

（4）天皇側近の夢

以上、『春記』に見える夢を考えてきた。そのほとんどが蔵人頭の時代に見られたものであることは、きわめて特徴的である。蔵人頭という、心身ともに消耗を強いられる激職と、夢を見るということ、そして夢記事を日記に記すということの関連は、興味深い問題であろう。

また、蛇が登場する夢が多いことも、他の古記録とは異なる特色である。神の化身としての蛇という共通認識が存在したかとも考えられるが、その時期が隣接していることを考えると、誰かが蛇の夢を見たという情報が伝わり、他者の夢の中にも出てくるという連鎖反応が起こったと考えるべきであろう。

平安貴族は何を夢みたのか――おわりに

以上、数々の文学作品や古記録《こきろく》に登場する夢を眺めてきた。日記そのものが個性的であることと同様、いや、それ以上に、夢記事に関しては個体差が大きいことが確認できたことと思う。どれもこれも一緒くたにして、「平安時代の人々は……」などと言うことができないことは、もはや明らかであろう。

ここで、これまでに見てきた、事例の豊富な摂関期《せっかんき》の古記録毎に、それぞれの記主《きしゅ》の夢に対する対処の特色をまとめて述べてみよう。

摂関期古記録の夢

藤原行成《ゆきなり》の『権記《ごんき》』に記録された夢は、いずれも行成自身が無意識のうちに、あるいは意識的に脳に蓄積した記憶や情報が脳を刺激し、見させたものであることは、言うまでもない。

しかも、行成自身、それらを「神仏からのメッセージ」を受けたと認識していたわけではないようである。それどころか、行成は夢のメカニズムを冷静に認識し、夢がどういう構造で現われるものであるかということ、そしてすぐに文章化しないと忘れてしまうものであるということを自覚していたものとも考えられる。

夢のことを「左縄《ひだりなわ》」「信じることはできない」「験《しるし》が有る」「凡夫《ぼんぷ》の通信」など、様々に記述しているが、それは行成が夢の神秘性を信じておらず、あれこれと分析しようとしていたことを、逆に示しているものと言えよう。

藤原道長《みちなが》の『御堂関白記《みどうかんぱくき》』に記録された夢は、いずれも道長自身の見た夢の具体的な様子が記されているものではない。道長が右脳《うのう》で見た夢を素早く左脳《さのう》に移し替え、それを漢文で記述するということは、苦手であったためとも考えられるが、むしろ恐がりな彼の性格から考えると、怖ろしい内容の夢を日記に記してしまうと、それが実際に起こってしまうとでも考えたのであろう。

何より、『御堂関白記』に見える夢は、そのほとんどが道長が儀式や見舞いをサボる口実のために存在するということの方が、特徴的である。ここでは、夢を「神の啓示」と考えるわけではなく、自己の現実的な意志を優先させ、夢を都合のいいように利用している姿が現われているのである。これだけいつも口実に使われると、周囲も暗黙の了解があったはずであり、むしろ夢を言い訳にしてサボるという道長を認知してくれる道長周囲の「共同体」を想定すべきなのではないだろうか。

藤原実資《さねすけ》の『小右記《しょうゆうき》』に記録された夢は、一見すると夢想《むそう》によって宗教的な怖れを抱いていたかのような観がある。しかしながら、逆に言えば、金鼓《こんぐ》を打たせたり諷誦《ふじゅ》を修させたりといった措置を講じることによって、日常的な生活に戻っていったのであり、必ずしも実資が宗教的な怖れに包まれていたわけではないと考えるべきであろう。実資もまた、夢想を冷静に自己の都合のよいように利用していたのである。

また、実資の得意分野である、というよりも自己とその家の存在基盤としての儀式についての夢記事がほとんどないということも、特筆すべきであろう。儀式という、実資にとって最も明確な現実を、夢といった曖昧《あいまい》な形で日記に記すことはしなかったのであろう。

なお、天皇や王権に関する夢については詳しく語っているのは、子孫や後世の人々に対する秘事の伝承という意味があったのであろうか。

源経頼《つねより》の『左経記《さけいき》』に記録された夢は、夢記事の量自体が少なく、経頼自身の見た夢が一つもない。実務官人である弁官《べんかん》としての日記であることによるものであろう。

総じて平安貴族は神事に対して穢《え》を忌避する観念が強かったのであるが、実務官人である経頼は、特に朝廷儀礼としての神事に際しては、たわいない夢に対しても、きちんと対応している。これは何も、夢の持つ神秘性を怖れていたからではなく、儀礼を円滑に執行しようという職責観念に基づくものであろう。

藤原資房《すけふさ》の『春記《しゅんき》』に記録された夢も、そのほとんどは、他人に関するものである。また、神祇《じんぎ》に関するものが多いのも、特徴的である。神事や王権に関わる場合、夢想に過敏に反応するのが当時の常であったが、普段は夢に対してさしたる関心を持たなかった資房であっても、神祇や王権に関係するものについては、関わらざるを得なかったということであろう。

また、そのほとんどは蔵人頭《くろうどのとう》の時代に見られたものである。蔵人頭という、心身ともに消耗を強いられる激職と、夢を見るということ、そして夢記事を日記に記すということの関連は、興味深い問題であろう。そう言えば、資房のみならず行成も実資も経頼も、人事や政務に関する夢を記述しているのが、激職である蔵人頭から参議に昇進して公卿《くぎよう》の仲間入りをするあたりの時期に集中していた。平安貴族の仕事量と心理状態を考えるうえで、興味深い一致である。

古記録と夢

以上、夢記事に関して個体差が大きかったことを、古記録毎に確認してきた。しかし、最も大きな差異は、夢を平気で日記に書く人と、夢などというものは日記に書くものではないと考える人の差であろう。

彼らの日記というものは、我々現代人の日記のような単なる個人的な書きすさびや備忘録《びぼうろく》ではなく、むしろ子孫に正確な儀式や政務を伝えるための家の先例の集積であった。当然ながら、他人に見られたり、写されたりすることを想定して書いたもののである。

　そのようなものに、自分の記憶や思いが鮮鋭な形で現われた見た夢を記録するなどということは憚《はばか》られるというのが、よく考えればまっとうな発想ではないだろうか。それならば逆に、彼らは何故に夢を日記に記したのであろうか。日記の本来の機能とはかけ離れた内容の夢記事を、子孫や後世の他人に見られるのは承知のうえで、何のために記したのであろうか。彼らの精神構造は、我々の想像を超えたところにあるようである。

　そういえば、天皇の記録した日記である御記《ぎょき》に、夢の記事がほとんど見られないのも、納得できよう（伝来の特徴にもよるのであろうが）。天皇とて人間である以上、夢を見ないはずはないのであるが、それを自分の日記に記した人はほとんどいない。その影響力の強さを慮《おもんぱか》ったのであろうか。

　また、『平記《へいき》』（『親信卿記《ちかのぶきょうき》』や『範国記《のりくにき》』など公家平氏による六種の古記録の総称）をはじめとする実務官人の日記にも、一般的に夢の記事は少ない。日々の実務の経緯を正確に記録していった彼ら（多くは弁官や蔵人）にとっても、自分の見た夢などという個人的な、しかも意味不明な出来事を記すことは、おそらく憚られたのであろう。

　夢を記す人と記さない人の差異は、あくまで個人的なものであることの例として、峰岸明氏の想定された摂関家《せっかんけ》風日記と実務官人風日記の二類型を考えてみたい。峰岸氏によれば、各古記録の文体の差異から、漢文調の優る小野宮《おののみや》系（『小右記』『春記』『帥記《そちき》』など）と、漢文体から隔たり日常実用文に徹した摂関系（『九暦《きゅうれき》』『御堂関白記』『後二条師通記《ごにじょうもろみちき》』『殿暦《でんりゃく》』『台記《たいき》』など）と称すべき二系列の文体を想定できるとのことである（峰岸明「古記録と文体」）。しかし、自己の日記に夢の内容を記すという点に関して言うならば、両者の差異はそれほど関係なく、あくまでそれぞれの日記を記録した記主の個性に帰すべき問題なのである。

また、自分の見た夢を日記に記す人と、他人から聞いた夢のみを日記に記す人の差も、古記録によって特徴的である。どのような夢を記すかは、個々人によって多種多様と言わねばならないであろう。

さらには、同じ人であっても、日記に夢を書きたくなる時と、書きたくない時があったようである。先ほど述べた蔵人頭と夢記事との関連の他にも、たとえば芳賀幸四郎《はがこうしろう》氏や菅原昭英氏が指摘されているように、九条兼実《くじょうかねざね》が『玉葉《ぎょくよう》』に夢を記したのは、摂政《せっしょう》に任じられる可能性があった期間に限られるという（芳賀幸四郎「九条兼実と夢」、菅原昭英「夢を信じた世界」）。してみると、平安貴族が自分の日記に夢を記した場合には、それなりの事情が存在したと考えるべきなのであろう。

ただ、夢の記事を多く記録している日記においてさえも、彼らが毎夜見ていたであろう夢に較べて、日記に記録しているものは、はるかに少ないはずである。かつて土《つち》田《だ》直《なお》鎮《しげ》氏は、平安貴族の日記について、次のように述べられた（土田直鎮『王朝の貴族』）。

自分の書いた日記は、自分が後になって利用するばかりではなく、子孫に伝えられ、かつてのうるわしい作法を記した尊ぶべき書物として珍重され、後世の人々の手でありがたく筆写され、引合いに出されるのであって、こうなると一種の著述といったほうがよいであろう。

これがかならず他人の目にふれるものであるときまっていれば、学校の作文のようなもので、自分のすべてをさらけ出すような馬鹿なまねはやらないはずである。

夢に関する記事に限って言えば、「自分のすべてをさらけ出すような」夢記事においてさえ、それぞれの記主は、やはり何らかの意図をもって、それらを記述したものと考えるべきなのであろう。

平安貴族の夢

そして、平安貴族が夢をどのように理解していたかは、すでにほぼ明らかであろう。

従来、ともすれば夢の神秘性や宗教性を強調し、あたかも彼らが日常生活を迷信に包まれた未開な集団であると考えがちであった。

夢が個人的信仰の枠を超えた一定の社会的影響力を発揮している様子が覗える。夢は貴族たちの日常生活を規定し、彼らが精神生活を営む上で大きな役割を果たしていた。

貴族社会の夢は、夢と現実のはざまをつなぐものという恐らくは古代信仰的な世界の上に、神仏や往生《おうじょう》といった貴族たちの重層的な信仰世界を反映して成り立っていた。

という側面（ともに上野勝之『夢とモノノケの精神史』）も、確かに宗教史の立場で見ればそういうこともなかったわけではないけれども、しかしながら実際の平安貴族の生活の中では、現実社会の要請こそが、彼らの最優先の課題なのであった。

一見すると、皆それなりに夢の神性《しんせい》を信じているような社会でありながら、偽りの夢を使って利益を得ようとする者や、行きたくない用事をサボるための方便や口実として誰かの夢を持ち出す者、あるいは昇進を要求するために他人に夢を語る者のように、夢を現実社会の即物的な利益の追求のために利用している例も多い。これは夢が神仏からのお告げとして神聖視されていたという考え方とは矛盾するものである。

ただ、一方では、朝廷や王権の重要な儀式（特に神事に関わるもの）が、夢を理由に延期されたり、夢想が悪いといって諷誦を修させたりしている例も、枚挙に遑《いとま》がない。また、偽りの夢を利用して利益を得ていた者がいたということは、逆に夢の利用価値がまだまだ存在したということを示すものでもある。

しかし、それらとても、平安貴族がむやみやたらと夢の宗教性を怖れていたわけではあるまい。いずれも彼らの知識や記憶、経験の範囲内において、夢を重視していたのであり、夢に対して適切な措置さえ講じておけば、すぐに彼らは現実社会に戻ることができたのである。彼らはすでに、夢というものの脳医学的な本質を感じ取っていたのではないであろうかとも考えられる。

してみると、「夜みる夢は神仏からのメッセージ」「夢はそのまま現実だった！」と喝破《かっぱ》し、「肥大化し膨張する夢情報は、人びとの生活のひだの中に入り込み、政治的な局面でも大きな力を発揮し、社会的にも強大なインパクトを与え続けた」と推定された酒井紀美氏の研究（酒井紀美『夢語り・夢解きの中世』、同『夢から探る中世』）を読む限り、中世になって、日本人はかえって宗教的・神秘的になったのではないかとも思われてくる。ただそれも、説話や古記録といった史料の扱い方も含めて、個々の夢の登場した事情を正確に把握しないでは、にわかには断定できない問題である。個々の夢中世人の夢に対する意識の実体に関しても、これから考えていかねばならないのであろう。

平安貴族のイメージ

平安時代の貴族たちが、遊宴と恋愛のみに熱意を示し、毎日ぶらぶら過ごしていた、という理解は、今日ではもはや見られないものと思われる（一部にはまだ見られるが）。それは主に、女流文学作品に登場する男性貴族たち（象徴的には光源氏《ひかるげんじ》）の姿を、現実の平安貴族の生活のすべてと勘違いしてしまったことによる誤解である。

仮名文学を記した女性たち（婿《むこ》を自邸に迎えた嫡妻《ちゃくさい》の手による仮名文学はほとんどない）にとっては、男というものは自分たちのいる場所に夜になると遊びに来る生物なのであり、その世界においてしか知らない。また、読者層も同じ立場の女性が多かったであろうから、政務や儀式の有様を述べたところで、喜ばれるはずもない。だいたい、男性貴族の活動する世界に女性はほとんど立ち入ることはなかったのであるから、政務や儀式の詳細を記述できるはずもないのである。

深夜まで続く政務や儀式を、先例どおりに執行しながら、その合間合間を縫って女性の許《もと》に通う平安の男性貴族たち。それは考えただけでも頭が下がるような毎日なのであった。

それはさておき、彼らが迷信や禁忌に囲まれて生きており、たとえば物忌《ものいみ》や触穢《しょくえ》、方違《かたたがえ》などに極度に怖れおののき、密教《みっきょう》の加持祈禱《かじきとう》や陰陽道《おんようどう》などにすがって生活していたというイメージは、いまだに彼らに対する否定的なイメージとして定着しているように見える。夢に対する彼らの意識や対応に関しても、その一環として語られているのではないかと考えられる。

こういったものを怖れる平安時代の人間は、我々現代人よりも非科学的で劣った連中であり、現代人は彼らよりも進歩した人類であるという、思い上がった考えである。

しかしながら、人間は与えられた歴史条件の下でしか生きることはできない。当時の科学技術の枠の中では、彼らは夢という不可思議な現象に対して、精一杯の冷静さでもって、科学的に対処していたというのが、この本を書いていて得た実感である(物忌と触穢、病悩についても同様である)。

夢の宗教性を重要視せず、方便や口実として自己の都合のいいように利用するという考えと、夢の持つ霊的な権威をまったく捨象《しゃしょう》することができずに、夢を神秘的なもの、宗教的なものとして怖れる考えとが、相混じっていた時代、そして現実的な貴族社会の要請が優先していた時代、それが平安貴族の生きた時代であった。

それはお神籤《みくじ》の内容や朝のニュース・ショーで流れる「占いランキング」に一喜一

憂したり、茶柱が立ったとか、今日は大安だなどと言っている我々現代人と、それほどの距離があるとも思われないのである。

人間なんて、時代が変わったって、それほど進歩するものではない。「世の中、そんなにくるくる変わっちゃ、始末が悪い」（土田直鎮「平安時代史」）のである。

あとがき

あれはそう、もう何年も前、二〇〇〇年の九月六日の夜のことであった。私は吉《よし》野《の》・中千本《なかせんぼん》の宿坊喜蔵院《きぞういん》で、「卒論相談会」をしていた。三年生の角屋《かくや》知子《ともこ》という学生の順番になり、「平安京《へいあんきょう》の闇の部分や呪いを書きたい」と言う角屋君に対し、「呪いは卒論では難し過ぎるが、夢くらいならなんとかなる」ということで（本当は私にとって難し過ぎただけなのだが）、「平安貴族の夢」というテーマが浮かび上がってきたのである。

昨今の大学教員は、どこでも同じだと思うが、学生の卒業論文（修士論文も！）のテーマが決まると、自分もあわててその分野に関する勉強を始めなければならない。東京に帰ってから、私は角屋君の協力のもと、夢に関する論著を集め、古記録《こきろく》や古典文学から夢という語を検索してそれを解読することとなった。

ちょうどその頃、古橋信孝《ふるはしのぶよし》氏も夢に関する著書を書き始めておられたところで、二人で夢についての侃々諤々《かんかんがくがく》の議論が始まった。当時、私は『一条天皇』（人物叢書）の執筆を進めなければならなかったのであるが、夢の勉強を始めると、これがことのほか面白く、一条《いちじょう》天皇そっちのけで夢に関する古記録の読解に耽《ふけ》っていた。

角屋君は、二〇〇一年の十二月にきわめて立派な卒業論文（「平安貴族の夢に関する一考察」）を書いて翌二〇〇二年の三月に卒業していき、それからは私の方も真面目に『一条天皇』に取り組むことを決意して、夢に関する勉強はひとまず休止するはずであった。

ところが、その年の四月、勤務先の大学に、夢研究の第一人者である菅原昭英氏が赴任してこられた。菅原氏を所長とする日本文化研究所では、何か統一テーマを決めて共同研究をやらねばならないのであるが、テーマを決める会議で、運営委員の私は思わず「夢」と言ってしまい、当然のことながら菅原氏は食いついてこられたのであった。

というわけで、私は『一条天皇』や壬申《じんしん》の乱関係の本を書きながら、細々と「平安貴族の夢」の勉強も続けることになったのである。こうなるともう、「縁」という仏教用語を思わずにはいられない。

夢を語る研究所となった日本文化研究所の共同研究では、菅原氏や古橋氏、それに秋山虔《あきやまけん》先生や酒井紀美《さかいきみ》氏など、日本史や国文学の方々、また富田隆《とみたたかし》氏をはじめとする心理学の方から占学の鏡《かがみ》リュウジ氏まで、多彩な顔ぶれ（まさに「夢語り共同体」である）で、まことに楽しく研究を行なうことができた。

そうこうしているうちに、私の夢史料解釈も、随分と蓄積されてきた。文学作品に見える夢記事解釈のほとんどについては別に個別の論文として発表したが、摂関期《せっかんき》貴族の記録した日記（古記録）の部分と、それと対比するために平安朝日記文学の部分を合わせたものが、この本ということになる。

あとは『土右記《どゆうき》』『水左記《すいさき》』『帥記《そちき》』『後二条師通記《ごにじょうもろみちき》』といった後期摂関期から院政期《いんせいき》にかけての古記録を論じた部分が残っているのではあるが、実はこれらの中に見える夢記事は、あまり面白いものではない。やはり『権記《ごんき》』『御堂関白記《みどうかんぱくき》』『小右記《しょうゆうき》』といった摂関政治最盛期の古記録は、夢記事についても最高の盛り上がりを見せているのである。これは平安時代の文化史や精神史を考えるうえでも、興味深い事実であろう。

ともかく、迷信や禁忌に囲まれて生き、目に見えない「物」に極度に怖れおののき、密教《みっきょう》の加持祈禱《かじきとう》や陰陽道《おんようどう》などにひたすらすがって生活していたという、平安貴族のイメージを、私は全面的に見直し、これを打破したいのである。無理やりに理屈を付ければ、夢に対する彼らの意識や対応を研究することは、その第一歩ということになろう。

当初、私は夢に関する「研究」を発表するつもりはなく、「人知れず夢を研究する古代政治史学者」を目指していたのであるが（古橋氏と二人、お互いに「後出し」をうかがっていたのである）、吉川弘文館が出版してくださるということで、ありがたくお願いすることとなった。

最後になるが、世紀も押し詰まった二〇〇〇年に夢に目覚めて以来、こちらの勝手な夢解釈を快く聞いて下さり、有益なご意見をいただいている秋山先生や菅原氏、古橋氏をはじめとする先生方、今どきの学生には珍しく強い興味を持って講義を聞いてくれたのみならず、思いも寄らないようなすごい意見を聞かせてくれた各大学の学生諸君には、記して感謝の意を表わしたい。皆さんが良い夢を見続けられることを祈るばかりである。

二〇〇七年十二月

長谷寺・十一面観音像前にて

著者識す

文庫版あとがき

『平安貴族の夢分析』と名付けられたこの本は、吉川弘文館から二〇〇八年三月に刊行され、一部の方からはご好評をいただいていたのであるが、残念ながら現在では品切れとなっているうえに、電子書籍版も作られていない。まだ読みたいという方はいるらしいが、古書サイトなどでは、かなりの高額で売られている。実は私は個人的には、この本はかなり好きだったので、少し残念な気がしていた。

今回、KADOKAWAのおかげで、文庫版が刊行されることになった。前の本をそのまま刊行するのも気が引けるので、初版本の「あとがき」で書いた、平安朝文学のうち、物語（作り物語＋「歴史物語」）および説話集に見える「夢」を分析した三本の論文を書き直して、「平安朝文学に見える夢」の一部として載せることにした。

これで古記録に見える「男の世界」の「夢」と、文学に見える「女の世界」の「夢」を合わせた、「平安貴族の「夢」分析」が完結したことになる。

同じく初版本の「あとがき」で書いていた、『土右記』『水左記』『帥記』『後二条師通記』といった後期摂関期から院政期にかけての古記録に見える夢は、あまり面白い夢もなかったので、結局は書かないままになってしまった。

なお、本書の「はじめに」で述べたように、私は最近、スマートリングを付けて、毎日の体調やストレスや活動や毎晩の睡眠などを測定して記録している。毎晩、レム睡眠は四～五回あって、その都度夢を見ていたはずであるが、ほとんど覚えておらず、「いちばん最後に見た夢」も、毎朝すぐに忘れてしまうのである。

あらためて行成や実資の賢さを実感するとともに（ますます道長に親近感が湧いてくる）、かつてユングが述べた「夢分析をすれば人は必ず人格が向上する（正確には、論理的・言語的になる）」を逆の意味で実感している毎日である。

最後になって申しわけないが、初版本の編集を行なっていただいた吉川弘文館の永田伸さん、この増補版の刊行に尽力していただいたKADOKAWAの竹内祐子さん、また前の勤務先で共同研究を開いてくださった菅原昭英さんや秋山虔さんや古橋信孝さんをはじめとする先生方、私を夢分析に導いてくれた角屋知子さん、そしてかつてあちこちの大学で夢の講義を聴いてくれて、見た夢をカードに書いて教えてくれた各大学の学生さんたちに、あらためて感謝申しあげる。

二〇二四年六月　京都三条坊門・油小路にて

著者識す

参考文献

（史料）

大曾根章介校注「九条右丞相遺誡」『日本思想大系　古代政治社会思想』岩波書店　一九七九年
所　功編『三代御記逸文集成』国書刊行会　一九八二年
東京大学史料編纂所編纂『大日本古記録　貞信公記』岩波書店　一九五六年
東京大学史料編纂所編纂『大日本古記録　九暦』岩波書店　一九五八年
米田雄介・吉岡眞之校訂『史料纂集　吏部王記』続群書類従完成会　一九七四年
渡辺直彦・厚谷和雄校訂『史料纂集　権記』続群書類従完成会　一九七八〜九六年
増補「史料大成」刊行会編『増補史料大成　権記』臨川書店　一九六五年
倉本一宏訳『藤原行成「権記」全現代語訳』講談社　二〇一一〜一二年
陽明文庫編『陽明叢書記録文書篇　御堂関白記』思文閣出版　一九八三〜八四年
東京大学史料編纂所・陽明文庫編纂『大日本古記録　御堂関白記』岩波書店　一九五二〜五四年
倉本一宏訳『藤原道長「御堂関白記」全現代語訳』講談社　二〇〇九年
東京大学史料編纂所編纂『大日本古記録　小右記』岩波書店　一九五九〜八六年
前田育徳会尊経閣文庫編『尊経閣善本影印集成　小右記』八木書店　二〇一六〜一八年
倉本一宏編『現代語訳　小右記』吉川弘文館　二〇一五〜二三年

増補「史料大成」刊行会編『増補史料大成　左経記』臨川書店　一九六五年
増補「史料大成」刊行会編『増補史料大成　春記』臨川書店　一九六五年
東京大学史料編纂所編纂『大日本史料』第二篇之一〜三二　東京大学出版会　一九二八〜二〇一九年
国際日本文化研究センター「摂関期古記録データベース」(https://rakusai.nichibun.ac.jp/kokiroku/)
国史大辞典編集委員会編『国史大辞典』吉川弘文館　一九七九〜九七年
角田文衞監修、古代学協会・古代学研究所編『平安時代史事典』角川書店　一九九四年
角田文衞総監修、古代学協会・古代学研究所編『平安京提要』角川書店　一九九四年

(文学作品)

臼田甚五郎・新間進一・外村南都子・徳江元正校注／訳『新編日本古典文学全集　神楽歌　催馬楽　梁塵秘抄　閑吟集』小学館　二〇〇〇年
小松茂美編集／解説『日本の絵巻4　信貴山縁起』中央公論社　一九八七年
小島憲之・木下正俊・東野治之校注／訳『新編日本古典文学全集　萬葉集』小学館　一九九四〜九六年
小沢正夫・松田成穂校注／訳『新編日本古典文学全集　古今和歌集』小学館　一九九四年
片野達郎・松野陽一校注『新日本古典文学大系　千載和歌集』岩波書店　一九九三年
峯村文人校注／訳『新編日本古典文学全集　新古今和歌集』小学館　一九九五年

片桐洋一・福井貞助・高橋正治・清水好子校注／訳『新編日本古典文学全集　竹取物語　伊勢物語　大和物語　平中物語』小学館　一九九四年
阿部秋生・秋山虔・今井源衛・鈴木日出男校注／訳『新編日本古典文学全集　源氏物語』小学館　一九九四～九八年
山中裕・秋山虔・池田尚隆・福長進校注／訳『新編日本古典文学全集　栄花物語』小学館　一九九五～九八年
橘健二・加藤静子校注／訳『新編日本古典文学全集　大鏡』小学館　一九九六年
松尾聰・永井和子校注／訳『新編日本古典文学全集　枕草子』小学館　一九九七年
菊地靖彦・木村正中・伊牟田経久校注／訳『新編日本古典文学全集　土佐日記　蜻蛉日記』小学館　一九九五年
藤岡忠美・中野幸一・犬養廉・石井文夫校注／訳『新編日本古典文学全集　和泉式部日記　紫式部日記　更級日記　讃岐典侍日記』小学館　一九九四年
中田祝夫校注／訳『新編日本古典文学全集　日本霊異記』小学館　一九九五年
小泉　道校注『新潮日本古典集成　日本霊異記』新潮社　一九八四年
馬淵和夫・国東文麿・稲垣泰一校注／訳『新編日本古典文学全集　今昔物語集』小学館　一九九九～二〇〇二年

（論考）

夢とは何か――はじめに

西郷信綱『西郷信綱著作集2　記紀神話・古代研究Ⅱ　古代人と夢』平凡社　二〇一二年（初版『古代人と夢』平凡社　一九七二年）

菅原昭英「古代日本の宗教的情操―記紀風土記の夢の説話から―」『史学雑誌』七八‐二・三　一九六九年

菅原昭英「中世初頭における情況把握の変質―『平家物語』の夢の説話を手がかりに」笠原一男編『日本における社会と宗教』吉川弘文館　一九六九年

菅原昭英「崇神天皇の夢の話」『ぱれるが』二三八　一九七一年

菅原昭英「夢を信じた世界―九条兼実とその周囲―」『日本学』五　一九八四年

菅原昭英「道元禅師の夢語り」東隆眞博士古稀記念論文集刊行会編『禅の真理と実践』春秋社　二〇〇五年

菅原昭英「夢語りの作法・文法と再話の条件」『日本文化研究』七　二〇〇七年

酒井紀美『夢語り・夢解きの中世』朝日新聞社　二〇〇一年

酒井紀美『夢から探る中世』角川書店　二〇〇五年

河東　仁『日本の夢信仰―宗教学から見た日本精神史―』玉川大学出版部　二〇〇二年

上野勝之『夢とモノノケの精神史―平安貴族の信仰世界―』京都大学学術出版会　二〇一三年

秋山さと子『夢診断』講談社　一九八一年

S・フロイト『夢判断』高橋義孝訳『フロイト著作集　第二巻』人文書院　一九六八年（原著一九〇〇年）

A・アドラー『人間知の心理学』高尾利数訳　春秋社　一九八七年（原著一九二九年）

C・G・ユング『夢分析　I』入江良平訳『ユング・コレクション13』人文書院　二〇〇一年（原著一九二八－三〇年）

C・G・ユング『元型論　無意識の構造』林道義訳　紀伊國屋書店　一九八二年（初出一九三四－四六年）

M・ボス『夢　その現存在分析』三好郁男・笠原嘉・藤縄昭訳　みすず書房　一九七〇年（原著一九五三年）

Aserinsky,E;and Kleitman,N. "Regularly occurring periods of eye mutility and concomitant phemomena during sleep" Science118 1953

A・L・ハルトマン『眠りの科学』鳥居鎮夫訳　紀伊国屋書店　一九七六年

鳥居鎮夫編『睡眠の科学』朝倉書店　一九八四年

鳥居鎮夫『夢を見る脳　脳生理学からのアプローチ』中央公論社　一九八七年

H・ベルグソン『物質と記憶』岡部聰夫訳　白水社　一九九五年（原著一八九六年）

K・シュナイダー『臨床精神病理学序説』西丸四方訳　みすず書房　二〇〇〇年（原著一九三六年）

一　平安朝文学と夢
福田　孝「夢のディスクール」河添房江・神田龍身・小嶋菜温子・小林正明・深沢徹・吉井美弥子編『叢書　想像する平安文学　第五巻　夢そして欲望』勉誠出版　二〇〇一年
倉本一宏『敗者たちの平安王朝　皇位継承の闇』KADOKAWA　二〇二三年（初版『平安朝　皇位継承の闇』KADOKAWA　二〇一四年）
倉本一宏『平安時代の男の日記』KADOKAWA　二〇二四年
小谷野純一『更級日記全評釈』風間書房　一九九六年
家永三郎「更級日記を通して見たる古代末期の廻心」『上代仏教思想史研究』目黒書店　一九四八年
倉本一宏「もう一つの「奈良朝の政変劇」―『日本霊異記』下巻第三十八縁の予兆歌謡説話をめぐって」『日本文化研究』創刊号　一九九九年
中前正志「火葬と火解と夢解」『花園大学研究紀要』二一　一九九〇年

二　平安貴族の日記と夢
遠藤四郎「睡眠の衛生学　環境」鳥居鎮夫編『睡眠の科学』朝倉書店　一九八四年
國書逸文研究会編『新訂増補　國書逸文』和田英松纂輯、森克己校訂　国書刊行会　一九九五年
久保智康「空海請来法具の相承」『週刊朝日百科　日本の国宝067　京都／教王護国寺（東寺）3・観智院』朝日新聞社　一九九八年

三　摂関期貴族の日記と夢

黒板伸夫『藤原行成』吉川弘文館　一九九四年
河北　騰「藤原行成の権記について―その夢に関する考察―」『歴史物語の世界』風間書房　一九九二年（初出一九八七年）
黒板伸夫・永井路子・秋山虔・東隆眞（司会・編集倉本一宏）「平安時代の文学と仏教」黒板伸夫・永井路子編『黒板勝美の思い出と私たちの歴史探究』吉川弘文館　二〇一五年（初出二〇〇一年）
横井　清「夢」『岩波講座日本通史9　中世3』岩波書店　一九九四年
倉本一宏『一条天皇』吉川弘文館　二〇〇三年
倉本一宏『摂関政治と王朝貴族』吉川弘文館　二〇〇〇年
加納重文「藤原道長の禁忌生活」村井康彦編『公家と武家　その比較文明史的考察』思文閣出版　一九九五年
倉本一宏『摂関期古記録の研究』思文閣出版　二〇二四年
藤本勝義「平安朝の解夢法」河添房江他編『叢書　想像する平安文学　第五巻　夢そして欲望』勉誠出版　二〇〇一年
久保道徳・吉川雅之編『医療における漢方・生薬学』廣川書店　二〇〇三年
鈴木　昶『身近な漢方薬材事典』東京堂出版　一九九七年

四　後期摂関期貴族の日記と夢
平林盛得「関寺牛仏の出現と説話・縁起・日記」『聖と説話の史的研究』吉川弘文館　一九八一年（初出一九七〇年）
赤木志津子「藤原資房とその時代」林陸朗編『論集日本歴史3　平安王朝』有精堂　一九七六年（初出一九五八年）

平安貴族は何を夢みたのか――おわりに
峰岸　明「古記録と文体」古代学協会編『後期摂関時代史の研究』吉川弘文館　一九九〇年
芳賀幸四郎「九条兼実と夢」『日本歴史』二六〇　一九七〇年
土田直鎮『日本の歴史5　王朝の貴族』中央公論社　一九六五年
土田直鎮「平安時代史」私家版「平安時代史」講義ノート　一九八〇年

本書は吉川弘文館より二〇〇八年三月に刊行された同名の単行本を文庫化したものです。文庫化にあたり、大幅に加筆・修正をしました。

平《へい》安《あん》貴《き》族《ぞく》の夢《ゆめ》分《ぶん》析《せき》

倉《くら》本《もと》一《かず》宏《ひろ》

令和6年 10月25日　初版発行

発行者●山下直久

発行●株式会社KADOKAWA
〒102-8177　東京都千代田区富士見2-13-3
電話　0570-002-301(ナビダイヤル)

角川文庫 24387

印刷所●株式会社暁印刷
製本所●本間製本株式会社

表紙画●和田三造

ISBN 978-4-04-400847-5　C0121

◇◇◇

角川文庫発刊に際して

角川源義

第二次世界大戦の敗北は、軍事力の敗北であった以上に、私たちの若い文化力の敗退であった。私たちの文化が戦争に対して如何に無力であり、単なるあだ花に過ぎなかったかを、私たちは身を以て体験し痛感した。西洋近代文化の摂取にとって、明治以後八十年の歳月は決して短かすぎたとは言えない。にもかかわらず、近代文化の伝統を確立し、自由な批判と柔軟な良識に富む文化層として自らを形成することに私たちは失敗して来た。そしてこれは、各層への文化の普及滲透を任務とする出版人の責任でもあった。

一九四五年以来、私たちは再び振出しに戻り、第一歩から踏み出すことを余儀なくされた。これは大きな不幸ではあるが、反面、これまでの混沌・未熟・歪曲の中にあった我が国の文化に秩序と確たる基礎を齎らすためには絶好の機会でもある。角川書店は、このような祖国の文化的危機にあたり、微力をも顧みず再建の礎石たるべき抱負と決意とをもって出発したが、ここに創立以来の念願を果すべく角川文庫を発刊する。これまで刊行されたあらゆる全集叢書文庫類の長所と短所とを検討し、古今東西の不朽の典籍を、良心的編集のもとに、廉価に、そして書架にふさわしい美本として、多くのひとびとに提供しようとする。しかし私たちは徒らに百科全書的な知識のジレッタントを作ることを目的とせず、あくまで祖国の文化に秩序と再建への道を示し、この文庫を角川書店の栄ある事業として、今後永久に継続発展せしめ、学芸と教養との殿堂として大成せんことを期したい。多くの読書子の愛情ある忠言と支持とによって、この希望と抱負とを完遂せしめられんことを願う。

一九四九年五月三日